Mai con il tuo ex

Copyright © Jules Barnard 2023

Questa è un'opera di fantasia; i nomi, i personaggi, i luoghi e gli avvenimenti sono il prodotto della fantasia dell'autrice e sono usati in modo fittizio.

Eccetto brevi citazioni incluse in articoli o recensioni, nessuna parte di questo libro può essere riprodotta in forma elettronica o a stampa senza la preventiva autorizzazione del proprietario del copyright.

Questo libro è destinato al vostro uso personale. Non può essere rivenduto o dato ad altre persone. Se volete condividerlo con altri, per favore compratene una copia per ciascun ricevente. Vi prego di rispettare il duro lavoro di quest'autrice.

Tutti i diritti sono riservati.

Titolo originale: Never Date Your Ex

Traduzione: Mirella Banfi

Mai con la tua ex

Jules Barnard

Prologo

Mira

Mi volto e vedo la ragazza più grande e grossa della mia scuola media che afferra il mio zaino e lo fa roteare in un ampio cerchio... Con me attaccata.

Perdo l'equilibrio e atterro pesantemente sul terreno.

«Che cosa vuoi, Britney?» dico, irritata, con il ginocchio che pulsa dove ha colpito il cemento.

La frangetta di Britney è tagliata corta e diritta sulla fronte e le dà un aspetto da cavernicola quando mi guarda storto. «Tua mamma è una battona? Ho sentito che ti ha venduto ai Sallee.»

La sua lisca è talmente pronunciata che mi ci vuole un secondo per capire a che cosa si sta riferendo. E poi divento rossa come un pomodoro quando afferro il riferimento volgare alla famiglia con cui vivo.

I ragazzi stanno alla larga da Britney e dalle tre ragazze di fianco a lei, ma io non sono come loro.

Mi lancio e le do uno spintone. Solo che sono piccola per la mia età, quindi non la sposto nemmeno di un centimetro.

Britney mi afferra le spalle con le sue lunghe braccia da polpo, con le altre ragazze che ridono dietro di lei. «Lasciano che il figlio Lewis ti *baci*? Puah, Mira. Diventerai una battona come tua mamma?»

Detesto quando i ragazzi diffondono voci su mia madre.

Cerco di darle un calcio sullo stinco, ma manco il bersaglio.

«Con chi vivrai, quando Lewis non ti vorrà più?»

Per qualche motivo questa frase esce forte e chiara, non impedita dalla sua lisca.

Perdo la voglia di lottare e resto con le braccia lungo il corpo.

Sono abituata a farmi bullizzare per la mia statura, per il posto da dove vengo, per le storie su mia madre. Non sono importanti, ma Britney ha detto l'unica cosa che conta.

Lewis e la sua famiglia mi hanno detto che si sarebbero presi cura di me, ma prima o poi se ne vanno tutti.

Britney mi dà uno spintone, facendomi volare via.

Sbatto il palmo delle mani sul marciapiede e fisso la superficie granulosa, sentendo il calore del cemento sulla pelle.

La mia mente corre a mille chilometri all'ora, senza arrivare da nessuna parte. Dove andrò se i Sallee non mi vorranno più?

Non so per quanto tempo resto lì a carponi, ma il suono di passi cattura la mia attenzione. Mi tolgo i capelli dalla faccia e alzo gli occhi... vedendo pallidi occhi azzurri che brillano preoccupati.

«Stai bene?»

Il ragazzo in piedi sopra di me ha gli zigomi alti e le

guance un po' incavate. È alto ma magro. Mi piace la sua faccia. Ha gli occhi gentili.

Lui guarda alle mie spalle, dando un'occhiata furiosa a quelle dietro di me. «D'ora in poi lasciatela in pace» dice.

Mi volto e vedo che le bulle se ne stanno andando e sono già a metà del parcheggio vuoto.

Il ragazzo mi controlla in fretta, poi prende il mio zaino. «Vieni. Ti accompagno a casa.»

Mi siedo e tiro le ginocchia verso il petto, spazzolando ghiaia e sporcizia dalle mani. «Prendo l'autobus.»

Lui si mette il mio zaino sulla spalla che non è occupata dal suo molto più grande. «Ti accompagno lì.»

Nonostante la sua altezza, il peso dei due zaini sembra possa farlo ribaltare, ma non è così. È forte.

Camminiamo in silenzio e mi chiedo se se ne andrà una volta arrivati alla fermata dell'autobus. Voglio che resti. Ed è strano. Tranne i Sallee, che mi hanno preso in casa loro quando avevo tre anni, non mi sento a mio agio con la gente.

«Sono Tyler» dice quando ci avviciniamo alla fermata. Mi dà un'occhiata, senza fissarmi.

Mormoro il mio nome e Tyler aspetta con me finché arriva il lungo autobus giallo.

L'autista apre le porte e Tyler mi restituisce il mio zaino. Stringe le labbra con un'espressione seria che finora ho visto solo negli adulti. «Va tutto bene?»

Annuisco e salgo i gradini verso il corridoio tra i sedili. Osservo Tyler attraverso il finestrino mentre l'autista riparte. Lui cammina nella direzione opposta, fissando davanti a sé, con la mano ficcata nella tasca dei jeans e il braccio magro piegato.

Mi siedo in fondo all'autobus e tengo lo zaino stretto al petto, con un sorriso sul volto.

Dovrei essere sconvolta perché le ragazze se la sono

presa con me, ma se non fosse stato per quello, Tyler non si sarebbe avvicinato.

E Tyler mi piace.

Capitolo Uno

Tre anni dopo

Le mie paure si sono sempre messe in mezzo a ciò che voglio. Ma non stasera.

No One di Alicia Keys risuona altissima dal sistema audio del soggiorno di Holly Walker; la casa è piena di facce che riconosco dai corridoi della nostra scuola superiore.

Il motivo per cui sono qui, quando di solito evito come la peste questi ricevimenti, è perché Tyler Morgan ha detto che sarebbe venuto.

Sono venuta con Zach (un buon amico che proviene dalla riserva Washoe di Dresslerville) che frequenta le superiori con me e il mio fratello adottivo, Lewis.

Lewis studia e basta. Non viene mai a queste feste, ma Zach partecipa a tutte. In questo momento sta puntando Ella, o Bella, una ragazza della mia classe d'inglese il cui nome finisce con la "a" come quello di tutte le ragazze popolari.

Tecnicamente anche il mio finisce in "a" ma se la gente

mi conosce è per le ragioni sbagliate. Al *mio* nome sono state associate le parole *stronza* e *feccia*.

«Zach, sembra che ti stia per buttare» dico. «Esiste una cosa chiamata *finesse*. Potresti parlare con quella ragazza. Conoscerla.»

Zach piega la testa, mostrando la mandibola cesellata. «Perché dovrei farlo? Rovinerebbe l'alone di mistero.»

Da quando lo conosco, Zach ha sempre tenuto a distanza le ragazze. Emotivamente, intendo, non fisicamente. Il ragazzo si dà da fare. Non posso biasimarlo. Faccio lo stesso anch'io, mantengo la distanza emotiva cioè, non faccio sesso. Quelle voci sono false.

Zach alza il mento. «Tu stai bene qui? Io sto per lanciarmi.» Flette i pettorali. «Che ne dici? Vanno bene?»

Scuoto la testa. «Sei fuori di testa.»

Lui mi stringe amichevolmente. «Ti voglio bene, Mir. Vai a pomiciare o roba simile. Fa bene al corpo.»

Le mie spalle si irrigidiscono. Non ha idea di quanto sia vicino alla verità.

Zach mi dà una scossa. «Lasciati andare, ragazza. Sei tutta tesa.»

Condivido tutto con Zach e Lewis. Tranne la mia vita amorosa. Sarebbe veramente strano.

Quel puttaniere di Zach ci fornisce ore di divertimento, ma è diverso parlare di me e dei ragazzi. È quello il punto dove avere amici maschi diventa un po' bizzarro.

«Allora, te ne vuoi andare?» Il fatto che resti qui vicino mi rende nervosa e ho già abbastanza cui pensare.

Zach si bacia i bicipiti e ammicca prima di allontanarsi, angolando le spalle larghe per superare tutti i ragazzi che affollano il soggiorno.

Mi guardo attorno, cercando la mia preda.

Sto osservando Tyler come una stalker da quando è arrivato, un'ora fa. Non è proprio il mio stile, ma il mio tempo sta per finire. Partirà per il college tra poche settimane e, se non faccio adesso la mia mossa, temo che perderò la mia chance.

Mi passo la mano tra i capelli, lunghi e scuri e porto qualche ciocca ondulata sopra la spalla. Mi arrivano quasi in vita. Intravedo il tizio accanto a me che mi sta fissando.

Non mi interessano gli altri ragazzi. Ce n'è solo uno che ha tutta la mia attenzione ed è quello verso cui sto andando.

Sono come Zach, stasera: a caccia.

Normalmente lascio che siano gli uomini a venire da me. Posso anche non essere popolare tra le ragazze, ma coi maschi è tutta un'altra faccenda.

Lewis e Zach mi trattano come una sorella, ma gli altri ragazzi... Beh, vogliono *qualcosa*. Non che io gliela dia. Nonostante quello che dicono alcuni. Ho solo baciato qualche ragazzo, fatto qualcosina di più con un paio di loro, ma non sono mai arrivata fino in fondo.

Non so perché mi sia tenuta stretta la mia verginità. Nessuno se lo aspetta da me e non mi sento pura. È possibile che vivere con Lewis e la sua famiglia mi abbia contagiato. Che sia cresciuta con degli standard senza nemmeno saperlo. Ma penso ci sia un motivo diverso per cui non ho fatto sesso quando ne avevo la possibilità.

C'è solo una persona con cui voglio farlo.

Un anno fa, il mio consulente scolastico mi aveva assegnato Tyler come tutor di matematica. *Potrei* averlo richiesto io quando avevo scoperto che cercava studenti da aiutare.

La gentilezza negli occhi azzurri trasparenti di Tyler quando aveva fatto scappare il gruppo delle ragazze prepotenti alle medie aveva lasciato in me un'impressione duratura. Non l'ho mai dimenticato.

Sono piuttosto sicura che lui non ricordi quel giorno. Non ne ha mai più parlato e anch'io non gliel'ho rammentato durante le nostre numerose lezioni.

Lo guardo mentre controlla il bagno al pianterreno, appena fuori dal soggiorno di Holly Walker. Si è irrobustito dopo le medie, le spalle sono ampie, il petto muscoloso. È più alto della maggior parte dei ragazzi nella nostra scuola. È anche attraente, ma non è quello il motivo per cui mi piace.

C'è qualcosa in Tyler che lo rende diverso dagli altri. Sono conscia di ogni suo movimento, del modo in cui profuma di menta e lubrificante per bicicletta, per via della sua passione per la mountain bike, misto alla fragranza del detersivo per il bucato. È disinvolto ma attento e mi piace stare con lui quanto stare con Lewis e Zach. Forse di più.

Quando Tyler mi mostra come risolvere le equazioni mentre studiamo insieme, vorrei passare le dita sul callo che ha sul pollice, dove tiene troppo stretta la matita.

A volte, quando non sta guardando, fisso la barba che gli ombreggia il mento e brilla rossastra alla luce e mi chiedo come sarebbe strofinare le labbra contro quella parte ruvida e baciargli il collo.

Mi distrae.

Tyler se ne andrà presto. Dovrei aspettare e ignorare i miei sentimenti.

Ma non lo farò.

Farò una cosa che non ho mai fatto prima: mi aprirò. Abbastanza da perdere la verginità con il ragazzo che mi piace.

Dopo aver tentato la porta del bagno a pianterreno e averla trovata chiusa, Tyler si infila la mano nella tasca dei jeans e sale al secondo piano.

Mi guardo attorno per assicurarmi che nessuno faccia caso a noi e lo seguo sulle scale.

Tyler ha un anno più di me, ma è due classi avanti, perché è super-intelligente e ha saltato il primo anno. La festa di Holly potrebbe essere l'ultima occasione per fare la mia mossa prima che si diplomi tra poche settimane.

Anche il secondo piano è affollato. Tyler sale un altro piano e io resto indietro finché raggiunge il pianerottolo.

La casa di Holly ha quattro piani. I suoi genitori sono ricchi e la loro casa ha perfino una grande vasca idromassaggio all'interno e un ascensore. Ai piani superiori ci sono un milione di stanze da letto. Non dovrebbe essere difficile restare da sola con Tyler.

Lui bussa alla porta del bagno al terzo piano ed entra, chiudendola alle sue spalle. La maggior parte della festa si svolge ai piani inferiori. Solo in pochi sono saliti agli ultimi due piani, quindi c'è privacy.

Vado in fretta in fondo al corridoio e sbircio in una delle camere buie. È vuota, quindi mi chino in avanti e appoggio la mia borsa a tracolla accanto alla porta, richiudendola.

Ho il cuore che batte come un tamburo. Mi premo la mano sul petto e respiro a fondo, cercando di calmarmi.

Ho percepito qualcosa tra Tyler e me. Non penso che respingerà quello che ho da offrire, ma sarà un'impresa rendermi vulnerabile con qualcuno che non sia Lewis o Zach.

Tendo a respingere le persone. Ma Tyler mi ha stuzzicato. Non mi prende troppo sul serio, come fa la maggior parte dei ragazzi. Non so come, ma rende più facile l'idea di aprirmi con lui. Vorrei avere di più con lui prima che parta, ma mi accontenterò.

Sesso... con Tyler.

Ed ecco, il mio cuore ricomincia a correre.

Deglutisco e cerco di assumere un'espressione impassibile, anche se non posso fare molto con l'organo vitale che sembra rimbalzare dentro il mio petto. Cammino lungo il corridoio e aspetto fuori dal bagno in cui è entrato Tyler, preparandomi mentalmente per ciò che sto per fare.

Passano alcuni secondi prima che Tyler esca con la testa chinata in avanti.

Adesso o mai più. Mi sposto, finendogli contro.

«Tyler» dico, fingendo di essere sorpresa. Lui mi afferra il braccio per tenermi in equilibrio, con la faccia a pochi centimetri dalla mia. Sorrido timidamente. «Se volevi toccarmi, tutto quello che dovevi fare era chiedere.»

Wow... patetica. Devo lavorare sulle mie battute da rimorchio.

La sua espressione è illeggibile e per un momento mi chiedo se non ho fatto un pasticcio. Questa faccenda dell'aggressione sessuale è più difficile di quanto sembri.

«Mira.» La sua espressione si addolcisce, e mi fissa negli occhi con calore. «Pensavo di averti vista al pianterreno.» Sorride, e il mio cuore accelera ancora di più.

La maggior parte della gente ritiene che gli occhi di Tyler siano la sua parte migliore. *Sono* bellissimi, stupendi, ma io scelgo il suo sorriso. Tocca qualcosa di profondo in me, mi stordisce e mi rende un'idiota.

Quel sorriso è un'arma letale. Non riesco ad averne abbastanza.

Nel mio petto c'è qualcosa che svolazza, e muovo le labbra assumendo quella che spero sia un'espressione felice. «Come va?» dico, come se fosse la prima volta che lo vedo stasera, anche se l'ho puntato tutta la sera come una pantera.

«Bene. Sei qui da molto?»

«Da un po'.» Gli afferro la mano e lo tiro lungo il corridoio, mantenendo il sorriso tremulo. «Ti dispiace aiutarmi con una cosa? È proprio qui.»

Tyler mi guarda confuso. «Certo, qualunque cosa.»

Ecco un'altra ragione per cui Tyler è perfetto. Ha passato una quantità ridicola di tempo ad aiutarmi con la matematica, tanto che non solo mi sono messa alla pari, ma ho addirittura superato il corso a pieni voti.

Io? Un dieci in matematica? E tutto perché a Tyler importa, quando di me è importato a ben pochi. Come se vedesse in me un potenziale che in pochi credono che esista.

Apro la porta della camera ed entro. «Di qui.»

Tyler ridacchia nervosamente ma entra nella stanza dietro di me. La luce dal corridoio inquadra la sua figura alta e atletica. Si stacca la maglietta dal petto e si guarda intorno. «Allora, di che cosa avevi bisogno?»

Allungo il braccio dietro di lui e chiudo la porta, facendo sprofondare la camera nel buio. Premo il petto contro il suo e gli metto le braccia intorno al collo.

«Solo di questo» gli dico e lo bacio.

Le sue labbra restano immobili all'inizio, il corpo rigido. Poi la sua bocca si muove, s'infiamma. Un bacio che mi manda un brivido in fondo al ventre.

La sua lingua stuzzica la mia, mi stringe le mani intorno alla vita...

Il mio respiro accelera. È un errore. Avrei dovuto scegliere un ragazzo diverso. Uno che non mi coinvolga come Tyler. Lui mi piace e quando se ne andrà...

Mi tiro indietro.

Tyler mi mette la mano sul fianco, senza lasciarmi andare. «Mira, che cosa sta succedendo? Non che mi stia lamentando...»

Che cosa sto facendo? Sto rovinando tutto. È quello che voglio da tanto tempo e sto incasinando tutto.

Ovviamente si sta chiedendo perché la ragazza sempre così distaccata, cui insegna matematica, ci stia provando con lui. Pensavo di piacergli, ma non ne ero sicura al cento percento. Basandomi sull'intensità di quel bacio, penso che dal punto di vista dell'attrazione andiamo bene. Devo smettere di agitarmi e continuare.

«Va bene?» I miei occhi si sono abituati al buio. Mi alzo in punta di piedi e bacio la sua mandibola forte, scendendo poi lungo il collo, lasciando vagare le mani sulle spalle forti, il petto, i fianchi stretti fino allo stomaco piatto.

Il suo respiro accelera e mi tira vicina. «Sei sicura? Cioè... Non lo sapevo.»

Lo zittisco con un altro bacio, aprendo la bocca e prendendo tutto ciò che è disposto a dare.

Tyler è oltre un metro e ottantacinque e devo allungarmi per arrivare alla sua bocca, ma mi sta tenendo stretta e le sue labbra si muovono avidamente sulle mie, mandando altri fremiti in tutto il corpo e calmando corpo e nervi.

Più mi bacia più quei fremiti si espandono e migrano, andando fuori controllo. Ha il fiato che sa di mentine, le labbra sono morbide e calde e mi accarezzano in un modo che mi fa tremare le mani contro il suo petto.

Normalmente, lascerei prendere il controllo al ragazzo, fermandolo quando vuole andare troppo oltre. Ma nonostante la bocca avida, le sue mani non si sono spostate dai miei fianchi.

È un bravo ragazzo; che cosa pensavo sarebbe successo?

Ovviamente dovrò fare io anche la prossima mossa.

Infilo le dita sotto la sua maglietta, sulla pelle calda e liscia, toccando i contorni del petto muscoloso, ottenuto con ore e ore di sport dopo l'orario scolastico.

Mi sto addentrando in un territorio affascinante, quando Tyler si tira indietro. Le mie dita si bloccano e lo guardo negli occhi, che non sono più brillanti. Con questa luce sono scuri e torbidi, con una profondità insospettata.

«Mira, e dabbasso? La festa...»

Non devo pensare.

Per tutta risposta gli sollevo l'orlo della t-shirt nera. Lui alza automaticamente le braccia, permettendomi di passargli il tessuto morbido sopra la testa. La lascio cadere sul pavimento e lo porto verso il letto. «Va tutto bene. Non verrà nessuno.» Mi siedo sul bordo e lo tiro gentilmente verso di me.

All'inizio non dice niente. Potrebbe avere qualcosa a che vedere con il fatto che mi sono tolta il top. Sono nuda dalla vita in su, tranne un bel reggiseno nero che mi sono regalata quando era in saldo da Victoria's Secret.

Tyler tocca la mia spalla nuda. «Ahhh...?» I suoi occhi si fissano sul mio seno per un secondo, poi risalgono al viso e agli occhi. «Tu mi piaci. Non siamo obbligati a farlo stasera.»

È un anno che sogno come sarebbe essere la ragazza di Tyler. Se mi avrebbe portato al cinema, oppure se saremmo rimasti a casa sua con sua madre e la sorella di cui mi ha parlato. Ma è una fantasia.

Tyler non mi vorrebbe mai se sapesse da dove vengo e com'è incasinato il mio passato. Non possiamo essere più di quello che siamo, tranne che in questo unico modo.

Avrò almeno un pezzo di lui. Questo momento.

«Sono sicura. Ti voglio.»

Capitolo Due

Tyler

i voglio.

Eccolo, il momento in cui avevo perso il contatto con la realtà e avevo ceduto a quello che avevo segretamente sognato.

Sono innamorato di Mira Frasier da anni e lei vuole *me* in un modo che ho solo immaginato nelle mie fantasie.

Mi ero assicurato che le ripetizioni si prolungassero quando lavoravamo insieme. Lei aveva bisogno di aiuto in algebra, ma ho tirato in lungo, creando una scusa dopo l'altra per passare più tempo con lei.

Le ho dato ripetizioni di matematica anche quest'anno, anche se l'insegnante aveva detto che non era necessario. Non mi era sembrato prudente informare Mira di quel fatto. Lei avrebbe potuto annullare le nostre sessioni in qualsiasi momento, ma non sarei stato io a suggerirlo.

Mira slaccia il bottone dei suoi jeans e io l'aiuto a toglierseli, insieme alle scarpe. Ci baciamo e ci tocchiamo e tutto ciò che riesco a pensare è *Come diavolo ho fatto a essere così fortunato?*

Lei mette le mani dietro la schiena per slacciare il reggiseno. Appoggio le mani sulle sue. «Ci penso io.»

Sono forse stato troppo codardo per chiederle di uscire con me nell'ultimo anno e mezzo, ma non mi manca l'esperienza. Non completamente almeno.

Sgancio abilmente il reggiseno e tolgo il tessuto setoso, cercando di non fissare il suo seno. Mi chino sopra di lei finché è sdraiata sul letto, io sopra di lei.

Gesù, la sto schiacciando?

Mi appoggio sulle braccia. Potrei fissare le belle curve abbronzate di Mira per tutta la notte, ma preferirei sentirla nelle mie braccia sotto di me, o sopra. Non sono schizzinoso. Purché siamo insieme.

Mira è la ragazza più bella che abbia mai visto, ma non è il motivo per cui mi toglie il fiato.

Una volta l'ho presa in giro. Così, all'improvviso. Non so perché. Aveva riparato con il nastro isolante la cover rotta del suo cellulare, arrivando a ritagliare strisce sottili intorno alla presa del caricabatterie. Era carino. Non ero riuscito a farne a meno.

«iPhone nastrato? È di moda?» avevo detto.

Mira non è povera. Vive con quel ragazzo ricco, Lewis, ma appena le parole mi erano uscite di bocca, mi ero chiesto se mi avrebbe preso a sberle. Mira non è il tipo di ragazza con cui si può scherzare. È dura e bella. L'ho vista ridurre a uno straccio uomini grandi due volte lei.

Ma Mira non mi aveva colpito. Si era messa a ridere. Il suono era leggero, pieno di vita, il tipo di risata per cui avrei raso al suolo montagne.

Da quel giorno, il mio obiettivo era stato far sorridere Mira. Se riuscivo a strapparle un sorrisino, mi si gonfiava il petto per l'orgoglio. Se riuscivo a ottenere una risata piena, camminavo tra le nuvole. Ma quel mezzo sorriso, una curva delle sue labbra che accennavano a malizia, Gesù... I mezzi sorrisi mi scaldavano da dentro.

Quei mezzi sorrisi erano maliziosi e sexy da morire e non l'ho mai vista guardare nessuno in quel modo. È come se li riservasse a me. Il mio sorriso segreto.

Le passo le labbra sulla pancia, sfiorando la coscia in alto con il mento e la bocca.

Dio, la sua pelle è così morbida. E il suo profumo, di vaniglia e qualcosa di fiorito che non riesco a individuare ma che mi fa venire voglia di appiccicare il naso alla sua pelle perché non riesco ad averne abbastanza. È perfetta.

Sono duro da far paura, ma se vuole fermarsi, vivrò contento con le palle viola per il resto della mia vita. Purché possa starle vicino.

Sfioro con la bocca la parte interna della coscia e lei apre la bocca. Le sfugge un gemito leggero.

Interessante...

Lo rifaccio e questa volta lascio che le labbra si attardino sulla pelle delicata.

Lei emette un altro gemito, più gutturale, inviando una fitta di calore al mio inguine.

Premo il mio cazzo sul materasso, reprimendo il desiderio di esplodere.

Sono una tortura questi piccoli suoni che emette, ma niente può impedirmi di fare tutto il possibile perché si senta bene.

Risalgo lungo il suo corpo, baciandola sopra le mutandine, con le braccia che tremano di lato ai suoi fianchi per l'autocontrollo che mi serve per non toglierle fino all'ultimo pezzetto di tessuto e avvicinarmi di più.

«Tyler...» dice.

Inspiro bruscamente per la scarica di adrenalina che mi procura il desiderio nella sua voce. Il bisogno di essere dentro di lei è il più violento mai provato, ho il cuore che batte come un tamburo, i miei istinti potenziati.

Invece di lanciarmi come avrei voglia di fare, infilo un dito sotto il bordo delle mutandine e poi mi fermo per valutare la sua reazione.

Lei si solleva e se le toglie lentamente. E mi trova che la fisso.

Non c'è niente di più bello di Mira nuda.

Sbatto le palpebre e deglutisco per il nervosismo che mi chiude improvvisamente la gola. Devo almeno far sembrare di sapere quello che sto facendo.

Scuotendomi dalla testa la nebbia di desiderio e meraviglia, le passo le mani dalla vita fino al seno, leccandola e baciandola. Se fosse tutto ciò che condivideremo, morirei felice.

Mira si sposta e le gambe si aprono ai lati della mia vita, annidando la mia erezione attraverso i jeans.

Ogni pensiero sparisce dalla mente tranne il desiderio di esserle vicino quanto è umanamente possibile.

Mi strofino contro di lei, stringendo i denti per il calore struggente e la frizione. Sarebbe straordinario, pelle contro pelle.

Non posso permettermi di pensarci, altrimenti esploderei.

Lei mi afferra la testa e mi bacia. «Togliti i pantaloni» mi mormora all'orecchio.

Oh Dio, mi sta uccidendo.

Sta veramente succedendo? Seriamente, che cosa sta succedendo? Non sono così fortunato.

Nonostante la mia esitazione faccio quello che dice,

perché non sono stupido. Che sia un sogno o meno, non perderò l'opportunità di stare con questa ragazza.

Mi tolgo il resto dei vestiti e mi siedo sul bordo del letto, guardandola mentre si china e prende un preservativo dalla tasca posteriore dei suoi jeans. Almeno uno di noi sa quello che sta facendo.

Sento una fitta di irritazione a quel pensiero. L'ha fatto con altri ragazzi? Di recente? Vive con Lewis. E ci sono voci che dicono che stanno insieme.

Non mi piace pensare a Mira con altri uomini. È da cavernicolo, lo so, ma comunque... Voglio essere l'unico a cui rivolge quei mezzi sorrisi, o con cui condivide il corpo.

Mi passa il preservativo e le tremano leggermente le mani. È nervosa?

Forse non è esperta come sembra. Ma se è così, perché fare qualcosa proprio qui? A una stupida festa con centinaia di persone al piano di sotto?

Non è così che voglio che sia la nostra prima volta, ma se me ne vado, poi mi dovrò suicidare.

Mi metto il preservativo, comportandomi come se l'avessi fatto un milione di volte, o almeno *una volta* prima d'ora, e torno dov'ero. Perché essere sdraiato sopra Mira, con i suoi occhi marrone dorato che mi guardano come se fossi il suo eroe, è l'unico posto dove voglio essere.

Il tremore delle sue mani sulle mia spalle mi riporta i dubbi. «Mira, io...»

Lei scivola verso il basso e la punta del mio cazzo la penetra un paio di centimetri. Gemo e istintivamente spingo.

Lei si dimena.

Cazzo, sto facendolo nel modo sbagliato?

Mi tiro indietro e lei mi afferra. «Non fermarti.»

Faccio un respiro profondo per calmarmi e spingo di nuovo, questa volta piano.

La sensazione del suo corpo che si stringe intorno a me mentre vado avanti e indietro, più in profondità a ogni spinta, mi sta facendo impazzire.

Non durerò a lungo. È così bello... *Dio, Mira.* Amo questa ragazza... La amo...

Incapace di capire che cosa sta succedendo, non tento nemmeno. Seguo l'istinto e le bacio la bocca, il collo, poi mi tiro indietro e affondo completamente finché non c'è niente che ci separa.

Mi fermo quando mi travolge la sensazione più intensa che abbia mai provato. Il senso di essere così completamente connesso a un altro essere umano che niente sarà più lo stesso.

La sento ansimare e mi stringe le braccia intorno. «Continua» mi dice.

Le bacio le labbra, le dimostro con la bocca e le mani quanto significa per me. Le braccia di Mira si allentano e il suo respiro diventa affrettato. Ha un'espressione sbalordita sul volto quando abbasso la testa, passandole le labbra sull'orecchio e succhiando la pelle sotto. Nel frattempo, il mio corpo si muove con un ritmo che fa ansimare entrambi.

Sto cercando di andare piano, di controllarmi, ma la pressione sta crescendo. Fermarsi non sembra una buona idea. Non mentre Mira sta facendo quei piccoli suoni.

Le nostre bocche si uniscono e il fiato si mischia. Prima di saperlo, l'orgasmo più intenso che abbia mai provato mi travolge, ho il corpo bloccato e tremante per un'ondata di piacere dopo l'altro.

Mi tengo sollevato sopra di lei per parecchi secondi, raccogliendo il fiato e obbligando la mia mente a riprendere a funzionare.

Mira è ferma sotto di me. Immobile. Troppo. Le bacio la fronte e le rotolo di fianco, portandola con me. Non riesco a lasciarla andare. È così bello tenerla tra le braccia. La tengo stretta mentre il mio cuore rallenta fino a tornare quasi normale. «Stai bene?»

Lei annuisce, ma ha gli occhi che luccicano.

Mi appoggio a un gomito. «Mira?» Dopo quell'esperienza, sono vicino alle lacrime anch'io. Ma non credo che le sue siano dello stesso tipo. «Sei...»

Lei mi bacia forte e si stacca e allontana, raccogliendo i vestiti dal pavimento. «Sarà meglio che torniamo dabbasso.»

Mi affretto a rimettermi in piedi, un po' barcollante e avvolgo il preservativo con un fazzolettino che trovo sul comodino. Lo getto nel cestino della spazzatura e cerco i pantaloni, che non trovo perché la moquette è scura e non riesco a vedere niente con questa luce.

Guardo nervosamente la sua figura in ombra mentre si veste più in fretta di quanto sia in grado di fare io, dopo quello che abbiamo fatto. Sembra sconvolta, e non è giusto. Voglio che si senta bene come me.

«Aspetta, Mira...»

Lei afferra qualcosa vicino alla porta e si precipita fuori.

«*Cazzo*.» Trovo finalmente i pantaloni sotto il letto e mi infilo il resto dei vestiti.

Cerco Mira dappertutto nella casa affollata. Non riesco a trovarla. È andata via e nessuno l'ha vista.

È come se non fosse mai esistita.

Come se quello che è successo *fosse* un sogno.

Tranne che non mi sono mai sentito di schifo dopo uno dei miei sogni su Mira.

* * *

Ho cercato di chiamare Mira dopo la sua partenza precipitosa dalla casa di Holly. Non era mai in casa e non mi ha mai richiamato. Quindi ho cominciato a sclerare.

La mia unica alternativa era di andare a casa sua come uno stalker. Ci ho pensato parecchie volte, ma non sono riuscito a farlo. Non volevo metterla a disagio, ma *avevo* bisogno di parlare con lei.

Le ho fatto male? La gente dice che il sesso è una cosa naturale, ma in questo momento dubito di tutto.

È lunedì e non sono mai stato così contento di tornare a scuola. Purché non si dia malata, dovrei essere in grado di trovarla. La scuola non è il posto ideale per questa conversazione, ma sono davvero disperato.

Arrivo presto e l'aspetto accanto al suo armadietto. Passa un quarto d'ora prima che Mira appaia dall'angolo del corridoio.

Il peso che ho sentito in questi due giorni diminuisce quando la vedo. Vorrei afferrarla e stringerla al petto, ma poi lei mi vede e ridivento nervoso.

Mira va al suo armadietto. Mi dà una breve occhiata, toccandomi timidamente il volto. «Ciao.»

Ero piuttosto sicuro che qualcosa non andasse quando mi aveva lasciato nella camera con i pantaloni abbassati. Ora non posso negarlo. È scritto su tutta la sua faccia.

Quando ho fatto l'amore con Mira era la mia prima volta. Non credo sia andata così male. Sì, sembrava nervosa, ma i suoni che provenivano da lei quando la baciavo e la toccavo dicevano che le piaceva. E quando eravamo veramente... Beh, aveva questa espressione stordita e sexy da morire sul volto, come se quella parte le piacesse davvero.

E, credetemi, stavo prestando attenzione.

Ma volevo che si sentisse benissimo, volevo che la nostra prima volta fosse perfetta.

«Ehi» dico gentilmente. «Ho cercato di chiamarti un mucchio di volte. Va tutto bene? Perché l'altra sera...»

Il suo volto si addolcisce mentre mi guarda, poi Holly Walker appare dal nulla e mi stringe il braccio.

Torno a guardare Mira, ma il suo volto non è più aperto e dolce e sta fissando la mano di Holly su di me. Se non fosse da maleducati, mi toglierei la mano di Holly di dosso. È piuttosto carina e popolare e ci sta provando con me da tutto l'anno. Non mi piace e l'ho messo in chiaro, ma non si arrende.

L'unica ragazza a cui penso da un anno e mezzo è quella davanti a me con le mani che tremano mentre toglie i libri dall'armadietto.

«Allora, Mira» dice Holly. «Tu e Tyler?»

Per quanto ne so, Holly non ha mai parlato con Mira. Holly sta col suo branco di ragazzi del club Tahoe. Erano tutti alla sua festa venerdì sera; non mi aveva sorpreso che ci fosse anche Mira. Ma il fatto che Holly stia avvicinando Mira a scuola *è* una sorpresa.

«Ho sentito dire che sei uscita da una delle camere degli ospiti venerdì sera, con l'aspetto di una appena scopata. Non è Lewis il tuo ragazzo? O vai con entrambi? *Oh, merda...* Ti sei data da fare alle spalle di Lewis?»

Mira si irrigidisce e le sue guance diventano rosa.

Sono momentaneamente troppo sorpreso dall'orribile suggerimento di Holly per reagire.

Uno dei motivi per cui non avevo mai fatto niente riguardo la mia attrazione per Mira è perché non so che cosa succede tra lei e il ragazzo con cui vive. Lewis è all'ultimo anno, come me. Silenzioso, ma sempre con Mira, quando non sto facendole lezione. Mira è anche amica di Zach, ma Zach è uno che si dà da fare. Non credo che ci sia niente più di amicizia tra Mira e Zach. Non è mai stato chiaro che cosa ci sia tra lei e Lewis.

Gli occhi di Mira diventano duri mentre fissa Holly. «A te che importa?»

«Calmati, sono solo curiosa. I due ragazzi più sexy a scuola? Maledettamente avida, se vuoi saperlo. Se Tyler era solo una botta e via, voglio saperlo. Ho dei progetti per lui.»

Mira mi guarda per un momento.

Ma sono troppo occupato a ripassare mentalmente tutto ciò che ho sentito dire di Mira e Lewis. E pensare all'altra sera... Mira era venuta da me all'improvviso e poi era scappata dalla stanza... Holly ha ragione?

Mira non ha risposto alle mie chiamate. Perché cazzo non mi ha richiamato? Mi sta scaricando? *Stava* cercando di mantenere segreto quello che è successo?

C'è un lampo di vulnerabilità sulla faccia di Mira mentre mi guarda negli occhi. Tira indietro la testa come se non le piacesse quello che vede. Distoglie gli occhi e si mette lo zaino sulla spalla, chiudendo lo sportello dell'armadietto. «Non so se Tyler è disponibile o no. Non sono la sua custode. Chiedilo a lui.»

Ma Holly non lo fa. Per qualche motivo, è decisa a mettere Mira con le spalle al muro. «Quindi era solo una botta e via?»

Sta mettendo Mira in difficoltà. Dovrei fare qualcosa, dire qualcosa, ma sono pieno di dubbi.

«Può vedere chi vuole» dice Mira.

Le sue parole sono come un pugno nello stomaco.

«Perfetto.» Holly si volta verso di me. «Allora, che ne pensi, Tyler? Vuoi accompagnarmi al ballo di fine anno?»

Mira se ne va infuriata.

Che problemi ha Holly? Quante volte deve dire di no un uomo? Le passo accanto e afferro gentilmente lo zaino di

Mira. Lei si ferma in mezzo al corridoio affollato e si volta a guardarmi.

«Sembra che tu abbia una ragazza per il ballo» mi dice, guardando oltre la mia spalla. «Meglio non lasciarla aspettare. Rispondi a quella povera ragazza.»

«È vero?» Tiro la t-shirt che indosso che di colpo sembra troppo stretta, troppo calda. «Era solo una cosa occasionale e non vuoi che nessuno lo sappia?»

Lei deglutisce, ha la vena sul collo che batte furiosamente. I suoi occhi diventano nuovamente dolci. «Io...»

«Come va, Mira?» Chad, che gioca nella squadra di calcio con me, fa un cenno di saluto a Mira mentre passa, guardandole il sedere.

Mi piacerebbe dargli un pugno in faccia. Cos'è quell'occhiata possessiva che le sta rivolgendo?

«Vai a letto anche con lui?» sussurro aspramente, rimpiangendo le parole nell'attimo stesso in cui escono dalla mia bocca.

Mira resta a bocca aperta. Poi la chiude di colpo, respira profondamente trattenendo il fiato.

Cazzo. Ho permesso a Holly di incasinarmi la testa. «Mira, non volevo dire...»

Lei si volta e sorride a Chad.

Gli rivolge il *mio* sorriso.

Il sorriso segreto e sexy che riserva a *me*. Non dura come quando è rivolto a me ma è sufficiente per farmi sprofondare lo stomaco.

«Ehi, Chad, mi aspetti? Volevo farti una domanda sul ballo di fine anno.»

Chad si ferma a poca distanza, inarcando le sopracciglia, interessato. Lo fisso furioso.

«È tutto tuo, Holly» dice Mira allontanandosi nel corridoio, con la voce che trema, evitando di guardarmi negli occhi. Poi si volta e prende Chad a braccetto.

Mi pulsa la testa, pronta a esplodere. Guardo Mira che si allontana con Chad, con le spalle stranamente curve e non riesco a muovermi. Non so che cos'è appena successo, se ho rovinato qualcosa o se era già così che doveva andare.

Qualcuno mi dà una botta sulla schiena.

«Brutto colpo, amico» dice Jake, un altro che fa parte della mia squadra e fisso la sua schiena mentre continua lungo il corridoio.

Sanno tutti tranne me di Mira e altri ragazzi?

Dovrei dire qualcosa, fare qualcosa, ma il messaggio è chiaro. Ciò che c'è stato tra me e Mira per lei non significava niente.

Sono io l'idiota che pensava ci fosse qualcosa di più tra di noi.

Capitolo Tre

Mira

Oggi

Una lieve brezza mi butta una ciocca di capelli scuri direttamente in un occhio, perché è così che va la mia giornata.

Lo strofino e guardo con l'occhio sano gli alberi sulla destra, poi quelli a sinistra.

Mi sono persa? I tronchi sembrano tutti uguali. La solita foresta di Tahoe: chilometri di abeti alti e diritti, la corteccia marrone rossastro, crepati come pezzi di un puzzle, quasi neri al crepuscolo. Sta diventando buio e la strada invasa dalle erbacce fa paura anche nelle migliori condizioni.

Il capanno dove vive mia madre è nella foresta più fitta dove è relativamente difficile arrivare e questo significa che devo abbandonare la mia auto malandata e camminare per tre quarti d'ora su una strada asfaltata troppo piena di erbacce per poterla percorrere in auto.

Sono così stufa di questa storia. Dovrei ascoltare Lewis

e smettere di aiutare mia madre, ma non ho mai voluto perdere l'ultimo brandello di famiglia che mi resta. Ora che sto facendo un'ennesima pazzia per darle i soldi per quella che temo sia droga, anche se lei dice di no, rimpiango di non aver fatto qualcosa prima per risolvere la situazione.

Tolgo con una ditata un bruco verde brillante che mi è caduto sulla giacca e mi massaggio le tempie. Mia madre l'ha già fatto in passato, occupare abusivamente una casa mentre "riprende in mano la sua vita". Non resta mai pulita a lungo. Lo so, ma è difficile lasciarla andare. Lewis si è allontanato adesso che ha una ragazza, che è quello che temevo e il motivo per cui l'avevo tenuto stretto. Prima o poi perdo tutti.

Mia madre mi ha abbandonata tanto tempo fa. Non so perché allontanarmi da lei e il suo pericoloso stile di vita rappresenti una nuova perdita. Non si può perdere due volte la stessa persona, vero?

Guardandomi attorno, riconosco l'albero spezzato in mezzo. Avrebbe dovuto essere più sulla destra. Avrei decisamene dovuto svoltare a sinistra un po' di tempo fa. Andrebbe meglio se non mi fossi persa.

Scherzo con Lewis e Zach dicendo che conosco il bacino del Tahoe come il palmo della mia mano, visto che sono una Washoe purosangue mentre loro non lo sono. Il nostro patrimonio culturale è morto qualche generazione fa, quando robusti uomini di frontiera ci hanno cacciato dalla nostra terra. Ma ciò non mi impedisce di sbattere loro in faccia che entrambi i miei genitori sono Washoe.

Ed è tutto quello di cui posso vantarmi quando si tratta dei miei genitori. Non ho mai conosciuto mio padre e i Sallee mi hanno preso con loro quando Lewis e suo padre mi hanno trovato da sola, all'età di tre anni, mentre sopravvivevo mangiando cereali scaduti e bevendo acqua stagnante nella casa di forati di cemento di mia madre nella riserva.

Sospiro forte. Se taglio attraverso i cespugli sulla sinistra dovrei tornare a quel bivio.

Cammino intorno a un masso e m'infilo tra i cespugli e, dato che è un'impresa da folli e ho già fatto casino finora, inciampo immediatamente in una radice e riesco a malapena a restare in equilibrio e non finire con la faccia per terra.

Spolvero le ginocchia e i pantaloni adesso hanno un altro buco, grande quanto una moneta.

Accidenti, erano i miei jeans più belli. Gli abeti hanno radici profonde. Questo, in mezzo al sentiero, ha deciso di puntare alle stelle? Dovrebbe stare dentro il terreno.

Sento un fischio in lontananza.

Che diavolo sta succedendo qui? Mi sono persa. Ho quasi sbattuto la faccia contro una radice. E adesso qualcuno fischia in questo posto isolato, nella foresta?

Tanto tempo fa, mia madre fischiava per chiamarmi mentre giocavo nel cortile. È uno dei pochi ricordi che ho di quando vivevo con lei.

Sono più vicina al suo capanno di quanto pensassi? È preoccupata per me? A mia madre interessa più ricevere i suoi soldi di qualunque altra cosa in questo periodo, ma avrei dovuto arrivare un'ora fa...

Uhm, magari è preoccupata. Ha detto che aveva smesso di drogarsi. E non è che i cellulari funzionino nella foresta, anche se ne avesse uno.

Sento uno strano calore nel petto. Non dovrei farmi illusioni. Non dovrei ancora cercare l'amore di mia madre. Eppure mi metto a correre per recuperare il tempo perduto.

C'è un altro fischio, che mi blocca.

Okay, non possono essere venuti entrambi da lei. Venivano da due direzioni opposte.

Sento un brivido gelido nella schiena. Sta diventando buio e non ho mai incontrato nessuno da queste parti.

Beh... tranne *lui*.

Ovviamente mi sono imbattuta in Tyler Morgan in mezzo al nulla. Come se tutto non stesse già andando a rotoli nella mia vita, incontro l'unico uomo che non sono mai riuscita a dimenticare. Giusto per ficcare il coltello un po' più in fondo al mio petto e rigirarlo un po' per buona misura.

Non intendevo avere una relazione con Tyler dopo la festa di Holly, ma lasciarlo quella sera era stata una tortura. Per qualche giorno avevo sperato che potesse funzionare. Perfino quando ero tornata a casa dopo la festa e i genitori di Lewis mi avevano detto che mia madre era in ospedale a causa di una overdose di cocaina.

Vivevo in una bella casa con Lewis e i suoi genitori, ma mia madre e i suoi amici tossicomani, che lei trattava come se fossero la sua famiglia, facevano anch'essi parte della mia vita. Non avevo richiamato Tyler quel fine settimana perché temevo che avrebbe scoperto la verità. Non avrei potuto accettare di essere respinta. Non da lui.

Tyler sembrava così speranzoso quando si era fatto vivo davanti al mio armadietto quel lunedì. Per un momento mi ero illusa. Poi era arrivata Holly e Tyler aveva creduto alle sue bugie. Gli avevo permesso di credere che ero un tipo promiscuo, perché era più facile che guardarlo scaricarmi.

Pensavo che non lo avrei più rivisto quando era partito per frequentare un college di lusso. Dovrebbe essere da qualche parte a guadagnare uno stipendio da colletto bianco, con una ragazza con la quale a un certo punto nel futuro avrebbe avuto 2,5 figli. Solo che l'avevo visto un paio di settimane fa, sulla sua mountain bike nella foresta, oltre il capanno occupato da mia madre, mentre ero seduta sul portico, ed ero rimasta a bocca aperta così a lungo che mi meraviglia che una mosca non ci sia entrata prendendo residenza.

Mi ero autoconvinta di aver salvato un po' di dignità lasciando Tyler prima che lo facesse lui, ma mi sbagliavo. Avevo solo perso un'altra delle persone di cui m'importava.

Sento un ramo spezzarsi davanti a me. Un uomo alto, con una giacca di jeans esce da dietro un albero, spaventandomi.

Da dove diavolo è venuto? Sembra che sia arrivato dalla strada.

Mi sento invadere dalla paura e il cuore comincia a battere forte. Adesso sono immischiata con gente losca. Forse non dovrei essere qui.

Cammino in fretta nella direzione opposta, verso la mia auto, guardandomi alle spalle ogni pochi secondi. L'uomo mi fissa senza parlare, ma non mi segue.

Me ne vado. Tornerò più tardi. O farò venire mia madre da me se ha bisogno così disperatamente di qualcosa.

Un altro uomo si alza da dietro il cespuglio di fronte a me. Vacillo e scivolo. Era accucciato? Mi stava aspettando?

Merda. Mi lancio facendo un giro ampio verso la strada da cui sono venuta, pregando che il mio senso della direzione migliori tornando indietro. Sono terrorizzata, ho la bocca secca, il cervello che lavora in fretta come i miei piedi. Non c'è nessun altro qui, a parte me e quegli uomini. Come ho potuto essere così stupida? Avrei dovuto essere più cauta.

Schivo gli alberi, mettendomi davanti ai tronchi più grossi per nascondere la direzione in cui sto andando.

Nessuno mi urla di fermarmi. L'unico suono più forte del battito del mio cuore è quelle dei miei piedi sul terreno.

Mi bruciano i muscoli delle gambe mentre supero i tronchi caduti, graffiando la giacca contro i cespugli spinosi. Forse mi sbaglio. Forse non sono qui per me...

I rami si spezzano dietro di me e un peso enorme mi sbatte sulla schiena, buttandomi a terra. Le mie mani e i gomiti raschiano sul terreno friabile della foresta quando mi inchioda al suolo, togliendomi anche l'ultimo rimasuglio di aria dai polmoni.

Ansimo, con l'odore degli aghi di pino e della terra che mi riempie il naso. Mi dimeno cercando di liberarmi con la paura così forte che non mi sfugge un suono, nemmeno un urlo.

Mi fanno rotolare sulla schiena senza tante cerimonie e il tizio con la giacca di jeans che era apparso da dietro l'albero mi guarda in modo lascivo.

Alzo una mano per allontanare la sua faccia, graffiarlo, artigliarlo, qualunque cosa, per togliermelo di dosso. Lui mi prende i polsi e mi blocca entrambe le braccia lungo i fianchi.

«Lasciami andare.» La voce mi esce acuta e spaventata. Detesto mostrare paura. Ma a volte l'emozione ti soffoca, trasuda dai pori, finché il tuo corpo trema per la sua forza.

Il secondo uomo rallenta a mezzo metro di distanza. «Devi dei soldi al nostro capo, ragazzina.»

Il tizio che mi blocca a terra si sposta verso l'alto, ficcando l'anca nella mia coscia. Gemo per il dolore acuto. Ho i contanti che ho portato per mia madre, ma è una goccia nel mare paragonato al mio debito. Lui si sposta e afferra entrambi i miei polsi con una mano, sollevandoli sopra la mia testa, una presa da cui non riesco a liberarmi, per quanto ci provi.

Mi passa un dito calloso sullo zigomo, lungo la gola, impigliandosi nel mio top e abbassandolo fino al bordo del reggiseno. «Non è come le altre. Carina» dice distrattamente, riportando gli occhi dalle palpebre pesanti sul mio volto.

Ho la gola chiusa, la saliva dalla consistenza vischiosa, il sudore che gocciola dalle scapole. Mi farebbero male, *in quel modo*, perché sono in ritardo con i pagamenti al loro capo?

«Penso che dovremmo darle una lezione perché impari a essere responsabile» dice quello sopra di me, con i lineamenti in ombra.

«Aiuto! Qualcuno mi aiuti!» urlo, dimenandomi per liberarmi, con la voce che diventa roca per lo sforzo.

Il tizio con la giacca di jeans ha un naso piuttosto grosso, gli occhi neri. Lineamenti bulbosi, come un'immagine riflessa negli specchi ondulati di un'attrazione in un luna park. «Potremmo insegnarle una cosetta o due.» Mi appoggia la mano sul seno. «Come ti chiami, bellezza?»

Ho il cuore che scoppia, non riesco a respirare, a muovermi. «Togliti di dosso, togliti di dosso!» strillo.

Quello con la giacca di jeans si china verso di me. «Mira, vero?»

Riesco a liberare un braccio e afferro il primo oggetto che trovo, un sasso non più grande della mia mano. Glielo sbatto sulla testa, ma l'angolo è sbagliato e sfioro appena la parte posteriore del cranio.

Lui mi ficca il gomito nel braccio, spingendo contro il muscolo finché lascio cadere il sasso. Urlo per il dolore. «Stronza...» La mano enorme mi sbatte sul viso.

Vedo le stelle. Gemo, ruotando la testa da una parte all'altra.

Il suo fiato fetido mi inumidisce l'orecchio. «Ho un

messaggio per te, *Mira*. Paga.» Mi dà una spinta sul mento e il peso enorme sparisce di colpo.

Faccio per girarmi, ma la punta del suo stivale mi colpisce allo stomaco, togliendomi il fiato. Mi stringo le braccia intorno alla vita, rannicchiandomi per proteggermi. Un altro calcio sulla coscia e urlo.

I calci aumentano di velocità. Non riesco a riprendere fiato. Uno stivale sbatte sulla mia schiena come se stesse spegnendo un fuoco. Un ultimo colpo sul lato della testa spegne le ultime luci della sera. Per un attimo non vedo più niente, nemmeno le sagome.

«Basta così» dice uno di loro. «Andiamo.»

Mi perquisiscono il corpo, strappano dalla tasca della giacca la busta con i duecento dollari, gli unici soldi che ho con me.

I passi si allontanano e svaniscono. Nella testa e il resto del mio corpo si alternano dolore bruciante e pulsante.

Ho permesso a mia madre di manipolarmi. Ho preso in prestito dei soldi per lei. È stata una mia decisione e adesso questi uomini mi danno la caccia.

Non sono una radice che guarda le stelle, sognando di raggiungere il cielo. Sono al mio posto, a terra, nella sporcizia esattamente come il resto della mia famiglia.

Avrei dovuto sapere che sarei finita così.

Capitolo Quattro

Tyler

Avrei dovuto sapere che Mira avrebbe causato dei guai.

Maledizione, smetto di pedalare sulla mia Diamondback e guardo il pendio boschivo fino al lago di ossidiana che riflette la luce della luna. Che diavolo ci faccio qui?

Ero a casa di mia sorella, dove dormo da tutta l'estate, quando ho sentito che Mira oggi è sparita. Non me ne ero reso conto finché non sono arrivato in città, ma la migliore amica di mia sorella, Gen, sta con il migliore amico di Mira, Lewis. A quanto pare, Mira aveva causato problemi tra Lewis e Gen.

Mira è senza cuore. Probabilmente è solo uno stratagemma per attirare l'attenzione di Lewis. Non è cambiato niente. Sono un idiota, perché sto andando in bicicletta, nella fottuta oscurità della notte, verso un capanno isolato a cercare una ragazza che avevo detto che non avrei mai più avvicinato.

Non dovrei nemmeno sapere che questo posto esiste, ma il fato è uno stronzo che si diverte a sbattermi in giro, quindi mi sono imbattuto nell'unica persona in città che avevo tutte le intenzioni di evitare. Durante un allenamento infernale in bicicletta, mentre cercavo di esorcizzare i demoni del Colorado con la tortura fisica, ero riuscito a percorrere un terreno fuoristrada che probabilmente avrei evitato accuratamente se fossi stato in me. Avevo trovato un capanno, con Mira, tra tutte le persone possibili, seduta sul gradino davanti alla porta.

Era stato come un cattivo presagio.

Non avevo idea di che cosa ci facesse lì Mira, nel mezzo del niente. Non erano affari miei, ma avevo deciso di controllare ed eventualmente eliminare questo posto mentre gli altri la cercavano in città. Sarebbe stato difficile indirizzare chiunque altro in questo punto e, nell'improbabile possibilità che fosse veramente nei guai, qualcuno doveva controllarlo.

Mi sono imbattuto in Mira due volte da quando sono tornato a casa. La prima volta in questo capanno, un paio di settimane fa, la seconda volta qualche giorno dopo a una festa alla quale ero andato con mia sorella e le sue amiche. Diciamo solo che non ci ero rimasto a lungo. Prima dei due incidenti, l'ultima volta in cui avevo visto Mira era stata durante l'ultima settimana delle superiori.

Mira non era andata al ballo di fine anno con Chad. In effetti, non l'avevo mai notata con lui dopo quell'incontro in corridoio e non avevo mai nemmeno scoperto con chi andava o non andava a letto. Non volevo saperlo. Avevo dimenticato tutto, incluso come mi ero sentito male per settimane, dopo. Fino al giorno in cui mi ero imbattuto in Mira nella foresta. Allora mi era tornato in mente tutto in un lampo.

Mi do una spinta col piede contro un masso e spingo sui pedali, passando a una marcia inferiore sul sottobosco appena praticabile. Sono arrivato più o meno al punto in cui avevo avvistato Mira.

Dopo qualche minuto, vedo in lontananza la sagoma del capanno. Scendo dalla bici e mi avvicino a piedi.

Avvicinandomi, metto la mano a coppa sul vetro e sbircio all'interno di una finestra scarsamente illuminata. Ci sono due lettini singoli accanto a un camino spento. Il posto è quasi spoglio, ma non disabitato. C'è una donna seduta a un tavolo con le gambe sottili. È la stessa donna che aveva messo la testa fuori dalla porta quando ero passato in bicicletta un paio di settimane fa, mentre Mira ansimava per la sorpresa dal portico, con gli occhi spalancati che mi fissavano.

C'è un uomo seduto al tavolo insieme alla donna. Hanno delle coperte sulle spalle e stanno giocando a carte alla luce di una lampada da campeggio. Ci sono lattine vuote di birra su tutto il pavimento. E Mira non si vede da nessuna parte.

Non è qui. Ho fatto quello che potevo per mia sorella e le sue amiche. È stata una perdita di tempo, ma, ehi, preferirei comunque che la trovasse qualcun altro.

Solo per essere sicuro che non mi sia sfuggito niente, faccio un giro intorno al capanno e guardo all'interno da un altro paio di finestre.

Niente. E il posto è troppo piccolo per non vederla. Decisamente Mira non è qui, ma dove potrebbe essere? Si allontana raramente dal fianco di Lewis. Anche se, a quanto ha detto Cali, è cambiato tutto da quanto Lewis esce con Gen.

Beh, non ho intenzione di preoccuparmene.

Non è un problema mio.

Torno alla mia bicicletta e mi rimetto in sella, guardandomi attorno nel freddo e nel buio. È la fine dell'estate e l'aria sta diventando fresca. Premo il lato del mio orologio, illuminando il quadrante per controllare la bussola incorporata. Il ritorno al mio pick-up dovrebbe essere più rapido, perché è in discesa ma il buio rende impossibile andare velocemente senza rischiare di impalarmi su un ramo basso.

Pedalo alla cieca, affidandomi alla bussola sull'orologio per dirigermi a sud-est fino all'inizio della strada.

A metà discesa, mi fermo per controllare le coordinate e assicurarmi di andare nella direzione giusta. Da vicino risuona un lamento.

Il mio polso accelera, mi si rizzano i peli sulla nuca. Dev'essere un animale ferito. Trattengo il fiato e aspetto che si ripeta.

Il suono arriva di nuovo. Solo che adesso sembra un gemito... del tipo che farebbe una donna che stesse provando dolore.

Mi si annoda lo stomaco, con le immagini di Mira che mi attraversano la mente.

Non può essere lei. È un animale. Dovrei restare a distanza di sicurezza. Ma, solo nel caso in cui...

Appoggio la bicicletta a un albero e mi affretto nella direzione del rumore, con il cuore a mille. Un po' più avanti, una macchia di tessuto dal colore chiaro si muove, rivelando un volto che mi toglie il fiato.

Corro lì, inginocchiandomi accanto a lei, con le mani che tremano mentre le tocco il collo, il polso. «Mira?»

Dove cazzo è il polso?

Lei apre lentamente gli occhi, belle iridi marrone dorato che luccicano, anche nella luce scarsa. Normalmente i suoi occhi sono quasi del colore della sua pelle abbronzata, solo che ora la pelle appare pallida.

Le controllo il corpo: un taglio sul lato della testa, pelle a chiazze sullo zigomo, tessuto strappato sulle maniche e sui jeans.

Mira apre la bocca per dire qualcosa, la chiude e deglutisce. «Tyler?» La sua voce sembra disorientata e roca.

«Sono io» dico in tono burbero, sentendo un bruciore al petto. Per qualche motivo, vedere Mira in queste condizioni mi sconvolge. «Che cos'è successo?»

I suoi occhi si richiudono. Si morde il labbro inferiore.

Mira non è un tipo timido. Mostra raramente le sue emozioni e vedere ciò che sospetto sia dolore e paura sul suo volto? È troppo.

Le metto le braccia sotto la schiena per aiutarla ad alzarsi, per portarla se devo. «Vieni, lascia che ti porti al capanno. Non è lontano.»

Lei scuote la testa, facendo una smorfia. La mano va al lato della testa. Nel punto dov'è impastato e bagnato. «Non posso andare da mia madre. In qualche altro posto. Potresti... Potresti aiutarmi ad arrivare alla mia auto?»

Un veicolo piccolo e malandato era l'unico altro parcheggiato sulla strada da cui sono entrato nella foresta. Comunque... «Potresti avere una commozione cerebrale. Non potrai guidare per andare da nessuna parte. Dobbiamo portarti al capanno. È il posto più vicino, a meno che...»

Sento le spalle che si irrigidiscono. Guardo nella direzione da cui sono venuto. «Sono stati loro, la donna e l'uomo nel capanno? Sono stati loro a conciarti così?»

«No, non sono stati loro.»

Ma la sua omissione implica che *sia stato* qualcuno. Non è solo caduta. «Allora andiamo lì. La strada più vicina è a oltre due chilometri di distanza.»

«Mia madre... lei non... No.» Mira si stacca da me e

rotola sulle ginocchia. «Vado da sola.» Si mette in piedi, ondeggiando come una barca sull'oceano.

Le afferro il braccio. «Mira, riesci a malapena a restare in piedi.»

Potrei ignorare le sue proteste e portarla al capanno, ma ha bisogno di cure mediche e dubito che nel capanno ci sia una cassetta del pronto soccorso.

Bene, faremo le cose a modo suo. Per ora.

Le metto le braccia sotto la schiena e le ginocchia e la sollevo. Lei spalanca gli occhi, con lo sguardo che va al mio collo e alla bocca, dove si attarda per un istante.

È sufficiente per agitare i miei sensi.

Gesù, come fa questa ragazza ad avere ancora questo effetto su di me? L'avevo dimenticata. È finita anni e anni fa.

Lei si concentra sui miei occhi. «E adesso cosa fai?»

Non mi sono mosso. La sto tenendo in braccio, convincendomi che quello che provavo per lei una volta era finito.

Avrei davvero dovuto scegliere un'altra città dove rintanarmi per qualche mese. Questo posto riporta alla memoria troppi ricordi indesiderati.

Faccio un passo avanti, fingendo una sicurezza che non provo. «Saliremo in bicicletta e poi di porterò fino alla mia auto.»

Lei ispeziona con gli occhi la mia Diamondback, appoggiata a un albero. «Insieme?»

La guardo per rimbrottarla sulla mancanza di alternative, dato che sono di pessimo umore, ma uno sguardo al suo bel viso e perdo la concentrazione. È ferita, io sono di cattivo umore per ragioni che non riesco a spiegare e allo stesso tempo preoccupato per lei, mentre dovrei solo aver voglia di riportarla dai suoi amici.

Mi do uno scossone mentale. «Perché non la smetti di parlare e non conservi le energie?»

Lei stringe le labbra come se avesse capito l'insulto. «Mettimi giù, Tyler. Non voglio che mi tenga in braccio.» Le guance pallide, normalmente dorate, si scuriscono perfino con questa luce scarsa.

«No.» E la sollevo più in alto.

Il mio atteggiamento è composto, come se avessi tutto sotto controllo, ma mi preoccupa come funzionerà. Andare in bicicletta in due è più facile se uno dei due non è inabile.

Arrivo alla bicicletta tenendola in equilibrio tra le braccia. «Riesci a tenerti dietro al mio collo?»

Lei mi guarda un po' scettica.

«Mira, sto cercando di aiutarti. Dammi una mano in modo che ti possa scaricare, intendo dire, depositare, a casa di Lewis.»

Lei sbuffa, ma mi mette le braccia oltre le spalle, afferrandomi sorprendentemente stretto, viste le sue condizioni. Appoggia la testa sotto il mio mento e la sua bocca mi sfiora la pelle del collo, in quella che sembra una breve carezza.

Quasi perdo la presa sulla bicicletta.

«Via la bocca.» Non so se il tocco delle labbra è stato intenzionale o meno, ma non m'interessa, accidenti. Non ci riuscirò se mi mette le labbra addosso. Ho la testa abbastanza incasinata di suo senza che Mira ci si metta anche lei.

Un pesante sospiro scalda la pelle che le sue labbra avevano stuzzicato. Lei alza la testa e la tira indietro. I suoi occhi colore del caramello dissolvono in parte la mia rabbia. «Puoi smettere di odiarmi, Tyler.»

Non rispondo. Non ho niente da dire.

«Non avevo intenzione di ferirti» dice. «E tu...»

«Se si tratta di quello che è successo quando eravamo ancora a scuola, lo ricordo appena. Risparmiami le tue scuse e resta ferma in modo che possa portarti fuori da qui.»

Lei sbuffa, sospirando di nuovo.

Ancora impertinente. Non è cambiato niente. È questo il problema. Troppe cose sono rimaste le stesse.

La sposto tra le braccia e mi siedo sulla bicicletta, sostenendo il suo peso con un braccio e tenendo il manubrio con l'altro.

Procediamo lentamente, ma arriviamo alla mia Land Cruiser senza che la faccia cadere e senza sbattere contro un albero. Mira è snella, ma mi bruciano le braccia dopo aver guidato la bici su un paio di chilometri di terreno accidentato.

La metto a terra, tenendola in equilibrio. Lei barcolla e mi preoccupo per la ferita alla testa. L'aiuto ad arrivare all'auto e apro la portiera.

La luce interna mostra una macchia rossa e viola sulla guancia, della forma precisa di una mano.

Afferro il telaio dell'auto, sentendo una botta di calore al petto che mi fa fiammeggiare il volto. Mira decisamente non è caduta da sola nella foresta. E, per qualche motivo, il pensiero di qualcuno che le fa male mi rende furioso. «Vuoi parlarmene?» Le indico la faccia e il taglio in testa.

Lei si sposta sul cuscino screpolato del sedile. Non ci avevo mai fatto caso. I bordi frastagliati della tappezzeria graffiano la pelle esposta dove la giacca è strappata. Lei appoggia indietro la testa, dandomi una breve occhiata, per poi guardare fuori dal finestrino. Non dice niente.

Sono stato uno stronzo. È ovvio che non abbia intenzione di dirmi che cos'è successo. Mi chino verso di lei e le allaccio la cintura di sicurezza. Chiudo la portiera e giro intorno al Cruiser. Mando un messaggio a Lewis dicendogli che l'ho trovata e poi salgo in auto.

«Mi dispiace per prima» dico, stringendo forte il volante. «E per quello che ho detto. È stato tempo fa. È solo che... Non sono di buon umore. Non farci caso.» Inserisco la chiave e metto in moto. «Ti porterò in un posto sicuro. Potrai dire a Lewis quello che è successo. È veramente preoccupato.»

«Ma tu no» dice parlando verso il finestrino, con un tono di voce che non riesco a interpretare. La sua espressione non rivela niente. Niente più emozioni da Mira. Quel momento è passato.

Fisso il lato del suo zigomo liscio, la curva delle labbra piene. Mira è bella sia in modo classico sia esotico. Aggiungeteci lunghi capelli castano scuro, occhi splendidi e pelle vellutata e la ragazza è uno spettacolo. Ma non è quello che mi aveva attirato tutti quegli anni fa.

Beh, okay, certo che mi avevano attratto. Ma se fosse stato solo quello, mi sarei accontentato di amarla e lasciarla. Per quanto mi dica che non è vero, mi aveva ferito scoprire che per lei non significavo niente. Perché, allora, lei per me significava tutto.

Mira si sbaglia. *Sono preoccupato*. Mi preoccuperò sempre per lei, per quanti anni possano passare.

È la mia maledizione.

Capitolo Cinque

Mira

Tyler si ferma davanti a un piccolo cottage a qualche isolato dallo Stateline Boulevard, accanto al lago. Ci sono già stata con Lewis. Ci sono parecchie auto nel viale.

Perfetto. Proprio ciò di cui ho bisogno, un pubblico che veda che razza di merda è la mia vita.

Mi tengo le costole, slaccio la cintura di sicurezza e allungo la mano verso la maniglia, richiudendo le crepe che imbattermi in Tyler ha aperto nella mia armatura.

Non so come mi abbia trovato, ma vedere i suoi pallidi occhi azzurri mentre mi guardava dall'alto è stato come se mi avessero tirato un'ancora di salvezza. Un *déjà-vu* dell'eroe del mio passato.

Tutti i sentimenti per Tyler che tenevo rinchiusi risalgono in superficie. Aveva un così buon odore e le sue braccia intorno a me erano come tornare a casa. Non ero riuscita a farne a meno. Avevo premuto il naso nell'incavo del suo collo per avvicinarmi di più.

E lui mi aveva rimbrottato.

Pensa che alle superiori non mi importasse niente di lui, che l'abbia usato. Non è così, ma, come ha detto, è stato tanto tempo fa e il passato ha il suo modo di plasmare la gente.

«Siamo a casa di mia sorella» dice e mi tiene per il braccio mentre andiamo verso l'ingresso. «Eravamo insieme quando Lewis ha ricevuto la chiamata di suo padre che eri sparita. Ci siamo divisi per cercarti. Ho mandato un messaggio a Lewis dicendo di averti trovata e che ti avrei portata qui.»

Avrei dovuto passare a casa dei genitori di Lewis questa sera presto, dopo essere uscita dal lavoro, ma avevo ricevuto una telefonata di emergenza da mia madre. Sembrava frenetica e mi aveva chiesto di incontrarla al capanno, con i contanti. Non aveva voluto spiegarmi al telefono perché le servissero, ma l'ultima volta in cui era successo, la sua vita era in pericolo. Non potevo correre il rischio ed ero andata.

Pensavo di riuscire a fare una scappata veloce, lasciarle i soldi e tornare in tempo per incontrare i genitori di Lewis. Un po' tardi, ma almeno mi sarei fatta vedere. I genitori di Lewis si preoccupano se non vedono arrivare. Negli anni, ero già finita nei guai a casa di mia madre. Se non mi faccio vedere entro un paio d'ore dall'ora fissata, John e Becky mandano i cani.

Continuavo a ripetermi che basta, non avrei dato più soldi a mia madre, ma non sono mai riuscita ad attenermi a quella decisione. Dopo questa sera non posso più correre il rischio. Ancora un guaio come quello nella foresta e... Non voglio pensare a come sarebbero potute andare a finire le cose.

Tyler si ferma davanti all'ingresso, spostando la mano dal braccio alla schiena. È stato gentile per essere qualcuno che non mi deve niente e a cui piaccio ancora di meno. Abbassa la maniglia e apre con una spallata la porta incastrata.

Lewis sta camminando avanti e indietro nel piccolissimo soggiorno, come un orso irrequieto. Si ferma quando entriamo.

«Mira.» Fa due lunghi passi e mi abbraccia, stringendomi le costole ammaccate.

«Ahi» borbotto contro il suo enorme petto.

Tyler è alto e atletico, ma Lewis, e il ragazzo di Cali, Jaeger, che fa parte del mio pubblico stasera, sono sovradimensionati.

Lewis abbassa lo sguardo e mi scosta delicatamente i capelli dalla tempia, esaminando il livido sulla guancia, poi il taglio sulla testa e sull'orecchio. Stringe le labbra. «Che cos'è successo? Dove sei stata?»

Mi guardano tutti, aspettando la mia risposta. Tyler, sua sorella Cali e il suo ragazzo e la ragazza di Lewis, Gen. Non voglio discutere della mia vita personale davanti a tutti loro, ma devo dire qualcosa. «Mi hanno aggredita due uomini.»

Gli occhi di Lewis si scuriscono, più di quanto lo siano già, facendo diventare di pece il marrone scuro.

«Probabilmente ha qualcosa a che vedere con... Sai... Quel problema» mormoro.

Detesto mentire a Lewis, ma se sapesse che mi sono indebitata a causa di mia madre, non so che cosa farebbe. La vita che conduce mia madre ci tira a fondo entrambe. Lewis continua a insistere che tagli i ponti con lei. Non mi piacciono le stronzate che fa mia madre, ma è la mia mamma. Lewis vuole che resti in salute, ma mi spaventa con le condizioni che impone che causano il riemergere dell'ansia da abbandono.

Una delle mie peggiori paure è che Lewis mi abbandoni

se non riuscirò a prendere le distanze da mia madre. Lui è la mia famiglia da anni, ma le mie insicurezze sono troppo profonde. Ed è il motivo per cui non gli ho detto il vero motivo perché mi sono indebitata.

I Sallee erano intervenuti e avevano insistito che vedessi uno psicologo quando avevo riferito loro che avevo giocato d'azzardo e perso mesi di affitto e che avevo chiesto un prestito a un usuraio. Non la migliore delle scuse, visto che lavoro in un casinò, ma era stata la migliore che avevo trovato in quel momento. Vado regolarmente da una psicologa, come hanno chiesto, ma la terapista conosce il vero motivo del mio indebitamento. Mi sta aiutando con i miei problemi materni.

I Sallee volevano che lasciassi il lavoro al casinò, cosa comprensibile, ma è come mi guadagno da vivere da quando mi sono diplomata. È tutto ciò che so fare. Ho promesso di lavorare sui miei problemi con la terapista e di non giocare mai più. Ho anche promesso che avrei smesso di andare a casa di mia madre, perché le persone che stanno con lei non sono sicure.

Tyler mi ha colto con le mani nel sacco, mentre andavo a casa di mia madre. Presto dirà a Lewis dov'ero e lui saprà che ho infranto la mia promessa.

Gen mi prende la mano e io sobbalzo. Lei aggrotta la fronte, preoccupata, ma non la lascia andare. «Va tutto bene, Mira. Voglio solo dare un'occhiata alle tue ferite.»

Gen e Cali mi portano in bagno e Cali chiude la porta a chiave.

Ci sta a malapena una persona in quello sgabuzzino di bagno. Tre persone lasciano Cali a cavalcioni sul bordo della vasca da bagno e mi obbligano a sedermi sul sedile del WC per fare spazio.

Cali allunga la mano verso l'armadietto dei medicinali nel momento in cui Gen si alza da sotto il lavandino, urtandole il braccio. «Aspetta, Cali, sto cercando di prendere un asciugamano.»

«Beh, io sto cercando di prendere il kit di pronto soccorso» dice Cali.

Si danno degli schiaffetti per un secondo, poi Cali dà una gomitata a Gen, che finge di fare una mossa e allunga la mano verso l'armadietto.

Non ho mai avuto una sorella, o amiche intime. Vedere Gen e Cali è come guardare all'interno di un club misterioso. Non ho mai nemmeno avuti amici, tranne Lewis e Zach, che si preoccupassero per me.

Sento di nuovo quel calore nel petto, come nella foresta, quando pensavo che mia madre mi stesse chiamando. Premo un braccio contro le costole. Tutta questa terapia psicologica mi sta rammollendo.

«Presi» dice Gen, trionfante, alzando il kit di pronto soccorso e un asciugamano.

«Forse dovremmo portarla al Pronto Soccorso, o alla Guardia Medica» dice Cali, controllandomi dalla testa ai piedi.

Gen mi mette l'asciugamano in grembo e mi guarda. «Si sta muovendo bene, ma sì, il sangue sulla testa non mi piace. E se il cervello si stesse gonfiando?»

Il mio cosa?

«La ripuliremo,» dice Cali, «poi la porteremo da un medico. Io prenderò dei vestiti, a meno che tu pensi che dovremmo chiamare il 911? Deve tenere gli stessi vestiti per la polizia? Ne hanno bisogno come prove?»

Okay, forse queste due sono folli. Divertenti ma folli. Sto cominciando a simpatizzare con Lewis.

Bussano alla porta del bagno.

«Solo un minuto» dicono contemporaneamente Cali e Gen.

«No» dico rispondendo alla loro precedente domanda. «Niente 911, sto bene e non ho bisogno di un medico.»

Si scambiano un'occhiata. «Abiti, poi il Pronto Soccorso» dice Cali ed esce inciampando, sbattendo la porta dietro di sé. Ma non prima che senta voci accese arrivare dall'altra stanza.

I ragazzi stanno discutendo?

Gen prende l'antisettico e mi lava delicatamente i tagli sui palmi, attirando il mio sguardo dalla porta verso le mani che bruciano. Hanno preso una bella botta quando quell'uomo mi ha placcato.

Chiudo gli occhi ricordando quel momento spaventoso, poi sento tirare quando Gen mi toglie la giacca e alza la maglia. Mi tocca le costole.

«Uhm, ahi?»

«Un momento fa ti stavi tenendo le costole. Fa male?» Mi tocca nuovamente lo stesso punto, più gentilmente.

Annuisco. Fa male ma mi stavo abbracciando in parte per il calore della loro gentilezza.

Cali si precipita dentro il bagno, sbattendo la porta contro la schiena di Gen.

«Cazzo, Cali.» Gen guarda oltre la spalla, con una smorfia irritata sul volto.

«Che c'è?» Cali fa spallucce. «Mi dispiace.»

Gen mi abbassa la maglia. «Le costole sembrano livide. Potrebbe averne rotto una.»

«E ha l'impronta di una scarpa sulla schiena» aggiunge Cali, dal suo angolo accanto alla porta.

Gen scuote la testa, con le labbra strette mentre lascia uscire un sospiro addolorato dal naso. «Mira, chi è stato?»

Mi infilo la giacca strappata e la stringo. «Te l'ho detto. Probabilmente l'uomo a cui devo dei soldi.»

«Per il gioco d'azzardo?»

Annuisco, esitante. Non mi piace mentire, mi fa sentire sporca. Depressa. E non voglio essere quel tipo di persona.

Gen è stata gentile da quando mi sono fatta viva questa sera. Più gentile di quanto io meriti dopo averle ringhiato addosso per le prime due settimane in cui era uscita con Lewis. Era una cosa da stronza da fare e me ne vergogno. Mentire a lei mi fa sentire peggio.

Dopo aver accettato con riluttanza di togliermi la giacca e la maglia, Cali e Gen mi tolgono altra sporcizia dalla faccia e dalle braccia. Cali mi aiuta a mettermi una felpa pulita perché alzare le braccia è una vera tortura con le costole che fanno male in questo modo. Ficca i miei vestiti strappati in un sacchetto.

Quando bussano la seconda volta, sono più insistenti. «Mira, stai bene?» chiede Lewis, con la voce burbera.

«Sto bene» rispondo.

«Sarà meglio che la portiamo da un medico» dice Cali e apre la porta.

«Non ho bisogno di un medico» rispondo mentre usciamo nel soggiorno. Le voci accese dei ragazzi si spengono. Tutti rivolgono la loro attenzione a me.

Tranne Tyler. È seduto con la fronte appoggiata alle mani unite, lo sguardo concentrato sul pavimento.

Deglutisco, con la gola che brucia.

Tyler non mi guarderà più come prima che rovinassi la nostra amicizia.

Eccomi qui, con la mia vita che si sta sgretolando davanti ai miei occhi, prova che lui e io veniamo da due mondi diversi e che non eravamo mai destinati a stare insieme. Il momento che abbiamo condiviso sei anni fa, quello l'ho rubato io, egoisticamente, perché lo desideravo. Ora sto pagando il prezzo di aver preso quello che non era mai destinato a essere mio.

Perché provo ancora dei sentimenti per lui e il modo in cui i suoi occhi mi evitano mi ferisce più delle ferite fisiche che mi sono state inferte stasera.

Capitolo Sei

Tyler

«**P**erché doveva tornare in quel posto?» Lewis scuote la testa. «Sua madre...» Pronuncia un'imprecazione e ringhia, frustrato. «Niente, lascia perdere. Non riesco a far ragionare Mira quando si tratta di sua madre.»

Lewis fa due passi, poi si volta e va nella direzione opposta.

Lo chalet di Cali, come lei chiama quel minuscolo cottage in affitto, non è il posto ideale per andare avanti e indietro. Non per un uomo delle dimensioni di Lewis. Io sono alto, quasi un metro e novanta, ma il nuovo ragazzo di Gen e il mio amico Jaeger sono così alti che mi fanno sembrare un piccoletto.

«Come sapevi dove trovarla?»

Sono seduto sul bordo della poltrona reclinabile, con le mani che pendono tra le ginocchia mentre Jaeg e Lewis discutono della situazione. Sembrano sorpresi che Mira sia nei guai, ma, o Lewis non è molto sveglio, cosa che so non essere vera, visto che era stato il migliore della classe l'anno in cui ci siamo diplomati alle superiori, oppure Mira l'ha ingannato. Mi ci vuole un minuto per rendermi conto che Lewis l'aveva chiesto a me.

Mi schiarisco la voce. «L'avevo vista, un paio di settimane fa. Stavo percorrendo un sentiero isolato e ho trovato un capanno che sembrava abbandonato. Mira era seduta sul portico.»

«C'era sua madre?» mi chiede Lewis.

Annuisco. «Mira mi ha detto che era il capanno di sua madre. Stasera ho visto lì una donna insieme a un tizio. Non so se Mira ci sia arrivata o se stesse tornando quando...» Apro i pugni che stavo stringendo. «Non so che cos'è successo, amico. Mira non ha voluto dirmelo.»

Non è cambiato niente tra Mira a me. Il nostro rapporto si era ridotto a evitarci accuratamente durante le ultime settimane di scuola prima di diplomarmi. Avevo corso in bicicletta come un matto finché avevo potuto lasciare Lake Tahoe e dimenticare Mira Frasier. Ma non prima di aver accettato l'offerta di Holly Walker.

Ero andato alla festa di fine anno con Holly ed ero andato a letto con lei. Ero così ubriaco che lo ricordo appena. Era stata una delle peggiori notti della mia vita. Il giorno dopo avevo vomitato l'anima per tutto quell'alcol e per quello che avevo fatto.

«Ti insegnerà a non bere, figliolo. È stata una bella lezione per te» aveva detto mia madre quando mi aveva trovato abbracciato al WC.

Mia madre aveva ragione e insieme torto. Al college, non mi attaccavo spesso al barilotto di birra come tanti altri ragazzi che frequentavano con me, ma non significa che fossi un angelo. Ero indiscriminato e molto libero con i miei favori. E non avevo mai permesso a nessuno di avvicinarsi come avevo fatto con Mira.

Scuoto la testa, cercando di scacciare quei ricordi, insieme alle emozioni incasinate che inducono. Non ho bisogno di questa robaccia proprio in questo momento. Ho già abbastanza cose che sto cercando di definire.

«L'ospedale non serve» dice Mira un po' dopo, quando esce dal bagno con Cali e Gen.

«Ci andiamo.» Lewis afferra le chiavi e accompagna gentilmente Mira alla porta.

Lei alza gli occhi prima di uscire e i nostri occhi si incontrano per un istante. Nei suoi lampeggia vulnerabilità e qualcos'altro.

Sento il bruciante desiderio di accompagnarla.

Mi obbligo a restare.

Non conta quello che avevamo o non avevamo in passato, non voglio che succeda niente di male a Mira. Trovarla nella foresta, ferita e da sola, mi ha incasinato la testa. Mi sento di nuovo legato a lei.

Stringo le mani sulle cosce, ho le tempie che pulsano. Non voglio vedere soffrire Mira, ma non la voglio nemmeno nella mia vita. Ho voltato pagina.

Quando se ne sono andati, Cali si siede sul divano davanti a me mentre Jaeger fruga in frigorifero. «Allora, che ne pensi?»

Merda, mi sono distratto. Deve aver detto qualcosa. «A che riguardo?»

«Che cos'hai fatto che non va? Ti comporti stranamente fin da quando Lewis ha ricevuto quella telefonata che diceva che Mira era sparita. Conosci bene Mira? C'è qualcosa in ballo tra voi due?»

«Cazzo, no!» Cali inarca le sopracciglia. Whoa. Devo abbassare un po' i toni. Sfortunatamente, imbattermi in

Mira non è l'unica cosa che mi tiene in apprensione. «Non c'è niente in ballo. La conosco appena.»

Quasi vero, se si ignora la conoscenza carnale.

«Oka-ay. Beh, allora, che ne pensi?»

Seriamente, di che cosa sta parlando? «Cali, è stata una serata pazzesca. Sono stanco. Arriva al punto.»

Lei stringe le labbra. «Il tuo atteggiamento fa schifo, Tyler. Sei uno stronzo da quando sei tornato. E, giusto parlando di quello, perché *sei* tornato? Non me l'hai ancora detto. Pensavo che ti piacesse Boulder.»

Ho lasciato il mio lavoro di insegnante di biologia in Colorado e sono tornato a Lake Tahoe. Non è più veramente casa mia, da quando nostra madre si è trasferita a Carson City un paio di mesi fa. Ma Tahoe è il posto che associo a *casa*.

A mia madre non piace che non abbia prospettive... e che viva alle spalle di mia sorella. Messo in quel modo sembra brutto. Non potevo restare nel Colorado. Non dopo ciò che era successo con Anna.

Invidio mia sorella. Recentemente ha superato parecchie difficoltà, ma ha messo in ordine la sua vita. Al contrario, la mia testa è così incasinata, piena di sensi di colpa e rabbia, che non riesco più a pensare chiaramente. È il motivo per cui sono tornato. Non che abbia intenzione di spiegarlo a mia sorella.

«Mi mancavi. Non basta?» dico, fingendo di essere sincero.

Lei stringe gli occhi. «Bene, non dirmelo. Assicurati solo di tenere il bere sotto controllo. Non pensare che non abbia notato quante birre fai fuori ogni giorno e quante volte sei tornato a casa ubriaco fradicio, quando non ti stai comportando da antisociale fissando il tuo computer.»

Cristo, devo trovare un posto tutto per me. Sì, d'accordo,

sono uscito spesso e mi sono seppellito in un progetto di scrittura per tenere la mente lontana dalle altre cose. Non ho bisogno che la mia sorellina mi faccia da babysitter.

Dopo Mira, avevo deciso di non farmi più fottere da una donna. Ero *io* quello che fotteva. Ed è questo il problema. Ero cieco, insensibile. E ho finito per ferire qualcuno a cui tenevo. Anna si meritava molto di più da me.

Cali mi dà un pugno sul braccio.

«Ehi!» Mi massaggio la spalla. Dio, è aggressiva. «Era necessario?»

«Smettila di fare il coglione. Jaeger e io abbiamo parlato. Pensiamo che Mira dovrebbe trasferirsi qui per un po'. Non è al sicuro da sola nel suo appartamento, dopo quello che è successo.»

Correzione. Trovare un nuovo posto dove vivere diventa un'emergenza.

Non c'è verso che resti qui se Mira si trasferisce. È l'ultima cosa di cui ho bisogno. Ma Cali ha ragione, Mira non dovrebbe vivere da sola. Non è sicuro. La casa di Lewis è off limits, Gen si è trasferita da lui recentemente e, da quanto ho capito, il posto è piccolo. Le cose potrebbero diventare imbarazzanti. Cali dice che sua la relazione con Gen ha messo a dura prova l'amicizia di Lewis con Mira.

Non che mi interessi. Perché poi sto pensando a queste stronzate? Sto con mia sorella da troppo tempo. Mi sto lasciando trascinare nei drammi femminili.

«Sì, certo. È casa tua. Fai quello che vuoi. Andrò a stare con un amico. Mira può occupare il soppalco.»

Gen e Cali avevano preso in affitto un cottage con una sola stanza da letto e un basso soppalco sopra la cucina. Loro dividevano la camera, finché Gen sì è trasferita da Lewis un paio di settimane fa.

Cali sospira, esasperata. «È questo di cui sto parlando.

Se mi avessi ascoltato lo sapresti. Resterò da Jaeger, in modo che Mira possa avere la mia stanza. Non è necessario che tu ti trasferisca.»

Whoa, cosa? «Vuoi che viva qui? Con Mira?»

Diavolo, no!

«Sì, somaro. Qualcuno deve tenerla d'occhio. Gen e Lewis stanno finalmente ottenendo un po' di spazio da Mira. Se non facciamo qualcosa in modo che pensi che è al sicuro, Lewis vorrà che vada a vivere con lui e Gen.»

«E a me perché dovrebbe importare?»

Cali alza le braccia, esasperata, diventando di un bel colore rosa carico che si intona con il biondo fragola dei suoi capelli. Cali ha schivato la testa rosso vivo di nostra madre, ma proprio per un pelo. «Perché sei vissuto qui, *senza pagare l'affitto*, per settimane, monopolizzando il telecomando e comportandoti in genere come un vero coglione.»

«Puoi smettere di rompermi le palle quando vuoi, Calzone. Non è un problema mio. È tuo, sistemalo.»

«Oh, fottuto...» Cali emette uno strillo di pura frustrazione.

Detesta quando la chiamo Calzone, ma ho la sensazione che sia più arrabbiata perché ho messo i bastoni tra le ruote al suo progetto per salvare Mira.

Jaeger entra in soggiorno. «Amico, aiuta tua sorella.»

Gli do un'occhiataccia. «Che cos'è successo a "fratelli prima delle donne"?»

Lui scuote la testa come se non avessi capito qualcosa di cruciale. «Non con Cali, amico. Lei viene per prima.»

Cazzo, non posso contestare questa logica. Cali è una rompiballe, ma è mia sorella.

Comunque, è di Mira che stiamo parlando. Non c'è modo che faccia quello che mi chiede Cali. Ho passato un paio d'ore alla presenza di Mira, stasera, e provo già cose che non voglio.

«Perché non si trasferisce a casa dei genitori di Lewis?» suggerisco.

Cali fa spallucce. «Mira non vuole trasferirsi a casa loro. Non so perché.»

Ed eccoci di nuovo. Mira che causa problemi. Ero sfuggito a quella merda. Non tornerò sui carboni ardenti.

«Spiacente, Cali. Niente da fare.»

«Perché no? Che cosa ti ha mai fatto Mira?»

«Abbastanza.»

Capitolo Sette

Mira

Lewis mi apre la portiera della Jeep. Gen cerca di salire sul sedile posteriore ma le faccio segno di no, salendo dietro con cautela. Il medico dice che non ho una commozione cerebrale. Solo lividi, incluse due costole ammaccate e un taglio in testa che l'infermiera ha pulito e ricucito con tre punti, ma niente che non guarirà presto.

La polizia ha raccolto la mia deposizione. Ho dato loro la migliore descrizione possibile dei due uomini che mi avevano aggredito, tralasciando la parte di essere in debito con un usuraio. Potrà anche non aiutarmi, ma sono già nei guai e non ne voglio di più. Se non riuscirò a tirarmi fuori da questo disastro lo riferirò. Per ora non voglio attirare ancora più attenzione.

Purché resti lontana da posti bui e deserti, posso riguadagnare i soldi e farcela. Devo smettere di dare soldi a mia madre, qualunque cosa mi dica. E basta andare da lei in qualche baracca. Troppo pericoloso. Da ora in poi devo farmi furba.

«Mira» dice Gen con un sorriso brillante che so essere sincero. Cosa strana. Tutte le ragazze carine alle superiori volevano solo apparire migliori umiliando me. «Ho appena ricevuto un messaggio da Cali. Ti ha offerto di vivere a casa sua finché la polizia avrà trovato i tizi che ti hanno aggredita.»

Per un attimo, non so che cosa rispondere. Non sono abituata a ricevere aiuto da chiunque non sia Lewis e la sua famiglia. «Grazie, ma non è obbligata a farlo. Starò bene a casa mia.»

«No, Mira.» Lewis scuote la testa, guardandomi nello specchietto retrovisore. «Puoi stare da Cali, o con me, ma non tornerai a casa tua. Potresti sempre andare a stare dai miei genitori...»

«Niente da fare» lo interrompo. «Potrebbe metterli in pericolo.»

Lewis sospira. «Mira, sono anche i tuoi genitori. Ti vogliono bene e vogliono proteggerti.»

John e Rebecca non sono i miei genitori. Sono persone gentili e amorevoli con cui ho un debito di riconoscenza per avermi salvato quando ero bambina. L'ultima cosa che voglio è ripagare la loro gentilezza attirando dei delinquenti a casa loro. E non mi entusiasma nemmeno l'idea di attirali a casa di Cali.

Lewis mi fissa nuovamente nello specchietto. «Non è sicuro per te vivere da sola. Non dopo quello che è successo.» Gen gli dà una gomitata e lui stringe le labbra.

«Mira.» Gen si volta indietro. «Lewis non riuscirà a dormire tranquillo se non saprà che stai bene. Sai com'è. Verrà da te a tutte le ore per controllarti. Ti chiamerà finché esploderà il telefono.»

Lewis è protettivo. È sempre stato così. È una delle cose che adoro di lui, ma so a che cosa sta puntando Gen. Lewis si merita di avere una vita sua, ma non potrà averla finché sarà preoccupato per me e accantonerà tutto per assicurarsi che io stia bene. Sarò più al sicuro a casa di Cali che da sola. Almeno per stanotte. Quegli uomini mi hanno abbandonata nella foresta. Sono piuttosto sicura che non sappiano dove sono adesso, ma non voglio rischiare che lo scoprano. Mi inventerò qualcosa domani, ma, per stanotte, nessuno sa che sono da Cali, inclusa mia madre. E mi sono appena ripetuta che devo stare attenta.

«Allora, che cos'ha detto esattamente Cali?» chiedo, esitante. «Veramente non le dà fastidio che resti lì?»

Gen ridacchia. «No, è contenta di avere una scusa per vivere con Jaeger nella sua elegante casa sul lago. Credimi, non è per niente un inconveniente per lei.»

«Okay, lo apprezzo. Resterò da Cali per questa notte.»

Gen sorride a Lewis che le restituisce il sorriso e la luna offre sufficiente illuminazione per cogliere il calore dei loro sguardi adoranti.

Distolgo lo sguardo.

Mi ero sentita terrorizzata, poi stordita quando gli uomini mi avevano picchiata. Nemmeno il dolore delle mie ferite mi aveva scosso i nervi. Ma questo, questa dimostrazione dell'amore che il mio migliore amico prova per una donna che desidera abbastanza da voler costruire dei muri tra noi due... Questo è troppo. So che non è proprio così. La mia terapista dice che il mio rapporto con Lewis non è mai stato sano e che ci servono dei paletti, ma mi sembra di essere lasciata sola.

Detesto essere da sola.

Ho pessimi ricordi di quando ero rimasta da sola.

Lewis si ferma sul vialetto del cottage di Cali. Jaeger

esce proprio mentre scendiamo dalla Jeep. È tardi ed è buio, ma il portico offre abbastanza luce da mostrare Jaeger che solleva una valigia per metterla sul suo veicolo. Cali esce e ci sorride quando ci vede.

Mi sono fidata quando Gen ha detto che le stava bene che stessi qui, ma è bello vedere l'espressione felice di Cali.

«Tutto a posto» dice allegramente Cali. «Ho spostato i miei vestiti fuori dalla stanza, Mira, e ho lasciato le cose essenziali in bagno.»

Sembra una fatica inutile per una sola notte. Detesto che si sia data tanto da fare.

Esce Tyler, con una sacca sulla spalla. Sento le guance che si scaldano: è la botta di emozione che provo tutte le volte che lo vedo.

Tyler fissa la valigia nell'auto di Jaeger. «Pensavo ne avessimo parlato» dice a bassa voce a Cali. «Io non resto. Dovrete tenerla d'occhio voi.»

Tyler adesso vive con Cali e Gen?

Bene, non funzionerà.

«Non c'è bisogno che resti qualcuno con me» li interrompo.

Niente da fare, non diventerò un caso più pietoso di quanto lo sia già. Non ho bisogno che mi sorveglino. Ho solo bisogno di un posto dove stare mentre cerco di capire che cosa fare. Aveva senso restare a casa di Cali per una notte, ma non con Tyler.

Tyler fa una smorfia. «Non puoi restare da sola, Mira.»

Capisco che mi abbia trovato nella foresta e si senta in qualche modo obbligato ad aiutarmi, ma perché si preoccupa adesso? Ha chiarito che non gli piaccio e che vuole starmi alla larga.

«Certo che posso. Nessuno saprà che sono qui. Starò bene. È solo per una notte.»

«Mira,» dice Cali, «puoi restare nel mio cottage senza limiti. Tyler si occuperà di te.» Dà un'occhiataccia a suo fratello.

Tyler sposta la spalla e si stacca la maglietta dal petto.

Dio, quel tic. Lo faceva sempre quando era nervoso, o agitato, non so esattamente quale delle due alternative.

Un tempo cercavo di provocare Tyler per fargli venire quel tic quando studiavamo insieme. Gli sfioravo *accidentalmente* la spalla con i miei capelli lunghi chinandomi per guardare un'equazione, o la parte esterna della coscia con il braccio quando mi piegavo per prendere una matita dallo zaino.

Sento tremare l'angolo della bocca. C'era sempre qualcosa che mi faceva battere forte il cuore quando scompigliavo il suo aspetto esteriore tranquillo. Forse è per quello che avevo premuto la bocca sul suo collo quando mi aveva sollevato nella foresta. Nonostante tutto, quella scintilla è ancora lì e ne sono ancora dipendente. Vivere insieme, anche per un breve periodo, sarebbe un completo disastro.

Tyler non ha più l'atteggiamento del dolce ragazzo della porta accanto che aveva anni fa, quando mi dava ripetizione di matematica. Non so che cosa abbia causato il cambiamento, ma ho sempre saputo che c'era qualcosa di profondo in lui che non aveva mai mostrato. Il tic accennava al vero Tyler. Era così controllato con tutti gli altri che mostrava raramente la parte ardente, facilmente provocabile di sé. Ma l'avevo notato qualche volta quando studiavamo, specialmente la sera in cui siamo andati a letto insieme.

Stringo forte le palpebre e faccio un respiro profondo. Non riesco a pensare a quella sera quando sono vicina a lui. Mi ricorda tutte le cose che ho perso.

Tyler lascia cadere la sacca sul portico di cemento e dà un'occhiataccia a sua sorella. «Cali, non puoi offrire a Mira casa tua per tenerla al sicuro e poi andartene. Qualcuno deve proteggerla. Tu e Jaeger dovete restare.»

Cali stringe le labbra. «Jaeger lavora nel suo laboratorio, che è *a casa sua*, Tyler. Starà lontano per la maggior parte del tempo e anch'io, ovviamente. Lavoro durante il giorno e ho le lezioni di sera. Rimane una sola persona che non ha niente da fare in questo momento.»

Tyler emette un ringhio.

Sono talmente presa a osservare le dinamiche tra i fratelli che ho dimenticato che stanno parlando di me. E, accidenti, è umiliante. Non ho bisogno di un babysitter.

«Aspettate un attimo» dico cercando di interromperli, ma Cali e Tyler non ne vogliono sapere. Non mi danno minimamente retta. Continuano a fissarsi furiosi.

Tyler raccoglie la sua sacca a torna dentro il cottage.

Cali batte le mani. «Sono contenta che sia tutto a posto.»

«Che cosa è a posto?» Ho questa strana sensazione allo stomaco e non ha niente a che vedere con il residuo di nausea dovuto ai calci nello stomaco di quei bastardi.

Cali si volta a guardarmi. «Tyler resterà con te. Per proteggerti.»

Oh, merda.

Potrebbe essere lo scenario peggiore e non riesco a trovare un'alternativa. Sto andando fuori di testa.

Tutti quanti si danno da fare intorno a me, raccogliendo cose e infilandole nelle loro rispettive auto, mentre io resto lì, sbalordita, prima sul portico, poi al centro del soggiorno quando Cali mi riaccompagna dentro.

Lewis mi mette un braccio sulle spalle rigide. «Tornerò a vederti domani mattina. Prenderemo la tua auto e ti porteremo alcune cose dal tuo appartamento.» Gli resto attaccata un po' troppo a lungo e lui mi stringe nuovamente.

«Qui starai ai sicuro, Mira.»

Ciò di cui non si rende conto è che non ho paura che tornino quegli stronzi. È difficile che mi trovino a casa di Cali questa notte. Ma non voglio restare da sola con *Tyler*.

Fraintendendo la mia esitazione, Lewis e Gen se ne vanno, presumendo che adesso sia al sicuro. Cali e Jaeger se ne vanno poco dopo. Parecchi minuti dopo, sono ancora ferma in mezzo al soggiorno, cercando di capire, col mio cervello annebbiato, come siamo arrivati a questo punto. Io e Tyler, da soli. A vivere insieme. Non vorrei che quei tizi mi trovassero qui con Cali, mettendola in pericolo. Ma se Tyler è qui con me, in pericolo c'è la mia stabilità emotiva.

Con un calcio, Tyler spinge la sua sacca dietro la poltrona reclinabile e poi va in cucina. Sposta della roba in frigorifero, con il vetro che struscia contro gli scaffali metallici e bottiglie che sbattono, ignorandomi. Resto impotente mentre prende una Sierra Nevada e la apre con l'apribottiglie.

La rabbia furente ma controllata e la birra che ha in mano sono un promemoria inquietante di una vita passata. Solo che allora era mia madre o qualche uomo che frequentava, che beveva e diventava bellicoso.

È tutto sbagliato. Mi abbraccio lo stomaco dolorante e mi lascio cadere sul divano. «Non puoi restare qui, Tyler.»

«Dillo a me» borbotta.

Alzo gli occhi quando entra nel soggiorno. «No, davvero. Vai a stare a casa del tuo amico. Non c'è bisogno che qualcuno sappia che non sei qui.»

Tyler mi fissa. Beve un altro sorso, senza mai distogliere gli occhi mentre mi esamina. «Innanzitutto lo verrebbero a sapere. E, secondo, non puoi restare qui da sola. Cali ha ragione. Sono la persona migliore per proteggerti.»

«Sei la persona *peggiore*.»

Tyler si avvicina minaccioso e sbatte la bottiglia sul tavolino accanto al divano. Trasalisco, nonostante mi vanti dei miei nervi saldi. Dev'essere colpa di questa sera. Le botte, rivedere Tyler, non sono al massimo.

Tyler incombe su di me. «Mettiamo in chiaro una cosa. Sei tu che mi hai preso per il culo, non che mi sia dispiaciuto che mi abbia usato.» Sogghigna e io sostengo il suo sguardo.

Posso capire la rabbia, è un pezzetto di casa. «Se è così che ti senti, allora perché mi stai aiutando?»

Lui si china ancora, come se volesse buttarmi addosso ancora più veleno, ma succede qualcosa. Siamo troppo vicini. Il suo odore mi colpisce, un accenno di birra, olio lubrificante e detersivo e *lui*, un odore che è solo suo ed è così buono.

Non so se la mia espressione sia cambiata, o se si sia accorto anche lui che quella scintilla è sempre presente tra di noi, ma i suoi occhi si scuriscono. Si tira indietro lentamente e prende la bottiglia dal tavolo, distogliendo gli occhi. «Non impicciarti della mia vita, Mira, e io non mi interesserò della tua.»

Tyler va alla porta sul retro e la chiude dietro di sé sbattendola. Io resto qui, seduta, senza muovermi, perché non ci riesco. Non dopo quello.

Capitolo Otto

Tyler

Ho dormito da cani ieri notte. Mi sentivo male per aver scaricato le mie frustrazioni su Mira. Non avrei dovuto rivoltarmi contro di lei in quel modo. Ma, cazzo. Io e Mira che viviamo insieme? È una stronzata pazzesca.

Non c'è dubbio che Mira sia in pericolo. Quello che voglio sapere è perché. Deve a qualcuno dei soldi, così ha detto Lewis. Non lo capisco. Mira ha i ricchi genitori di Lewis che possono aiutarla. Non ha senso che si sia rivolta a un usuraio invece che alla sua famiglia.

Mi strofino gli occhi e li sbatto guardando il soffitto. Ci dev'essere un modo per sistemare le cose. Se riuscissi a farlo potrei mandare via Mira dalla casa di Cali e tornare alla mia vita normale, che non è proprio un'esistenza pacifica, impossibile dopo il Colorado, ma è un modo di fuggire. La casa di Cali era diventata il mio rifugio sicuro e la presenza di Mira l'ha distrutto.

Cali ha ragione riguardo al bere e ultimamente sto

cercando di limitarmi, ma ovviamente ieri sera è andato tutto a puttane. Non ho bevuto tanto come ho fatto di recente, ma ho comunque buttato giù quattro birre sul patio dietro la casa prima di calmarmi a sufficienza, trascinarmi sul soppalco e crollare.

Tutto di Mira fa aumentare la mia ansia, come se potessi fare un buco nel muro con un pugno o buttare giù una porta a calci. Quel tipo di agitazione repressa ha bisogno di uno sfogo.

Vivere con lei mi farà finire prematuramente in una tomba. «Cristo.»

«Hai detto qualcosa, Tyler?» Da sotto il soppalco arriva la voce melodiosa di Mira.

Come ho detto, non c'è pace.

«Niente» borbotto e mi metto seduto, chiudendo gli occhi.

Ho sopportato i merdosi reality show di mia sorella e Gen, il fatto che passano ore e ore in bagno, ma vivere con Mira è... Maledizione, come sono finito a questo punto?

C'era un tempo in cui la mia vita andava bene; non era meravigliosa, ma decente. Ora... Ora non riesco a vedere niente di buono all'orizzonte.

L'odore di spezie, come cannella e liquirizia, riempie l'aria. Sposto le gambe sul pavimento del soppalco, con le ginocchia quasi vicine alle spalle dato che il materasso è appoggiato al suolo. Prendo un paio di jeans e lo sguardo mi cade sulla maglietta stropicciata che indossavo ieri. Normalmente non indosso magliette la mattina.

Vaffanculo. Non ho intenzione di cambiare le mie abitudini. Se non le ho cambiate per la mia fidanzata, non le cambierò per Mira.

Cali ha ragione, sono uno stronzo. Ma lo sapevo già. Era diventato chiaro quando tutto è crollato in Colorado. Non potrò mai sistemare le cose con Anna. L'ho perduta per sempre. Ma posso riprendere il controllo della mia vita e diventare una persona migliore di quella che ero.

Mi premo il palmo delle mani sulla fronte, lottando contro un mal di testa che cresce a ogni battito e mi guardo attorno. Non c'è molto quassù: un materasso sul pavimento con un paio di scaffali integrati nella parete ai lati, i miei vestiti buttati in giro, ma questo posto ha cominciato a piacermi. È angusto e mi ricorda che non mi serve molto per sopravvivere.

Mi infilo i jeans e scendo la scaletta. Dovrei cominciare a pagare l'affitto a mia sorella. Come mazziere al Blue riceveva mance generose, ma è cambiato tutto. Cali non guadagna più come prima e lei e Gen praticamente non vivono più qui. Mi diverto a irritarle entrambe, ma non mi va di scroccare in quel modo. Pagherò la mia parte. Ho dei soldi da parte. Parecchi, in effetti. Solo, non volevo restare da solo. Mi fa sembrare una femminuccia, ma dovevo tornare alle mie radici e riprendere il controllo dopo il Colorado. C'è qualcosa a Lake Tahoe. È la mia città d'origine e forse è quello.

In fondo alla scala, mi volto e trovo Mira al centro del soggiorno, che sta raccogliendo i capelli in una lunga coda di cavallo.

Le sue mani si fermano quando mi vede. Distoglie gli occhi, ma non prima che il suo sguardo scenda dalle mie spalle fino alla cintura dei jeans bassi sui fianchi.

Un movimento a sud mi fa lottare per non sistemarmi. *Cazzo.*

Forse andare in giro senza una maglia di primo mattino non è poi questa grande idea. Mira è comunque una bella donna e quello sguardo che si è attardato un po' ha lanciato i segnali sbagliati al mio corpo, che questa mattina ha bisogno di sfogarsi, grazie all'ansia che sto accumulando.

Mira mi sorpassa per andare in cucina, tirando una sedia con sé. Sale sulla traversa che sostiene le gambe e apre uno degli armadietti in alto, con la sedia che scricchiola e ondeggia sotto di lei.

Perfetto. Adesso si ucciderà tutta da sola.

«Che cosa stai facendo, Mira?» dico, in tono infastidito. Lo spettacolo che mi sta dando con i pantaloncini corti del pigiama aumenta la mia irritazione.

Distolgo a fatica lo sguardo dalle sue gambe lisce e tornite per portarlo ai tagli sulle sue braccia, il cerotto sulla testa e sulla punta dell'orecchio. È ferita, fragile. Solo che non si comporta come un'invalida. Si sta muovendo agilmente, per essere di prima mattina. Sembra normale e quella parte maschile di me, completamente sveglia a quest'ora, è d'accordo. Non importa che mi dica che è off-limits, la peggiore scelta possibile. Il mio corpo ha escluso quella voce.

Fottuta biologia. Com'è possibile provare ancora attrazione fisica per questa ragazza?

La vedova nera occasionalmente si mangia la testa del suo compagno. Bello come ringraziamento post-coitale. Perché diavolo noi maschi sopportiamo questa merda? Eppure ci credo. Devo ricordarmi continuamente com'era Mira alle superiori, perché il mio cazzo ha una mente tutta sua.

Mira allunga la mano verso il ripiano più in alto e gli shorts risalgono. La curva del sedere è in piena vista, le lunghe gambe che si restringono verso le caviglie delicate. Alzo gli occhi e lei mi sta fissando. «Potresti aiutarmi, sai.»

Vivere insieme è la peggiore tortura fisica e mentale che potessi immaginarmi. «A fare che cosa?»

Lei indica il ripiano più in alto. «Mi serve quella tazza.»

La casa di Cali offre ogni tipo di tazza esistente. Cali e Gen hanno le loro preferite e sembra che Mira stia scegliendo la propria. Dev'essere una roba da ragazze.

Mi avvicino e mi metto proprio dietro di lei, appoggiando le mani sul piano di lavoro ai lati del suo corpo, finché tocco la sua schiena col petto.

«Quale?» le chiedo accanto all'orecchio.

Lei deglutisce. «Quella» dice indicando di nuovo.

Tenendo una mano sul ripiano, allungo l'altra verso quella con la scritta: Caro Karma, Ho Una Lista Di Persone Che Ti Sono Sfuggite e gliela passo.

«Grazie» dice, restando immobile.

Non è saggio, ma sono un uomo e lei è bella, quindi respiro il suo profumo. Sa di vaniglia e fiori, come la sera scorsa, insieme a qualcosa di intangibile che mi fa gravitare verso di lei. Le cellule del mio corpo stanno dicendo: *Lei, lei. Adesso.*

E io sto dicendo loro di chiudere il dannato becco.

È sempre stato così con Mira. Dalla prima volta in cui ci siamo seduti vicini durante le nostre ore di ripetizione, per me ha sempre avuto un buon profumo. Anche allora non riuscivo a resistere ad annusarla discretamente. E non ci riesco nemmeno adesso.

Ma terrò le mani lontane da lei.

È pura crudeltà. Grazie alla natura, i miei feromoni preistorici individuano l'odore e la forma di questa ragazza come quella più attraente possibile tra tutte le altre belle donne esistenti.

Mira si spinge indietro, il sedere contro il mio basso addome, un'indicazione non proprio sottile che vuole che mi sposti. E non aiuta assolutamente la mia scomoda reazione fisica.

La sua faccia è vicina, a pochi centimetri di distanza, abbastanza perché il luccicore del suo labbro inferiore pieno dove lo bagna con la lingua catturi la mia attenzione. Quello e il suo profumo. Insieme al suo corpo snello appoggiato al mio petto e in altre zone e nel mio cervello lampeggia una serie di ricordi... Mira nuda, con me sopra di lei, le mie labbra che sfioravano l'interno delle sue cosce...

Sento il calore esplodere all'inguine, divento duro come una roccia, con la tensione che mi irrigidisce la schiena.

«Ferma.» Sposto la mano dal ripiano ad appena sopra il suo sedere, tenendola ferma mentre prendo un'altra tazza.

Lei controlla la mia scelta. Una tazza con la scritta ALZABANDIERA MATTUTINO, scarabocchiato sotto l'immagine di una bandiera al vento.

Le sua labbra piene si alzano in un sogghigno. «Che classe» dice con pesante sarcasmo. La mia mano e il resto del corpo continuano a premere contro di lei e il suo respiro si ferma per un attimo. Quindi non è così indifferente.

Non ho dubbi che riesca a sentire il mio desiderio.

Mira si schiarisce la voce. «Adesso vorrei prendere il tè.»

Mi tiro indietro, alzando le mani in segno di resa, una con la tazza Alzabandiera. «Fai pure.»

Accendo la macchina del caffè che ho riempito ieri sera e mi sistemo discretamente i jeans. Come farò a restare lontano da lei quando ha quel profumo? Nessuno dovrebbe profumare così di buono di primo mattino. Poi mi deve guardare tutta incazzata e furiosa. Perché mi eccita tanto? È sempre stato così? Non ricordo di essere mai stato attratto da ragazze un po' stronze, ma Mira è sempre stata insolente. A un certo punto, pensavo che avesse un fondo nascosto di dolcezza, ma mi sbagliavo. E tanto.

Mi do una spinta per allontanarmi dal piano di lavoro,

allontanarmi dalla cucina, lontano dal suo profumo meraviglioso.

Spazio. È ciò di cui ho bisogno. Spazio e distanza.

Mira esce dalla cucina con la sua tazza di tè e si siede sul divano in soggiorno.

Dio. Oltretutto è anche una bevitrice di tè. Tra tutti gli altri motivi per cui non siamo compatibili, questa è quella definitiva. Non posso vivere con qualcuno che beve il tè.

«Per quanto tempo pensi che starai qui?» Non molto discreto, ma insomma...

Lei smette di sollevare la sua tazza Karma alle sue labbra colore del vino e fa spallucce. «Avevo in programma di restare solo una notte quando pensavo che sarei stata con Cali, ma adesso non ne sono sicura. Non è l'ideale, ma...» Fissa la mia espressione tesa e sbuffa, infilzandomi con un'occhiataccia. «Lewis ha ragione. Non posso andare a casa mia, Tyler.»

Al mio sguardo vuoto, lei appoggia la tazza di tè sul tavolino. «Gesù» dice e si alza di botto. «Non mi piace, esattamente quanto a te.» Si precipita fuori dal soggiorno e va in camera.

Un momento dopo, torna con in mano i vestiti che aveva ieri e sbatte la porta del bagno alle sue spalle.

Mmm. Un po' più sensibile di quanto ricordassi.

Accendo il mio laptop e da dietro la porta del bagno arriva il cigolio della doccia che parte mentre i tubi sotto la casa rimbombano.

Sono sprofondato nelle revisioni quando mi accorgo che Mira sta uscendo dal bagno, con i lunghi capelli leggermente ondulati che pendono in spesse ciocche lungo la schiena mettendo in evidenza il suo bel volto.

Le mie dita sono ferme sopra la tastiera, mi manca il fiato. Lei si toglie il cerotto dall'orecchio e il taglio sembra che stia già guarendo un po'. La felpa che ha preso in prestito ieri nasconde le curve che so esistere. Non impedisce al mio sguardo di cercarle prima che sparisca in camera.

Afferro un libro di testo a caso dalla pila che tengo accatastata lungo la parete della zona pranzo e sfoglio *La neurologia dell'olfatto*, cercando di concentrarmi sulle parole invece che sulla ragazza dietro la porta della stanza. Arriva una Jeep rossa.

L'auto di Lewis.

Lui suona il clacson e Mira esce dalla camera, sparendo fuori dalla porta d'ingresso e sbattendola prima che possa battere le palpebre.

Mi accascio sulla sedia, con la faccia rivolta al soffitto. Respiro profondamente per la prima volta da quando ho trovato Mira nella foresta ieri sera.

Non funzionerà mai.

Capitolo Nove

Mira

«Non posso vivere con lui, Lewis.»

Lewis aggrotta la fronte rivolto alla strada mentre mi porta al mio miniappartamento. «Perché? Tyler è un bravo ragazzo.»

Ed è a quel punto che diventa complicato. Tyler è un bravo ragazzo, anche se sta cercando con tutte le sue forze di comportarsi da perfetto stronzo.

Ciò che Tyler non capisce è che conosco il suo gioco. Per me è un esercizio quotidiano. So riconoscere le erbe cattive da quelle buone e Tyler non rientra tra le prime. È complesso, certo, ed è successo qualcosa che l'ha reso spigoloso, ma non è come cerca di sembrare. Innanzitutto, non aveva bisogno di restare con me ieri notte. Se fosse un vero coglione, mi avrebbe piantato in asso, come tutti i veri stronzi.

No, Tyler è un misto di bravo ragazzo e fuoco. Quel fuoco era già nei suoi occhi, tanti anni fa, ma nascosto, e mai più evidente che nella notte in cui eravamo stati insieme alla festa di Holly Walker. Allora non ero pronta ad accettarlo. E non lo sono nemmeno adesso.

«Tyler e io che viviamo insieme non è una buona idea. Non andavamo proprio d'accordo alle superiori.»

Lewis mi dà un'occhiata, con le sopracciglia aggrottate per la confusione. «Non ti ha dato ripetizioni per due anni? Pensavo andaste perfettamente d'accordo. Non che tu avessi bisogno del suo aiuto. Non ho ancora capito perché non avessi permesso a me di aiutarti.»

Lewis era uno degli studenti migliori a scuola, ma io avevo puntato gli occhi su Tyler, quindi...

Sfrego dalla portiera una macchia di fango che ho portato dentro con le scarpe, fingendo indifferenza. «Mi ha aiutato per un anno e mezzo. E non volevo disturbarti chiedendolo a te. Tu passavi tutto il tempo a studiare; non avevi bisogno di un altro motivo per tenere il naso nei libri. Studiare con Tyler ha funzionato per un po', ma poi abbiamo avuto una discussione. È successo appena prima che voi vi diplomaste. Adesso, praticamente mi odia.»

Lewis mi dà una breve occhiata, con un'espressione meditativa. «Non penso che ti odi, Mira. Dagli una possibilità. La casa di Cali in questo momento è il posto giusto per te. L'hai detto anche tu. Nessuna sa che sei lì. Tyler si sta prendendo un periodo di pausa dal lavoro quindi è disponibile. È la persona migliore per tenerti d'occhio.»

Potrei lamentarmi del fatto di non avere bisogno che qualcuno mi tenga d'occhio, ma perfino io devo ammettere che sono nella merda più di quanto pensassi. Mi sono svegliata questa mattina fradicia di sudore a causa di un incubo che includeva gli uomini nella foresta. Nel mio sogno, non si erano fermati alle botte. Mi ero svegliata prima che il tizio mi soffocasse a morte con le sue mani.

«Sì, okay.»

«Bene, ora dimmi di ieri sera. Capisco che non abbia voluto parlarne davanti a tutti gli altri, o perfino alla polizia, ma ho bisogno di conoscere i particolari. In effetti, dovresti dire alla polizia che abbiamo ripagato il debito a quell'uomo qualche settimana fa. L'usuraio non dovrebbe essere coinvolto, ma non si sa mai.»

Ero rimasta così indietro coi pagamenti quando avevo parlato del debito a Lewis e ai suoi genitori che Lewis aveva insistito per ripagare quel tizio. Mi dava il mal di stomaco prendere soldi in prestiti da loro, ma non c'era modo che riuscissi a tirarmene fuori senza il loro aiuto. Avevo chiesto un importo appena sufficiente per togliermi di dosso l'usuraio.

«Devo ancora altri soldi.»

«Mira» ringhia Lewis, e non è assolutamente da lui. L'ho veramente fatto incazzare. «Che cosa significa che gli devi di più?»

«Circa il doppio di quello che vi avevo detto.»

«Il doppio dell'importo?» Il suo sguardo va da me alla strada e poi torna a guardarmi mentre svolta nella strada dove c'è il mio appartamento e poi si ferma nel vialetto sotto la tettoia. Spegne il motore e torna a fissarmi. «Come hai fatto a finire così fuori controllo? Hai continuato a giocare d'azzardo?»

«No.»

Lewis sospira. «Beh, è una buona cosa. La tua terapista ti capisce?»

«Sì, certo. Mi sta aiutando con i miei problemi.» Ed è vero. Vedo la terapista ogni settimana e parliamo di tutti i casini con mia madre.

«Esattamente quanto devi ancora?»

«Altri dodicimila. Non volevo farti preoccupare» dico in

fretta. «Pensavo che se ti avessi detto l'intero importo avresti dato di matto. Ho ripagato la metà a quell'uomo, pensando che me lo sarei levato di dosso finché avessi risparmiato tutto il resto.»

«Devi a un usuraio altri *dodicimila dollari?* Che diavolo, Mira? Che cosa diavolo stavi pensando, spendere quel genere di soldi nei casinò?» Si afferra la nuca con la mano.

Chino la testa contro il finestrino, fissando il cassonetto accanto alla tettoia per l'auto. «Un usuraio. E sì, ho smesso.» *Non posso assolutamente dare altri soldi a mia madre.*

«Quindi gli uomini che ti hanno ferita sono stati mandati da quell'uomo? Perché non mi hai detto la verità? Ti rendi conto di quanto sia pericoloso? I miei genitori e io avremmo ripagato il tuo debito, Mira. Dobbiamo dirlo alla polizia. E ti darò il resto dei soldi.»

«Lewis, smettila. Devi darmi una possibilità. Ho un piano per ripagare il resto.»

Almeno, il germe di un piano.

Lui mi fissa. «Non capisci, Mira. Ieri sera avresti potuto *morire.*»

Chiudo gli occhi per un attimo, perché ha ragione. Ma non significa che debba continuare a ricorrere a Lewis per risolvere i miei problemi. Sì, farò dei cambiamenti quando si tratta di mia madre, ma sto anche cercando di non dipendere da Lewis e la sua famiglia per tutto.

«Dammi solo un paio di settimane per controllare un paio di cose. È appena diventato disponibile un posto di lavoro. È da un po' che voglio un orario normale. Quel posto paga meglio ed è dalle nove alle cinque. Se do un taglio alle spese e trovo un impiego migliore, posso levarmi di dosso quei tizi. Non ho bisogno di molto, so risparmiare.»

«Quando non giochi d'azzardo» borbotta. «Sei maledettamente frugale. Ed è il motivo per cui penso che tutto questo non abbia senso.» Mi guarda. Mi guarda *veramente*, e mi chiedo se riesca a vedere la verità.

Evito di guardarlo negli occhi.

«In effetti,» continua, «non hai praticamente spese. Non so come pensi di tagliarne ancora.»

Apro la portiera, andandogli incontro dietro la Jeep. «Il tizio a cui devo dei soldi è uno stronzo, ma accetta di essere pagato a rate. Carica interessi mostruosi, ma ne vale la pena. Questa volta sono rimasta indietro, ma posso sistemare le cose. Sai che ce la posso fare. Non puoi tirarmi fuori dai guai tutte le volte. Perfino la mia terapista dice che devo smettere di dipendere da te.»

Sul suo volto appare un'espressione rassegnata. Le mie parole hanno colpito il segno. Mi sta chiedendo da settimane di dare retta alla terapista. Adesso non può fare marcia indietro e dirmi di non farlo.

Si strofina la nuca e allunga il collo, come se la nostra conversazione gli avesse fatto venire un crampo. Non è facile per Lewis permettermi di occuparmi di me stessa. La dipendenza è reciproca.

Lascia cadere rigidamente il braccio lungo il fianco. «Due settimane, Mira. Ti darò due settimane per risolvere il problema.» Cominciamo a camminare verso il palazzo. «*Se* vivrai a casa di Cali, resterai lontana da tua madre e incollata a Tyler. Pagherò io il resto dell'affitto del tuo appartamento.»

«Non...»

«Questo è tutto. Niente obiezioni.» Saliamo le scale fino al mio miniappartamento al secondo piano e prendo lo chiavi. «Non dovrai pagare niente a Cali per il cottage. Tyler ha mandato un messaggio a Jaeger dicendo che pagherà lui l'affitto mentre Cali non c'è. Ecco quello che ti propongo. Altrimenti ripagherò quell'uomo e tu andrai in un centro di riabilitazione... per il *gioco d'azzardo*.»

Con una grossa enfasi sulle ultime parole.

Lewis non è scemo. Sono sicura che sospetti che c'è mia madre dietro, ma se non ne parla lui non sarò certo io a farlo. Forse mi sta dando il beneficio del dubbio. O forse non vuole affrontare le conseguenze della verità.

Apro la porta del mio appartamento ed entro. Non è granché. Un divanetto e un tavolino, un piccolo scaffale con più cianfrusaglie che libri, un vaso che aveva contenuto dei fiori quando mi ero diplomata alle superiori, un piccolo cestino intrecciato Washoe che mi aveva dato mia madre prima di perdere la sua casa.

Mi volto a guardarlo. «Ma vivere con Tyler...»

Lewis fa spallucce. «Decidi tu. Queste sono le mie condizioni.»

Non so come pensi di mettermi in un centro di riabilitazione senza il mio consenso, dato che sono maggiorenne, ma capisco che sta almeno tentando di darmi spazio per fare la cosa giusta. Va contro tutti i suoi istinti non cercare di tirarmi fuori dai guai.

«Okay, d'accordo.»

Si guarda attorno. «Dov'è la tua valigia?»

Indico lo sgabuzzino accanto al mio letto e Lewis prende la valigia dal ripiano in alto mentre io tolgo dei vestiti da un cassetto.

Lui fissa la maniglia e una ruota rotta e scuote la testa. «Ragazza frugale... hai bisogno di una valigia nuova.»

Butto i vestiti sul letto. «Va bene così.»

Lewis apre la cerniera. «Perché *eri* nella foresta? Tyler ha detto di averti trovato accanto al capanno dove vive tua madre.» Inarca le sopracciglia. «Hai detto che non ti saresti più avvicinata a quel posto.»

Sapevo che stava arrivando. «Stavo andando a trovarla» dico con riluttanza, tralasciando la parte in cui le avrei lasciato dei soldi. Era una cosa così stupida. Non posso continuare a darle soldi ed essere in grado di ripagare il mio debito.

Lui emetto un lamento. «Ne abbiamo già parlato. Ti farà del male e continuerà a farlo. È egoista.»

Ha ragione. Ma non voglio essere una figlia schifosa perché ho una madre di merda. Non significa che rischierò ancora la mia vita. Ho continuato a sostenere le sue dipendenze, come mi ha fatto notare la mia terapista. È difficile mantenere un equilibrio.

«Non è facile come pensi. Se Becky commettesse un errore, riusciresti ad andartene e non guardarti indietro?»

Lui stringe le labbra. «Sai che non è la stessa cosa.»

La madre di Lewis è meravigliosa. È amorevole, incoraggiante senza opprimere. Mi ha mostrato il tipo di donna che voglio essere.

«Mia madre può sbagliare come chiunque altro.» Afferra una pila di vestiti da gettare nella valigia, guardando a occhi stretti le mutandine di pizzo che ha in mano. Le lascia cadere come se fossero una patata bollente. «Credo che aspetterò nel cucinino che tu finisca di preparare la valigia.»

Lewis si allontana dalla pericolosa lingerie ed esce dalla camera. Ma si ferma sulla porta. «Quello che volevo farti capire è che la mia cerca di essere una buona madre. Nel suo caso, ci riesce quasi sempre. Tua madre non ti ha mai messo al primo posto. Lei si preoccupa solo di sé e ti tirerà a fondo con lei se glielo permetti. Hai parlato di tua madre con la psicologa?»

«Certo.» Prendo dei jeans e qualche top e li aggiungo alla pila nella valigia.

«Che cosa ne dice?»

Evito il suo sguardo, esitando.

«Mira?»

«Quello che dici anche tu. Che non è un rapporto sano. Che anche se mia madre non vuole intenzionalmente ferirmi, lo fanno le sue azioni e che devo prendere delle decisioni giuste per me.»

«Quindi dovresti ascoltare la terapista.»

Sbuffo. «Lo dici perché dice le stesse cose che dici tu.»

«Non è vero. Voglio ciò che è meglio per te.»

«Lo so. Tenterò. Ma non posso semplicemente tagliarla fuori dalla mia vita.»

«Forse» dice stringendosi la nuca. «Cerca almeno di prendere le distanze. Tua madre si aspetta troppo da te.»

Non sa quanto.

* * *

Tyler

Qualche minuto dopo che Mira è corsa verso la Jeep di Lewis, sento bussare alla porta. Scendo a metà dalla scala del soppalco e prendo la t-shirt dal pavimento, infilandomela dalla testa mentre do uno strattone alla porta per aprirla.

Davanti c'è una donna con i capelli neri ingrigiti e la pelle abbronzata e rugosa. Nonostante l'aspetto prematuramente invecchiato la donna a un certo punto della sua vita doveva essere stata attraente. Occhi brillanti, zigomi alti e definiti.

Non mi sorprende. Dopotutto è la mamma di Mira, la persona che ho visto dentro il capanno ieri sera.

La donna si sporge per guardare dentro il cottage. «Mira vive qui?» La sua voce è leggermente roca, un po' biascicata.

Belle maniere.

«Scusi, chi è lei?»

So chi è, ma la voglio sulla difensiva. Visto come ha reagito Mira alle mie domande, non sono contrario ad aggirarla per capire che cosa sta succedendo. Scommetterei le palle che questa donna lo sa.

Lei mi guarda da capo a piedi, come se fossi io quello con i vestiti non lavati e il fiato acido. «Sto cercando mia figlia. Vive qui? Quella ragazza non si è mai fatta viva ieri sera. Doveva portarmi una cosa.»

«Perché non mi dice che cosa doveva portarle? Mi assicurerò che riceva il messaggio.»

Lei stringe gli occhi. «Dille solo che sono venuta. E che non sono contenta.» Sottolinea l'ultima parte con un'occhiataccia e si volta.

«Mira è stata aggredita mentre stava venendo da lei» dico.

La donna si ferma e volta la testa.

«Sua figlia non si è fatta viva perché è stata picchiata.»

Un lampo di qualcosa le passa negli occhi. Oppure potrebbe essere stata una lama di luce tra gli alberi. «Chi è stato?»

Faccio spallucce come se non fossero problemi miei, ma mi importa, eccome. Mi sentirei male per qualunque ragazza venisse ferita in quel modo. Non ha niente a che vedere con Mira.

«Beh, già, avrebbe dovuto venire quando gliel'ho chiesto. Se non avesse fatto tardi forse non sarebbe successo.»

Stringo i denti. Sua madre fa sembrare che Mira meritasse di essere picchiata. Mi fa incazzare che questa donna si comporti come se non le importasse niente di sua figlia.

«Ho *detto* che è stata ferita. Malamente.»

Lei si contorce e distoglie gli occhi. «Beh, è viva, no?»

Scuoto la testa. *Incredibile, cazzo.* «Okay, signora. Le dirò che è venuta.»

Faccio per chiudere la porta ma la mamma di Mira si muove in fretta, se si tiene conto del sua aspetto scarmigliato, e spinge una sneaker bianca malandata contro lo stipite, tenendola aperta. «Di' a Mira di non aspettare troppo.»

Le studio il viso. «Come faceva a sapere dove trovarla?»

Lei distoglie gli occhi «Ho aspettato a casa di quel tizio, Lewis e l'ho seguito.»

E non ha visto Mira che usciva di qui con lui?

Dipende da quanto fosse rimasta indietro la mamma di Mira rispetto a Lewis. Mira se n'è andata piuttosto in fretta... per allontanarsi da me. Forse sua madre ha solo visto la Jeep di Lewis allontanarsi dal cottage di Cali e ha pensato di venire a controllare? Per coprire ogni pista. È sporca, probabilmente ubriaca o fatta di qualcosa, ma non è stupida.

«Dovrebbe chiamare Mira se ha bisogno di lei così urgentemente. Non so quando tornerà.»

O *se* tornerà. Mira potrebbe decidere di restare da qualche altra parte, ora che sa che dovrebbe vivere con me.

«Non posso. Non ho il telefono.» La donna si volta e cammina lungo il viale verso un'enorme berlina malandata. «Dille solo che sono venuta. Saprà quello che deve fare» dice, senza voltarsi indietro.

Se Mira non fosse stata per strada per vedere sua madre, quegli uomini non l'avrebbero intrappolata mentre era da sola. Di che cosa ha bisogno così disperatamente sua madre per mettere sua figlia in pericolo? E che razza di madre farebbe una cosa simile?

Cazzo. Sapevo che sarebbe successo. Ecco perché non

posso vivere con Mira. Non voglio dovermi preoccupare di quello che le succede.

Ma se scopro la verità e trovo una soluzione al problema di Mira, forse posso mettere fine a questo casino. Mira sarà al sicuro e potrà trasferirsi e la vita tornerà a essere bella.

Beh, non bella, ma com'è normale adesso per me.

Capitolo Dieci

Mira

Trascino la mia valigia malridotta sulla sua unica rotella per gli ultimi metri fino all'armadio di Cali, poi do un'occhiata nel soggiorno. Tyler non alza gli occhi dal suo laptop al tavolo da pranzo. Chiudo piano la porta e appoggio la fronte contro il legno fresco. Ho la sensazione che passerò molto tempo da sola in questa stanza, evitando Tyler.

Ho preso alcune cose dal mio appartamento e ho l'auto, ma non mi sento tranquilla. Quegli uomini nella foresta mi hanno spaventata a morte. Non so a che punto dell'elenco delle *situazioni indesiderabili* sia vivere con Tyler, ma è certamente tra le prime. Sono più al sicuro con lui che da sola, ma non mi piace.

Ho detto a Lewis che avevo un piano ma ora che sono seduta sul letto nella stanza di Cali, tentando di formulare quel piano, ho le mani che tremano. Le stringo insieme, cercando di lasciar uscire l'energia nervosa, prendo il telefono e cerco un lavoro. Il primo a cui mando il curriculum è quello di cui ho parlato a Lewis. Completo diverse domande per impieghi che sembrano pagare di più, a volte esagerando le mie capacità per sembrare qualificata.

Passa un'ora e decido di prendermi una pausa dal mio isolamento autoimposto. Ho compilato dieci domande online con il mio iPhone (una rottura di balle senza un computer), ed è già un buon inizio. Inoltre ho fame.

Apro la porta della camera, aspettandomi di vedere Tyler seduto al tavolo da pranzo con il suo laptop, a ignorarmi.

Non è lì.

Invece è seduto sul divano, con un braccio steso sul cuscino dietro e sta fissando diritto davanti a sé. Non mi guarda, ma ho la sensazione che mi stesse aspettando.

Non promette bene. Il miglior modo di vivere insieme è di evitarci.

Lo supero per andare a prepararmi un sandwich e poi ritornare al mio isolamento quando le sue parole mi bloccano.

«È passata tua madre.»

Sento il suo sguardo duro. Quando alzo gli occhi, sul suo volto appare un'espressione compiaciuta. Mi ha sbalordita e perfino io non sono un'attrice così in gamba. Come ha fatto mia madre a capire dove stavo vivendo? È astuta quando vuole qualcosa e non ha ricevuto i soldi, quindi...

I miei pensieri devono essere trasparenti perché Tyler aggiunge: «Ha seguito Lewis ed è venuta a cercarti».

Wow. Adesso mi sta seguendo?

«Ha detto che cosa voleva?» Lo so. Sono soldi, sempre i soldi, ma voglio capire se *Tyler* lo sa.

«Ha detto che avevi qualcosa per lei. Non è contenta che non ti sia fatta viva ieri sera.» Allarga le gambe e si china sugli avambracci, fissandomi. «Le ho detto che cosa ti era capitato e perché non ti sei fatta vedere.»

Perfetto. Non mi piace che mia madre sappia dei miei affari, tende a peggiorare le cose. «E?»

«E niente. Vuole quello che avevi per lei. Ecco tutto.» C'è un accenno di preoccupazione nei suoi occhi.

Faccio un respiro profondo, agitandomi a disagio. Conosco quello sguardo. Compassione. Perché ho una madre a cui non importa come alle mamme normali. Capisco che quel sentimento venga da un posto giusto, ma riesce sempre a farmi sentire peggio. Non voglio la pietà, specialmente non da Tyler.

«Qualcos'altro?»

«Sì.» Si alza in piedi e mi guarda dall'alto, con gli occhi pallidi che si scuriscono. «Che diavolo sta succedendo?»

L'intensità dietro a quegli occhi mi lascia stordita, finché riprendo il controllo e lo supero andando in cucina. Apro lo sportello del frigorifero, afferro alla cieca il pane, l'affettato e tutto quello che trovo per preparare un sandwich che di colpo non ho più voglia di mangiare. Perché dev'essere diventato perspicace, *proprio adesso?*

«Non sta succedendo niente. Restane fuori, Tyler» dico senza guardare l'uomo il cui sguardo mi sta facendo un buco nella schiena.

«Stronzate, stai mentendo.»

Lo guardo voltando la testa. «Tu non mi conosci.»

«Sbagliato.» Si china in avanti. «Ti conosco *intimamente*, se ricordi bene.»

L'aria che inalo mi brucia i polmoni, surriscaldati come il resto di me. Non riesco a credere che abbia tirato in ballo *quello.*

Lui fa spallucce. «Certo, probabilmente c'è una lunga fila di uomini con cui sei stata.» Deglutisco, con la gola stretta e la rabbia mi scalda ancora di più il petto. «E a meno che tu abbia fatto sesso anche con qualcuno dei tuoi amici... Lewis forse?» Alza un sopracciglio e lo fisso furiosa. «No? Interessante... Beh, significa che ti conosco in modi in cui loro non ti conoscono.»

Che cosa c'entra con tutto il resto? E perché si sta comportando così da stronzo? Non è il Tyler che ricordo. Una volta era dolce, gentile. Adesso è tutto spigoli duri e fiamme; la rabbia si irradia da lui a ondate.

Tyler stringe gli occhi e guarda il mio corpo come per analizzarlo, ma invece mi procura un brivido.

Detesto che abbia questo effetto su di me.

«Guardi di sottecchi invece che direttamente negli occhi quando stai mentendo.» Mi ispeziona la faccia e i suoi occhi si fissano sulla bocca. «E il centro delle tue guance arrossisce quando sei agitata... O eccitata.»

Sto ardendo per la rabbia e ignorando la sensazione di sfarfallio nel mio stomaco che suscitano le sue parole. Come osa prestare attenzione ai segnali del mio corpo?

«Non arrossisco quando sono eccitata.»

Lui si china un po' di più, con la punta delle dita forti appoggiate al ripiano davanti a me. «È così. Vuoi che te lo dimostri?»

Le sue parole sono una minaccia e una tentazione.

Questa conversazione sta prendendo una direzione sbagliata. Devo riprendere il sopravvento. O, almeno, cercare di controllare il modo in cui mi sta facendo sentire. Che cosa dice sempre la mia terapista? Nessuno può *farmi* provare niente. Controllo io le mie emozioni.

Tyler osserva e ascolta come non ha mai fatto nessun altro. Una volta mi piaceva quel tratto di lui, ma adesso ne vedo gli svantaggi. Non voglio che si intrometta nei miei pensieri e nelle mie emozioni. Accidenti a lui che tenta di entrarmi nella testa.

«Lasciami in pace, Tyler.» Mi volto e prendo il sacchetto del pane.

«No.» Non è il volume della sua voce, ma il tono che mi fa voltare. «Non possiamo vivere insieme e questo significa che devi dirmi la verità se vogliamo che tu possa stare al sicuro via da qui.»

Incrocio le braccia sul petto. Niente da fare. Non ho intenzione di dirgli un cazzo di niente.

Lui mi guarda e sospira. «Lo terrò per me, se è quello che vuoi. Ma devi essere sincera con me. È l'unico modo. Che ti piaccia o no, ci siamo dentro insieme finché potrai andartene.»

* * *

Tyler

Le mie parole suggeriscono che mi interessi solo mandare via Mira dalla casa di Cali, ma c'è di più. Mira è stata la mia prima: la mia prima cotta, la prima ragazza con cui ho fatto sesso e, per qualche motivo, per me è importante. Ho bisogno di essere sicuro che starà bene.

Vedo il lato ruvido di Mira, come chiunque altro, ma mi farò sempre domande sulla parte più delicata che non mostra a nessuno. La ragazza giocosa, dolce che ho visto celata sotto la superficie.

Quindi sì, voglio che se ne vada, ma voglio anche aiutarla. Giurerei che non stia dicendo la verità e se riuscissi a fare in modo che si fidi di me, anche solo un po', forse riuscirei a tirarci fuori da questa situazione incasinata.

Mira si strofina le braccia. Le spalle si piegano leggermente in avanti, una reazione atipica per la ragazza che tiene la testa alta, qualunque sia la situazione. È come se il peso del mondo avesse distrutto la sua risolutezza.

Mira mi passa accanto andando in soggiorno. Per un attimo penso che continuerà a camminare e mi escluderà. Ma non lo fa. Si ferma davanti al divano e si siede al centro.

Mi avvicino e occupo la poltrona reclinabile davanti a lei, aspettando, perché dal modo in cui si sta atteggiando, con le braccia strette al corpo, percepisco la sua vulnerabilità. Sono bravo a far incazzare Mira. Se voglio la verità, sarà meglio che tenga la bocca chiusa.

Lei non parla per un lungo momento. Si volta e guarda fuori dalla finestra con l'espressione più triste che abbia mai visto che le deforma i bei lineamenti. Mi colpisce diritto al petto, togliendomi il fiato. Voglio proteggerla, distruggere qualunque cosa la faccia sembrare completamente sconfitta.

Mira alza gli occhi e mi brucia con un'occhiataccia, che mi sorprende per un momento. È il tipo di occhiata che sono abituato a darle io, ma ha completamente ribaltato la situazione. Sono pronto a proteggerla e far male a qualcuno per lei e lei mi sta guardando come se desiderasse che *io* fossi morto.

Vi meraviglia che mi faccia diventare matto?

«Quello che ti sto per dire non deve uscire da questa stanza, Tyler. Mai. È un segreto tra di noi. Non può saperlo nessuno.»

«Ci sono già passato.» Un po' scortese, ma vero. Nessuno sa che siamo andati a letto insieme. Beh, tranne i ragazzi delle superiori che devono aver visto Mira uscire dalla stanza con i capelli in disordine.

Il centro delle sue guance diventa rosa e il mio cuore comincia a riprendere vita.

Funziona ancora. Ancora impressionante. Mi piace

riuscire a farla arrossire. Ci sono dei vantaggi nel vivere con Mira, dopotutto.

«Non fare lo stronzo.»

«Troppo tardi.»

Lei sbuffa. «Sei d'accordo o no?»

«Non lo dirò a nessuno. Adesso sputa il rospo.»

Lei si sporge in avanti e mette una gamba sotto il sedere, col seno che sobbalza a quel movimento. Quell'unico movimento mi manda in pappa il cervello.

Concentrati, amico. Distolgo con riluttanza lo sguardo dalla sua faccia.

«Sai quanto siamo legati Lewis e io?» Annuisco e lei distoglie lo sguardo, mordendosi l'interno della guancia. «Lui non sa quello che sto per dirti. Quando dico che non lo deve sapere nessuno, voglio proprio dire *nessuno*.»

Ha catturato la mia attenzione. Mira e Lewis sono legatissimi... Erano legatissimi. Non so se lo siano ancora. Pensavo di sapere che cosa fossero, a scuola, ma sembra sbagliato, perché ha fatto capire di non essere andata a letto con nessuno dei suoi amici. Ed è stata una sorpresa. Avrei giurato che a un certo punto Mira e Lewis fossero una coppia. Ma allora non avevo effettivamente creduto alle voci finché Holly non aveva suggerito che Mira stesse venendo a letto sia con lui sia con me. Vorrei aver saputo che non c'era niente in ballo tra di loro. Se avessi saputo la verità, Mira e io avremmo potuto lasciarci da amici.

Lei si concentra intensamente su di me. «Non mi sono indebitata per via del gioco d'azzardo.»

È più di quanto abbia finora saputo da lei. «Mai hai un debito?»

Lei annuisce. «Lewis mi dice da anni di restare lontana da mia madre. Se lo sapesse, darebbe di matto.»

«E hai continuato a dare soldi a tua madre?» Lei resta a

bocca aperta e io faccio spallucce. «Lei voleva decisamente quello che avevi tu. I soldi sono una grande motivazione.»

«L'ho aiutata a ripagare della brutta gente. Mi aveva detto che l'avrebbero uccisa se non avesse dato loro i soldi entro una settimana e le ho creduto. La feccia che frequenta fa veramente paura e lei sembrava disperata.» Si guarda intorno nervosamente.

«Che altro?»

«Poi ne ha chiesti ancora.» Mira scuote la testa. «Sinceramente, non so come faccia mia madre a mantenersi. Non lavora. Continuo a darle soldi, ma, mese dopo mese, ho cominciato a essere a corto io. Una volta non sono riuscita a pagare l'affitto. Ho chiesto un prestito in un posto in città. Ho ripagato il debito con lo stipendio seguente.» Si guarda intorno e mette dietro l'orecchio una ciocca di capelli sfuggita alla coda di cavallo. «Dopo quello, le ho detto che non avrei più potuto aiutarla.»

Trattengo il fiato, aspettando quello che dirà, perché so istintivamente che peggiorerà.

Mira mi guarda diritto negli occhi, con un'espressione smarrita, nonostante cerchi di apparire forte. «Non l'ho sentita per due mesi. Dopo qualche settimana ho cominciato a preoccuparmi. L'ho cercata e quando l'ho trovata... Aveva un braccio rotto, un occhio nero... Non voleva parlare con me. Mi incolpava per quello che le era successo.»

Mira giocherella con l'orlo sfrangiato dei suoi pantaloncini di jeans, col respiro tremante. «Non sapevo se fosse stata veramente picchiata a causa dei soldi, ma non potevo rischiare di nuovo. Le ho detto che se aveva bisogno di soldi, ne avevo un po' da parte, cosa non vera.» Alza gli occhi, come per convincermi. «Avevo un lavoro e nessuno che dipendesse da me. Pensavo di farcela, ma sono rimasta sempre più indietro. Alla fine ho chiesto a mia madre di cercare un aiuto. Ha sempre avuto un problema intermittente con la cocaina. Ho immaginato che il denaro fosse finito lì. Le ho dato degli opuscoli per dei posti che forniscono supporto, ma lei non li ha presi. Si è rifiutata di accettare aiuto. Non sapevo che cos'altro fare.»

«Un problema *intermittente* con la cocaina» dico, senza credere a quella stronzata.

La mamma di Mira, la tossicodipendente, la sta usando e lei cerca disperatamente l'amore della madre. Ovvio che Mira creda di non poter dire di no.

Stringo i denti, cercando di reprimere la rabbia. Allargo il colletto della maglia e mi appoggio all'indietro, fissando la parete. Non voglio scagliarmi contro sua madre perché usa sua figlia. Invece le dico: «Lewis mi ha detto che stai vedendo uno strizzacervelli».

Gli occhi di Mira diventano scuri. «Non sono pazza, Tyler.»

«Non ho detto che sei pazza.» E non lo è. Mira ha troppe cose sulle spalle. I tossicodipendenti sono fardelli pesanti. Mia madre ha lavorato per anni nei casinò. L'ho vista perdere amici a causa della dipendenza da droghe e alcol. Aveva instillato il timor di Dio a me e a Cali, avvertendoci di non farci coinvolgere in quella robaccia.

«Non puoi aiutare tua madre se si sta ancora drogando, Mira. Hai bisogno di qualcuno che ti faccia ragionare.»

Lei spalanca gli occhi, diventando rossa.

Okay, forse mi è uscito male.

«Fottiti, Tyler.»

Cazzo, perché diavolo cerco di aiutarla. «L'hai fatto tu.»

Lei si volta. «Non dimenticherai mai quella notte?»

Non so perché l'ho tirata in ballo. È una mossa da coglione. Una parte di me dev'essere ancora incazzata, cosa che non mi piace ammettere. «E tu?»

«No» risponde, sorprendendomi.

Lei allenta le braccia e mi guarda. «So che mia madre è un problema. Lewis mi dice da anni di tagliare i ponti. Non potevo farlo allora e non riesco a immaginare di farlo adesso. È l'unica famiglia che ho.»

«Hai Lewis e i suoi genitori.»

«Ma loro non sono la mia *vera* famiglia. Non sono obbligati ad amarmi.»

«No, ti amano perché vogliono farlo.»

Mira mi fissa a lungo, come se mi avesse veramente ascoltato. Scioccante.

«Sto tentando, Tyler» dice. «Non le darò più soldi, qualunque cosa succeda, okay? Anche se non vorrà più parlare con me. O se...» Il suo petto si alza bruscamente quando inspira. «Quando quegli uomini mi hanno trovata nella foresta, avrebbe dovuto essere l'ultima volta che le davo dei soldi. Avevo intenzione di dirle che non potevo più farlo, ma poi...»

«Quegli stronzi ti hanno riempita di botte per i soldi che devi per *tua madre.*»

La sua bocca si torce in una smorfia. «Conosco i particolari. Non hai bisogno di ricordarmelo. So che le cose vanno malissimo. E ho detto basta. In effetti...» Si sporge in avanti, con l'esitazione negli occhi. «... troverò un nuovo impiego. Due se ci riesco. Lavorerò giorno e notte per ripagare il mio debito. Ho già fatto domanda in diversi posti e ho un buon appiglio al Blue.»

Tendo le spalle. Che cazzo?

«*Il Blue Casino?* Il posto che ha licenziato mia sorella? Il posto dove Gen è quasi stata stuprata? Cazzo, Mira, sei pazza?»

Negli occhi le brilla l'irritazione. «Non posso essere schizzinosa, no? È un posto di assistente di un direttore.

Non so se ho qualche possibilità, ma paga bene. E se lavorerò la sera come mazziere e di giorno come assistente al Blue, nei prossimi mesi sarò in grado di risparmiare un sacco di soldi.»

Detesto l'idea che abbia fatto domanda al Blue. È come saltare dalla padella nella brace. «Non puoi lavorare al Blue. Quel posto non porta niente di buono.»

«È un impiego ai piani alti. Non è in sala. Non succederà niente lassù. Inoltre, dubito di avere molte possibilità di ottenere il posto.»

Scuoto la testa, senza prestare attenzione alla sua logica, o alla sua *illogicità*. «No, non lì.»

«Non puoi dirmi quello che devo fare, Tyler!» Balza in piedi, sostenendosi la gabbia toracica per un secondo con una mano prima di piantarla sul fianco, come se la sua ira non potesse essere frenata dalle botte da cui sta ancora recuperando. «Te l'ho detto perché sei un rompiballe e stai ficcando il naso. Ora vorrei non averlo fatto. Avrei dovuto sapere che non potevo fidarmi di te.»

Lei non può fidarsi di *me*? Mi alzo, attraverso la stanza e prendo il portafogli e le chiavi. Salgo un paio di pioli della scala del soppalco, afferro una camicia a maniche corte dal pavimento e la infilo sopra la t-shirt.

«Vuoi arrangiarti da sola? Bene, io me ne vado.»

Capitolo Undici

Ordino un'altra birra al barista dell'Avalanche mentre il mio amico Phil piega una fetta di pizza in due e se ne ficca la maggior parte in bocca.

«Vivi con una ragazza?» bofonchia con la bocca piena.

Mi guardo attorno nella pizzeria affollata di gente del posto che beve e cerco una cameriera. Sono passati solo trenta secondi da quando ho ordinato, ma ho bisogno di una seconda birra.

Mira deve andarsene. Così, o finiremo per ammazzarci a vicenda. E questo significa che devo trovarle un'altra sistemazione. Tutti gli amici di qui si sono improvvisamente accasati con le loro ragazze. Le *mie* scelte sono limitate, non quelle di Mira. Potrebbe vivere con i genitori di Lewis dov'è cresciuta. Ha solo scelto di essere testarda.

Perché è una rompiballe.

«Devo mandarla via, amico. Non posso vivere con quella ragazza. Tu non sai com'è.»

«Non hai detto che è bella?»

L'ho detto? Maledizione.

Phil inarca le sopracciglia e io mi stacco la maglietta dalla pelle. *Fa caldo qui?* «Non è quello il punto.»

Phil beve un sorso di birra e si asciuga le mani con un tovagliolino. «Il modo migliore di liberarsi di una donna è trovarne un'altra.»

«Non ho bisogno di un'altra donna» borbotto. «Ho bisogno che se ne vada quella che sta contaminando il mio rifugio.»

«Lo so, amico. È quello che sto dicendo. Portati in casa un'altra ragazza. Lei, Mira, si incazzerà e se ne andrà.»

Oh, cazzo. Perché mi sono preso la briga di raccontare la situazione al mio vecchio amico delle superiori? Phil è un fantastico corridore di mountain bike, ma non è proprio una cima.

«Non è così. Non si ingelosirà. Non le piaccio» dico, parlando tra i denti. C'era un tempo in cui a Mira piacevo e non me ne ero reso conto, praticamente finché ero stato dentro di lei.

Scuoto la testa. Non è la stessa cosa.

Phil tracanna la sua pinta di birra, studiandomi. «Non ha importanza. In fondo siamo tutti animali. Vorrà difendere il suo territorio. Gli uomini lottano finché arrivano in cima.» Ride della sua stessa battuta. «Le donne, però, amico, sono manipolatrici e parlano troppo. Urlano e battono i piedi finché non cedi. Tu non farlo. Qualunque cosa fai, resta in cima. Portati lì un'altra donna. Mira capirà. Si renderà conto che sta perdendo terreno e se ne andrà o resterà lontana da casa il più possibile.»

Gesù, il mio amico di qui mi sta facendo lezione di biologia, lui che non ha mai lasciato Lake Tahoe. La cosa peggiore è che tutte quelle stronzate sembrano avere senso.

«Non hai capito qual è il problema, Phil. Io non voglio vivere con Mira. Se lei si incazza e resta lontana da casa, saremo comunque sotto lo stesso tetto. E com'è possibile che sostituire Mira con un'altra ragazza sconosciuta sia una soluzione? Io non sono come te e il resto dei nostri amici. Non voglio vivere con una donna... Beh, mia sorella è un'altra questione. Sai che cosa intendo dire.»

Phil alza le mani. «Ehi, io sono quello che ha le idee. Se hai un problema di prestazioni è un problema tuo.»

La cameriera bionda e attraente arriva proprio in quel momento per servirmi la birra e le tremano le labbra mentre ritira i bicchieri vuoti. Scuoto la testa rivolta a lei, come per dire: *non ascoltare questo somaro.*

La cameriera se ne va e io mi chino verso Phil. «Vuoi abbassare la voce? Non ho problemi a farlo alzare. Da dove diavolo ti è venuta questa idea?»

Phil fa spallucce. «Hai detto che questa ragazza, Mira, ti ha tagliato le palle.»

Ricorda tutto quello che gli ho detto? Chiaramente ho parlato a vanvera. «Lo intendevo in modo figurativo. Credimi, farlo alzare non è un problema. È tutto pronto e all'erta. Ed è parte del problema» brontolo.

«Oh, uh.» Phil sbatte la mano sul tavolo e si appoggia allo schienale. «Allora arriviamo in fondo. Tu la vuoi e lei non vuole te, quindi non vuoi vivere con lei.»

«Cosa? No. Non è assolutamente così.» *Maledizione, è così?* «Il punto è che siamo completamene incompatibili...»

«Sembra che uno di voi due sia compatibile.» Mi dà un'occhiata all'inguine.

Mi fermo a metà parola, guardando incredulo quel somaro del mio amico.

Innanzitutto, gente, perché il mio amico mi sta controllando le palle? Secondo, potrebbe avere ragione. Il fatto di continuare a provare questa attrazione fisica per Mira mi sta causando non poca agitazione. Mi mette di pessimo umore.

Questa conversazione mi sta facendo venire il mal di testa. In qualche modo il suggerimento di Phil sembra tentarmi sempre di più.

Controllo i dintorni. L'Avalanche Pizza è uno dei posti di ritrovo più affollati. Le ragazze vengono qui con i loro shorts e le infradito, canottiere aderenti, tutte truccate. È un luogo di rimorchio, ecco che cos'è. Perché non individuarne una e portarla a casa stasera? Mettere alla prova la teoria di Phil? Male non può fare. La sua idea è come minimo azzardata, ma date le circostanze posso fare un'eccezione.

Tracanno la mia seconda birra. Non faccio sesso da un po', ma potrebbe essere proprio quello di cui ho bisogno.

* * *

Lacy inciampa sulla soglia. «Oops» mi sussurra forte all'orecchio.

«Piano, ragazza. Perché non ci sediamo sul divano?»

Quando avevo rimorchiato la cameriera che aveva servito me e Phil all'Avalanche Pizza, avevo pensato che sarebbe stato divertente. Corpo da sballo, bel faccino, dolce, perfetta per divertirsi.

Qual è l'unico problema? Lacy è un'ubriacona. Appena finito il suo turno, alle undici, ha cominciato a tracannare pinte di birra. *Phil* faticava a starle dietro. Io ho rinunciato subito. Qualcuno doveva guidare per arrivare a casa.

Lacy era così sbronza quando siamo usciti che avevo deciso di portarla a casa mia e farla tornare sobria. Fare sesso non era nei miei programmi. Le ragazze ubriache non fanno per me, ma non significa che voglia piantarle in asso. Non quando le ho pagato io da bere. Sono in parte responsabile.

La guido verso il divano e lei crolla come una bambola di pezza.

È un disastro. Non avrei dovuto ascoltare Phil. «Ti prendo un bicchiere d'acqua.»

«Birra?» farfuglia.

Ce l'ho in frigorifero, non che abbia intenzione di dargliene una. «Scusa, le ho finite.»

Le porto l'acqua e mi siedo accanto a lei. Lei rotola verso di me e, per un momento, la cosa non mi dà fastidio. È un po' che non ho una ragazza tra le braccia. Avevo dimenticato come fosse bello.

Le metto un braccio intorno alle spalle e lei infila una mano sotto la mia maglia, accarezzandomi lo stomaco e il petto. Toccarsi così va bene, ma continuo a non avere voglia di fare sesso con una donna ubriaca.

«Lacy, dovremmo pensare a portarti a casa tua, una volta che avrai bevuto un paio di bicchieri d'acqua. C'è qualcuno là? Una coinquilina, magari?»

Non mi sento a mio agio a lasciarla da sola in queste condizioni.

«No, vuoi venire? Ho comprato un letto nuovo. È enorme.» Mi mordicchia il mento con i denti. «Possiamo fare un sacco di cose divertenti.»

«Ah, no. Pensavo di andare a dormire. Sono piuttosto stanco.»

Lei abbassa gli angoli della bocca. «Oh.»

Poi mi ritrovo le sue labbra sulle mie e la sua mano che cerca di aprire il bottone dei jeans. Il bacio non è male, se si considera quant'è sbronza, ma non mi fa provare... Niente.

Nemmeno una scintilla. Ma anche se il mio cervello non apprezza le donne ubriache, il mio corpo non ha mai avuto problemi a reagire.

Fino a questa sera.

Ho una ragazza che cerca di afferrarmi il pacco e non c'è reazione dalla mia metà migliore. Francamente vorrei che la ragazza perdesse i sensi, così non dovrei affrontare la situazione. Ed è una follia. Che cosa mi sta succedendo?

Il suono della maniglia che si muove attira la mia attenzione, ma Lacy ha una presa ferrea intorno al mio collo e la sua lingua nella mia bocca. La porta si apre prima che riesca a divincolarmi.

Mira entra e si blocca, pietrificata, con le chiavi che le pendono dalle mani. Il suo sguardo va immediatamente al punto che sta toccando Lacy. Non c'è molto spazio a casa di mia sorella. Il divano è a un metro e mezzo dalla porta.

Lacy finalmente nota che è entrato qualcuno e riemerge per respirare, ridandomi l'uso della bocca.

«Ehi» dico a Mira. Tanto vale sfruttare la situazione. Dopotutto era il mio piano.

Lacy dimostra un po' di modestia e toglie la mano dai miei pantaloni, sedendosi diritta, per quanto riesca a fare, visto che ondeggia per la feroce sbronza.

Mira stringe le labbra. Ci passa davanti per andare in cucina, accendendo le luci. Sbatte gli sportelli degli armadietti come se stesse cercando qualcosa o volesse fare un mucchio di rumore.

«È la tua ragazza?» sussurra forte Lacy.

«Coinquilina.»

«Oh.» Sorride. «Bene.» Si guarda attorno come se si fosse accorta solo ora di quant'è piccolo questo posto. «C'è qualche posto dove possiamo andare?»

Prendo in considerazione il soppalco, solo per allontanarmi dalla linea di fuoco, ma non credo che Lacy la Sbronzona riuscirebbe a salire la scala a pioli. E non credo di voler scoprire che cos'ha in mente. Non mi piace rifiutare le ragazze. Tendono a diventare aggressive, cosa che Lacy aveva già fatto prima dell'ingresso di Mira.

Al contempo, una parte di me vorrebbe continuare a

mettere alla prova la teoria di Phil. Per un momento, ho avuto la sensazione che Mira non fosse semplicemente incazzata con me, ma incazzata perché ero con un'altra donna. E promette bene. Se pensa che imbattersi in questo genere di cose è quello che l'aspetta vivendo con me, forse cederà e andrà a casa dei genitori di Lewis.

«Qui è piuttosto angusto» dico a Lacy. «Siamo bloccati sul divano. La mia coinquilina probabilmente andrà presto in camera sua.»

Lei fa il broncio, civettuola.

Giocherello con i capelli di Lacy mentre Mira si precipita in bagno. Qualche minuto dopo, ci passa davanti, sbattendo la porta della camera dietro di lei.

«Accidenti» dice Lacy. «Sei sicuro che non sia la tua ragazza?»

«Assolutamente.» Mi chino in avanti per un altro bacio.

Di colpo sono ottimista sul resto della notte. Lacy potrebbe restare. Non farò sesso con lei, ma non mi dispiacerebbe tenerla abbracciata e baciarla. È una cosa che mi manca. E dato che non c'è la minima scintilla, non mi preoccupo minimamente delle ripercussioni di *questa* relazione.

Capitolo Dodici

Mira

Mi strofino gli occhi per togliere il sonno, stringendoli verso il sole che brilla attraverso le tendine a buon mercato della finestra della camera di Cali. Non riesco a credere a Tyler. *Stronzo*. Quella ragazza gli stava slacciando i pantaloni. Piuttosto ovvio che cosa ho sorpreso ieri sera.

Mi giro e do un pugno al cuscino per sprimacciarlo.

Okay, voglio solo colpire qualcosa.

Non poteva trovare un altro posto dove rimorchiarla? Avrei potuto tornare a casa in ogni momento durante il loro piccolo interludio. Non si fa quella roba con una coinquilina in giro. È una questione di rispetto.

Giuro che ha portato a casa quella ragazza solo per farmi incazzare. Non avrei mai dovuto dire a Tyler che cosa stava succedendo con mia madre. Se avessi lasciato che tentasse di indovinare, probabilmente non mi avrebbe rotto le palle per la questione del lavoro. Probabilmente non avremmo litigato.

Sembrava che stesse aspettando che li sorprendessi, come se l'avesse programmato. Forse mi invento delle cose, ma almeno avrebbe potuto andare a casa di lei invece di portarla qui.

Ma anche quel pensiero mi dà fastidio. *Arghh.*

Tendo l'orecchio verso la porta. Dal soggiorno non arriva nessun rumore. È presto, sono le sette forse. Tyler probabilmente dorme ancora. Appoggio il mento sul cuscino sopra le mani ripiegate e fisso la sveglia.

Passano uno, due, tre minuti.

Se Tyler ha intenzione di essere un coglione sconsiderato, perché dovrei essere io la coinquilina cortese? Diventerò matta se dovrò restare qui dentro per tutta la mattina, aspettando che la ragazza se ne vada.

Sogghigno. Scommetto che ho più esperienza io di lui a fare la stronza.

Salto fuori dal letto e mi metto un paio di calzini, raccogliendo in fretta i capelli in una coda di cavallo. Tyler vuole portare a casa una ragazza e pomiciare sul nostro divano. Ma dovrà avere a che fare con la coinquilina che si alza presto.

Apro la porta della camera e vado tranquilla in soggiorno. Ogni idea di vendetta sparisce e mi sento sprofondare lo stomaco. Tyler è sul divano, la ragazza di ieri sera ha la testa infilata sotto il suo mento ed è mezza sdraiata sopra di lui che la tiene abbracciata in vita. Stanno dormendo, lui con la bella testa appoggiata sul bracciolo e ha un aspetto dolce, da ragazzino.

Fortunatamente sono vestiti, altrimenti dovrei ucciderlo. Il pensiero di Tyler nudo con un'altra donna... Non voglio nemmeno pensarci. Vederlo in questo modo mi fa già abbastanza male. Aveva lasciato la città. Non avrei dovuto assistere a questo genere di cose.

Accidenti a lui. Distolgo gli occhi e ingoio il groppo che ho in gola. Vedere Tyler con un'altra donna mi pugnala in un posto dove non provo mai dolore. È profondo, in ombra e protetto così bene che nemmeno le stronzate di mia madre riescono a penetrare. Ma Tyler è riuscito a trafiggere quel punto con la sua insensibilità. Perché vorrei essere io la ragazza stretta tra le sue braccia.

Li supero andando in cucina e prendo una ciotola e i cereali. Non sono così silenziosa mentre metto il latte sul ripiano e riempio d'acqua la teiera. Dopo un minuto o due, sento un lieve fruscio e il suono di una conversazione a bassa voce. La ragazza entra in bagno e chiude la porta.

Mi siedo al tavolo da pranzo, ignorando Tyler a un metro e mezzo da me nel soggiorno. La ragazza esce dal bagno e aspetta accanto alla porta d'ingresso che Tyler si metta le scarpe e prenda le chiavi. Dopo un momento, il suono della porta che si chiude riverbera in tutta la casa.

Appoggio il cucchiaio, stringendo i pugni.

Tyler è stato via per tanto tempo. Ovviamente ha voltato pagina. Razionalmente lo so, ma vederlo è molto peggio.

Faccio un respiro profondo e cerco di schiarirmi la testa. Il mio cuore non riesce a vedere il ritorno di Tyler a casa per quello che è: una cosa temporanea. Se ne andrà presto. Questo essere costretti a restare insieme è solo un intoppo, una piccola parentesi nella sua vita brillante. Per lui non significa niente.

Mastico rigida i cereali che sembrano grossolani e ruvidi sulla lingua, tentando di indurire il cuore contro il dolore che mi causa vivere con lui.

Non so per quanto tempo fisso il cortile fuori dalla finestra prima che si apra la porta ed entri Tyler. Per un attimo, noto incertezza nei suoi occhi.

«Buongiorno» dice e si appiccica sul viso un sorriso allegro.

Mi alzo, vado in cucina e butto il resto dei miei cereali nel lavandino. «Non puoi portare qua le ragazze mentre viviamo insieme» gli dico, voltandogli la schiena.

Da dietro viene il suono delle sue chiavi che cadono sul ripiano. Volto la testa e le trovo esattamente nello stesso punto da cui le aveva tolte prima. Rimette le scarpe nello stesso identico punto dov'erano quando era uscito questa mattina.

Ha una routine. Che l'abbia notata mi fa incazzare.

«Scusami?» dice. «Certo che posso. L'ultima volta in cui ho controllato, non sono un prigioniero.»

Giro il rubinetto e sciacquo la tazza dei cereali, lavandola con forza. «Non è quello il punto. Questo posto non è abbastanza grande per i pernottamenti.»

Lo sento camminare verso di me, allo stesso modo di ieri mattina. Troppo vicino, il suo corpo mi sfiora la schiena. «Hai problemi a vedermi con altre donne?» dice parlandomi sopra l'orecchio, con la voce bassa e sensuale.

Appoggio la ciotola e gli giro attorno per andare dall'altra parte della cucina, attenta a non toccarlo. «Ovviamente no.»

Si appoggia agli armadietti, sul bel volto un'espressione decisa e le braccia incrociate sul petto.

«Appena troverò un altro impiego, starò via un mucchio di ore. Non ci sarò praticamente mai. Non puoi rimandare fino ad allora?»

Passa un attimo e lui continua a studiarmi. Detesto non sapere che cosa sta pensando in questo momento. Sono piuttosto sicura che non mi piacerebbe.

«No, non credo di potere. Inoltre mia sorella e Gen

fanno venire i loro ragazzi. Puoi fartene una ragione. *Oppure*, ecco un'idea, potresti trasferirti dai Sallee.»

Niente da fare. Se quegli uomini sono pericolosi per me, saranno pericolosi per la gente a cui voglio bene. Tyler è giovane. Potrebbe cavarsela in una lotta. «Gen e Cali sono amiche intime. Certo che per loro funziona. Tu e io...»

Lui attraversa il metro che ci separa, facendomi accelerare il battito alla base della gola. Mi afferro al ripiano. «Tu e io cosa, Mira?»

Il mio cervello si svuota. Non so che cosa siamo l'uno per l'altro. Siamo tanto di più di quello che dovremmo essere e tanto meno di ciò che ha condiviso con quella ragazza a caso che se n'è appena andata.

«Niente. Non siamo niente. Solo... Non portare qui ragazze mentre ci sono io. O preparati a vederti restituire il favore. Vedrai come diventerà presto molto affollato questo posto.»

Capitolo Tredici

Arrivo a casa dei Sallee, ancora irritata con Tyler. Mi sta stuzzicando e funziona. Ma non cederò. Questa volta non vincerà.

Spengo il motore e guardo John che sta trafficando nel garage quadruplo che usa per i piccoli lavori di falegnameria. Il resto della casa è la tipica costruzione a due pieni di Tahoe dal tetto aguzzo, con vista sulla foresta. A un isolato o poco più dal lago, la loro casa è piuttosto grande per questa località, ma non appariscente.

John e Becky sono ricchi, ma non lo si capirebbe mai. Vivono e si comportano come una normale famiglia della classe media. Hanno quello di cui hanno bisogno e niente di più. Anche la casa con una sola stanza da letto che Lewis si è costruito per sé è modesta. Ai Sallee non interessano i soldi, a loro interessa la famiglia e prendersi cura della gente cui vogliono bene. E questo enfatizza i problemi che ho e la famiglia da cui provengo, storicamente composta da egoisti figli di puttana.

Scendo dall'auto e respiro il profumo di Tahoe e un'altra essenza unica della proprietà dei Sallee: un misto di aghi di pino, cemento caldo e l'oleandro che Becky ha piantato di fianco alla casa. Mi si riempie la mente di una carrellata di immagini estive. Tempi più felici e così maledettamente semplici.

Le battaglie con le pistole ad acqua con Lewis e i suoi amici erano una cosa seria quando eravamo bambini. Loro sapevano istintivamente come beccarmi proprio in faccia, quindi io attaccavo a sorpresa, usando Becky come protezione. I ragazzi non volevano bagnarla e, se mai succedeva, lei rideva dicendo loro di piantarla. Se ci ripenso, riesco a sentire il profumo della protezione solare al burro di cocco di Becky e a ricordare come giocavamo. I miei ricordi migliori provengono da questa famiglia, non dalla riserva dove sono nata.

Non che la riserva sia un brutto posto. Ci vivono alcuni degli amici e colleghi più cari di John. Ma, come in ogni altro posto, c'è sempre un piccolo gruppo che non si adatta, che non tenta nemmeno. È il gruppo con cui stava mia madre, oltre alla feccia con cui passava il tempo quando non era nella riserva. Quelli erano anche peggio.

John mi volta la schiena ma capisco che sa che sono qui. Innanzitutto, la mia auto malandata è più rumorosa di un tagliaerba. Inoltre si è fermato quando sono arrivata. Mi sta aspettando.

Si volta e sorride quando mi avvicino. «Ehi, tesoro. Cominciavo a preoccuparmi per te.»

Gli metto le braccia intorno alla vita e lui mi dà un bacio sulla testa. John è alto, anche se non quanto Lewis. Intorno agli occhi ha rughe profondo per tutti i sorrisi che lancia in giro, ma grazie agli zigomi alti e alle mandibole forti è ancora un gran bel tipo.

Da giovane, John Sallee aveva avuto un enorme successo con le donne del Lago Tahoe e della riserva, con i suoi capelli neri come la pece e un sorriso assassino, finché Becky non l'aveva ammaliato e John non aveva avuto speranze di sfuggirle. Quasi trent'anni dopo, lei è ancora splendida e un tipo tosto. È bellezza, grazia e forza. Non permetterebbe mai a un uomo di metterle i piedi in testa. E darebbe la vita per la sua famiglia. È affettuosa, sicura di sé e intelligente. Tutto ciò che vorrei essere io.

«Ho fatto un giretto prima di venire» gli dico.

La ragione è che volevo assicurarmi che nessuno mi stesse seguendo, quindi avevo fatto un lungo giro per arrivare qui. Un uomo vestito di nero stava camminando lungo la strada che parte dallo chalet di Cali quando sono partita. Non l'avevo visto in faccia, ma la sua altezza e la figura sembravano familiari. Spaventosamente familiari. Avrebbe potuto essere chiunque, ma il gelo che avevo sentito vedendolo mi aveva resa paranoica.

Le mie ferite stanno guarendo bene, ma non ho dimenticato quello che mi hanno fatto quegli uomini. Sono sicura che quelli cui devo i soldi sanno già dove vivono le persone che amo, ma non ho intenzione di puntare una freccia nella loro direzione.

L'espressione di John cambia, diventando seria. «Vorrei che mi dessi un colpo di telefono quando fai tardi.»

Ho ventidue anni, ma lui si preoccupa ancora. Come un padre. E sono già scomparsa in passato con risultati disastrosi.

Quando avevo sedici anni, non ero tornata da una visita a casa di mia madre all'ora che avevo detto. Lewis mi aveva trovato a casa di mia madre, mentre uno dei suoi "fidanzati" mi picchiava. Da allora, John e Becky presumono sempre il peggio se non mi faccio viva in orario.

Mi vogliono bene. A volte non lo vedo, perché ho paura di guardare. Paura che l'amore sparisca sotto i miei occhi.

Premo la faccia contro il colletto della camicia di John, come per stringerlo ancora, quando in effetti sto cercando di ricacciare in fondo quell'accidente di bruciore dietro agli occhi che ultimamente sembra andare e venire molto spesso.

Che diavolo mi ha preso? Sono tutta sdolcinata. È ridicolo. Certo che John tiene a me. Lo ha sempre fatto. Sono fuori fase, ho le emozioni a fior di pelle perché Tyler è tornato e mi fa continuamente incazzare.

Questo ritrovarsi con Tyler non è ciò che pensavo sarebbe successo quando avevo sognato di noi due insieme nelle mie fantasie, a scuola. Non è follemente innamorato di me. Probabilmente mi odia. L'attrazione chimica che provavo allora c'è ancora, ed è veramente sconcertante. Ma comunque, niente è mai stato semplice quando si tratta di Tyler. Non era stato quello che mi aspettavo la notte in cui l'avevo sedotto. Non è quello che mi aspetto adesso.

Respiro l'odore tranquillizzante di John. Un misto del detersivo che usa Becky e il dopobarba speziato che porta da quanto ricordo. Confortante, mi parla di casa.

Alzo gli occhi e gli sorrido. «Scusami, non ci ho pensato. La prossima volta chiamerò.»

Il suo volto si illumina. «Vieni.» Getta su uno sgabello lo straccio giallo che ha in mano e andiamo alla porta che dal garage porta in cucina. «Lewis e Gen sono già qui. Saranno contenti di vederti.»

Non sento le spalle che si irrigidiscono come facevano quando Gen ha cominciato a frequentare questa casa. È bella, come una modella, alta e splendida e qualcosa nel suo aspetto classico mi ricorda le ragazze con cui andavo alle superiori. Avevo immaginato che si sarebbe comportata come loro: perfida e stronza, ma lei non è così. E più le sto vicino più me ne rendo conto.

Nonostante la mia reazione iniziale, Gen mi piace. Mi aveva fatto paura l'intensità che Lewis aveva dimostrato nei suoi confronti all'inizio. Si era fiondato su di lei come se avesse un puntatore laser. Pensavo che l'avrei perso a causa sua. Ma avrei dovuto fidarmi dell'istinto dei mio riservatissimo quasi fratello. Gen è grande. Con mia grande sorpresa, mi piace veramente averla intorno.

Dentro casa, Becky toglie qualcosa dal forno mentre John chiude la porta alle nostre spalle. Ha cucinato, ma non la roba buona. Sembra viscidume a fette con delle spezie sopra.

«Bello, ragazzina, sei qui.» Becky mi sorride. «Giusto in tempo per un antipasto di melanzane. Tanta vitamina B in queste bellezze per mantenerci sani e felici.»

Le do un bacio, guardando con diffidenza le melanzane. «Davvero? Che cos'è successo a quelle piccole quiche che fai?»

«Oh, quella è roba surgelata. Questa è fatta in casa e fa bene alla salute.»

Le do un'occhiata.

«Smettila. Assaggiale.»

«Okay, ma dovremmo limitare il consumo di cibo sano da queste parti. A volte un po' di grassi fanno bene al corpo.»

«Mira» mi rimprovera, in tono tutt'altro che serio.

«Mi piace la roba dolce e tu mi stai servendo melanzane. Il mio corpo subirà uno shock senza tutti i conservanti e lo zucchero raffinato che mi hanno sostenuta per tutti i miei ventidue anni.»

Becky ride e mette la teglia sul ripiano. «Lewis, vieni qui e mangia quello che ho passato ore a cucinare. Mira non gli dà il rispetto che merita.»

Lewis entra nella stanza e coglie la mia occhiata. Ha

un'espressione calma mentre controlla quella roba viola e globulosa. «Qualcosa di nuovo, mamma?»

Becky ne prende una con un tovagliolino e gliela passa. Lewis dà un morso e mastica pensieroso. «Buono.» Alza gli occhi. «Dovresti assaggiarle.»

Uhm. Lewis è una specie di trita-rifiuti umano, ma probabilmente avrebbe detto qualcosa se fossero veramente immangiabili. E non voglio ferire i sentimenti di Becky.

Prendo il tovagliolino che mi porge Becky. Ho fame quindi mi butto e trovo... sale, poltiglia e un sapore... che, semplicemente, non è giusto.

Lotto contro il riflesso del vomito e guardo Lewis, che sta nascondendo un sogghigno dietro il pugno, con la faccia che sta diventando rossa.

Bastardo.

Ingoio il grumo molliccio che sembra si stia rapprendendo nella mia gola. «Becky, ti voglio bene, ma non farmele più mangiare.»

Lei si mette in pugni in vita. «Mira, non possono essere così cattive.»

«Le hai assaggiate?»

La sua espressione diventa mortificata. «Beh... No.»

Inarco le sopracciglia.

«Bene» dice, prendendone una e dandoci un morso.

La bocca di Becky si tende di lato poi cammina con indifferenza verso il lavandino, si china e sputa fino all'ultimo pezzetto di cibo in modo veramente poco signorile, facendo ridere Lewis e me.

Do uno schiaffo al braccio di Lewis. «Stronzo, mi hai incastrato.»

Lui mi abbraccia, continuando a ridere.

Becky si pulisce con grazia la bocca con un tovagliolino. «Erano disgustose. Finiranno in pattumiera.»

John, che ci stava guardando fingendo di frugare nel cassetto delle cianfrusaglie, si avvicina e abbraccia sua moglie. Nessuno, tranne Becky, è un fan della sua fase salutista, ma le vogliamo bene comunque.

Becky gli dà un'occhiataccia. Lui alza le mani in segno di resa e si allontana sorridendo.

Furbo.

Normalmente mi piace mangiare dai Sallee e abbuffarmi per rimettermi in pari. Data l'ultima invenzione, forse Becky lascerà perdere questa ossessione per il cibo sano.

«Una ricetta sbagliata non significa niente» dice, senza rivolgersi a nessuno in particolare. «Ne troverò una per le melanzane che adorerete.»

O forse questa fase *non* passerà tanto presto. Immagino che per un po' soffrirò la fame.

Lewis e i suoi genitori escono sul retro per guardare delle piante che Becky vuole che spostino e Gen entra dal soggiorno. Ha in mano il cellulare, i bei capelli scuri raccolti in una coda di cavallo che evidenzia i suoi occhi nocciola.

«Sei fortunata a essere stata al telefono» le dico. «Il mio stomaco probabilmente non si riprenderà più dopo quella roba che ha cercato di affibbiarci Becky.» Indico il vassoio di cibo di cui dobbiamo ancora disfarci. Se Becky pensa che lo mangerà il cane, mi sa che il suo ego prenderà un colpo. Buckles, che adora Gen e la segue dovunque quando è qui a casa (traditore), è troppo sveglio per mangiarsi quella roba.

«Non avevo una bella sensazione riguardo a quell'antipasto» dice Gen. «Potrei aver programmato la telefonata con mio padre basandola sul timer della cucina.»

La guardo a bocca aperta. «Wow, Gen. Non avrei mai pensato che fossi così subdola.»

Lei sorride a trentadue denti. «Impressionata?»

«Sì, ti avevo sottovalutata. Ricordami di renderti di nuovo la mia nemesi.»

Gen ridacchia e comincia a cercare negli armadietti della cucina.

Io do una grattatina a Buckles, così chiamato per la macchia di pelo bianco intorno alla vita. Finalmente si degna di accarezzarmi con il naso. Gli alzo il mento finché ci stiamo fissando, umano a cane. «Ti peserebbe tanto salutarmi alla porta, una volta ogni tanto?»

Lui sbuffa un sospiro canino e se ne va per accucciarsi accanto a Gen.

Per niente carino e, se Gen non fosse così dolce, mi offenderebbe che perfino il cane preferisca la sua compagnia alla mia. Non che Lewis preferisca Gen a me, esattamente. Lei è la sua ragazza. Ovvio che voglia passare del tempo con lei. Se io avessi qualcuno nella mia vita, anch'io vorrei restare con lui. Non che sappia che cosa significa. Non è certamente Tyler.

«Allora, Gen» comincio, esitante, decidendo che è il momento giusto per tirare in ballo il Blue. Perché siamo da sole, perché sono una pappamolla e spero che la ragazza di Lewis gli dica che ho fatto domanda, in modo da non doverglielo dire io. Lewis mi urla contro senza nemmeno pensarci, mentre Gen è al riparo dalla sua ira perché lui adora la terra su cui cammina. «Ho fatto domanda per un posto di segretaria al Blue Casinò.»

«Davvero?» dice, voltando la testa, con la porta della dispensa aperta. Si gira, con un'espressione preoccupata sul volto. «Sai che ho avuto una cattiva esperienza là, vero? Sai, veramente *pessima*.»

Distolgo gli occhi e raccolgo le briciole dal ripiano. «Sì, lo so. E mi dispiace. Non ho mai detto niente, ma mi sono sentita malissimo quando l'ho saputo.»

Uno dei dirigenti aveva cercato di aggredire sessualmente Gen quando lavorava al Blue come cameriera di sala. C'era mancato poco e aveva scosso tutti. Aveva scosso *me*.

Ma ciò che è successo a Gen non succederà a me. Non sono dolce come lei. Non sono vulnerabile, tranne quando vengo bullizzata da un gruppo di ragazze delle superiori o uomini enormi in mezzo a un bosco... O quando l'uomo per cui ho una cotta permanente si fa vivo a Lago Tahoe, sbucando dal nulla.

Okay, sono suscettibile come chiunque altro, ma sono un po' più scafata di Gen. Il punto è che non c'è la minima possibilità che succeda qualcosa nel bel mezzo del giorno dentro un ufficio affollato.

La guardo negli occhi preoccupati. «Mi dispiace veramente per quello che hai passato. Ma ti è successo nel salone del casinò. Questo posto è di sopra, negli uffici.»

«Sì, ed era lì che lavorava Drake. Non penso...»

«Ho bisogno di questo lavoro, Gen.»

Nella stanza scende un silenzio pesante. Gen mi studia. Io sono tesa. Stressata e preoccupata su come tirarmi fuori dalla melma in cui mi sono ficcata.

Lei sospira, probabilmente leggendo l'espressione del mio volto. «Drake è in congedo obbligatorio dal casinò fino al processo. Dovresti essere al sicuro, ma ce ne potrebbero essere altri al Blue. L'ha fatta franca per troppe cose. Io... Non lo so... Ho sempre pensato che al Blue succedesse qualcosa di strano.»

«Al casinò devono essere all'erta. Non possono permettersi una cattiva pubblicità.»

«Forse.» Non sembra convinta.

«Non è molto probabile che ottenga l'impiego, ma devo fare qualcosa. Non guadagno abbastanza come mazziere per ripagare i miei debiti.»

«Lewis o i suoi genitori potrebbero...»

«No» dico scuotendo la testa.

Potrebbe non avere senso per Gen ma ci sono cose su cui sto lavorando con la mia terapista. Sono rimasta ferma, aggrappata a Lewis e alla sua famiglia. Mi hanno salvato, ma questo non significa che devono togliermi dai guai per il resto della mia vita. Sto cercando di assumermi la responsabilità delle mie azioni. Prendere in prestito dei soldi da gente losca per togliere mia madre da un pasticcio probabilmente collegato a qualcosa di illegale? Non è stata una mossa intelligente. L'ho fatto e adesso devo tirarmene fuori.

Gen si guarda attorno, sembra stia riflettendo. «Devi fare quello che ti sembra giusto. Sono preoccupata, ecco tutto. I Sallee ti vogliono bene e vogliono aiutarti.»

«Andrà tutto bene, Gen.»

Lei chiude gli occhi e sospira. Dopo un momento batte un dito sul ripiano. «Se dovessi finire per ottenere il lavoro al Blue, fammelo sapere. Ho un'amica lì, Maryanne. È la capo cameriera nel salone ed è una buona amica da avere là dentro.»

«Anche Zach e Nessa lavorano là. Non sarei da sola.»

Zach ha conosciuto Nessa quando lei ha cominciato a lavorare al Blue e da allora anche lei ha cominciato a far parte della gang. Partecipa regolarmente anche alle serate tacos di Zach. Nessa e io non siamo intime, ma ci siamo frequentate qualche volta.

Gen appoggia la testa sulla mano, col gomito sull'isola della cucina. «Sai, ci potrebbero essere altri lavori. Hai cercato dappertutto?»

«Sì, ma siamo a Lake Tahoe. Tranne i casinò non c'è niente che paghi bene qualcuno con il solo diploma delle superiori.»

Lei mi rivolge un cenno, comprensiva. «Chiamerò

Maryanne, per vedere se può in qualche modo darti una mano a entrare.» Sbatte le palpebre, con la fronte aggrottata come se ci stesse ripensando.

«Sarebbe perfetto» dico prima che cambi idea.

Prendo una fettina di mela dal vassoio degli antipasti e la ficco in bocca. Accidenti, contavo su una bella quantità di cibo spazzatura dalla dispensa dei Sallee e la fase di cibo salutista di Becky è come una dieta forzata.

Gen scuote la testa al piatto degli antipasti e torna a frugare sui ripiani. Prende un pacchetto di cracker di riso. Non la roba migliore, ma meglio della frutta e delle verdure.

Prendo un cracker dal sacchetto. «Allora non pensi che sarebbe strano se Maryanne mi desse una buona referenza? Il personale impiegatizio e quello del salone lavorano in parallelo al mio casinò, quindi non si frequentano molto.»

E c'è di più. Ho chiesto in giro nel casinò dove lavoro. Mi hanno detto che non era probabile che mi avrebbero permesso di continuare a fare lì il mazziere se avessi lavorato in un altro casinò. Un qualche conflitto di interessi. Cercherò di fare pressioni, ma non promette bene.

«No» dice Gen, aprendo il frigorifero e cercando sui ripiani e negli scomparti. «Maryanne è una dura. Gestisce le cameriere del salone ma ha anche molto influenza al piano di sopra. Penso che in direzione abbiano paura di lei.» Riportando l'attenzione a uno scomparto, dice: «Non so che cosa sia cambiato. Potrebbe essere stata la faccenda di Drake, ma mi ha mostrato un lato diverso di sé e adesso siamo amiche». Gen affonda la mano nel frigorifero, con il viso che si illumina quando ne toglie qualcosa avvolto nella plastica. Lo appoggia sul ripiano.

Anche a me si illuminano gli occhi quando vedo una mezza forma di formaggio. Ho frugato in questa cucina per giorni senza trovare un solo grammo di grassi. Gen evidentemente passa parecchio tempo dai Salle, se sa dove sono i nascondigli della roba buona che nemmeno io conosco.

«Mi piace Maryanne» continua Gen. «Mi ricorda la mamma di Cali e Tyler. Piedi per terra e niente sciocchezze. Basta non prenderla dal lato sbagliato.»

Mi sono sempre chiesta come fosse la mamma di Tyler. Che Gen la conosca e io no è un altro promemoria della distanza tra Tyler e me. Possiamo anche vivere insieme, ma non significa che siamo intimi.

E non so perché questo mi rattristi, ma è così.

Gen mi passa la fetta di formaggio che stavo adocchiando. «Se c'è qualcuno che può mettere in moto qualcosa, questa è Maryanne.»

Capitolo Quattordici

Una settimana dopo mi rendo conto che Maryanne non ha solo una certa influenza al Blue, è una rockstar. Ha messo una buona parola per me per il posto di assistente e ho ricevuto una telefonata, che è già un miracolo, se ci penso. Non so quali siano le mansioni dell'assistente al direttore delle risorse umane, ma normalmente i candidati hanno fatto il college, o almeno hanno precedenti esperienze nel campo. Io nessuna delle due cose.

Ho finto di non voler andare al college quando i Sallee si erano offerti di pagarlo, perché non ero sicura di farcela. L'unica volta in cui mi ero sentita intelligente era stato quando Tyler mi aveva aiutata in matematica a scuola, e avevo dato il merito alle sue ripetizioni.

Passo un leva-pelucchi che ha lasciato Cali sulla gonna nera diritta e indosso la camicetta bianca che Gen mi ha prestato per il colloquio. Ho delle scarpe nere col tacco, quindi non ho dovuto prenderle in prestito, non che le scarpe di Gen mi sarebbero andate bene. Lei è snella, ma alta. La gonna è un po' larga in vita e sui fianchi e ho dovuto arrotolare le maniche della camicetta, ma l'insieme funziona. I miei piedi numero trentasei nelle scarpe numero trentanove di Gen non avrebbero funzionato.

Ho sistemato i capelli in tre modi diversi questa mattina: una coda di cavallo, uno chignon e una treccia alla francese. Nessuno si adatta a me, uno è peggiore degli altri. Sto sforzandomi troppo e mi preoccupa che appena metterò piede nel Blue la gente mi vedrà per l'impostora che sono. In qualche modo devo riuscire a portare a termine il colloquio e dimostrare, contro ogni logica, che il posto fa per me.

Tolgo le forcine dal mio ultimo disastro e alla fine lascio i capelli sciolti e ondulati sulla schiena, con la riga di lato. Nello stesso modo in cui li porto sempre. Se non si può essere fedeli a se stessi con chi si può esserlo? Tanto vale cominciare con i capelli.

Esco dalla stanza e Tyler è al tavolo della cucina, che sta pestando sui tasti del suo computer. È a torso nudo con i capelli che spuntano di lato. In pratica sexy di mattina presto.

Gemo in silenzio. È la tortura peggiore possibile avere l'unica cosa che ho mai cercato di avere per me che mi tenta ogni giorno. Vicina ma decisamente fuori portata.

Anche se potessi avere Tyler fisicamente, dato che sembra essere diventato un puttaniere, ho sempre voluto di più con lui. Era quello il problema.

Nonostante la mia minaccia, Tyler ha portato a casa una ragazza diversa ogni sera questa settimana, lo stronzo. Non sapevo quanto restassero le ragazze o che cosa ci facesse con loro. Non volevo saperlo. Mi rinchiudevo nella mia stanza, con gli auricolari nelle orecchie, bloccandolo, per autoconservazione. Sto cercando di diventare immune a Tyler. Potrei mantenere la minaccia e portare a casa qualcuno. Non l'ho ancora escluso. Sono solo occupata, ecco tutto.

Tyler alza gli occhi per un attimo, poi li solleva di

nuovo. Sembra approvare come sono vestita, finché diventa sospettoso. «Dove stai andando?»

«Pensi veramente che siano affari tuoi?» Prendo la borsa nera, è piuttosto malandata, ma non ci posso fare niente.

«Sì. Sto mantenendo i tuoi segreti, no?»

Lo fisso, incredula. È sempre stato così manipolatore? Era così dolce e accomodante.

Beh, che male c'è a dirglielo. Non può dirmi che cosa fare, per quanto pensi di sì. «Ho un colloquio di lavoro.»

Tyler alza lentamente le mani dalla tastiera del laptop e si volta a guardarmi, mostrandomi il petto muscoloso in tutta la sua gloria. Il suo colorito è più chiaro del mio e la spolverata di peli sulle braccia è di un marrone ramato sopra una lieve abbronzatura. Le spalle sono più ampie di quando era alle superiori, il petto cesellato, definito. Tyler era un bel ragazzo, allora. Cerco di non concentrarmi su quanto sia diventato disperatamente bello, ma qualche volta non riesco a evitarlo.

Deglutisco, obbligandomi a guardarlo negli occhi. Lui sembra troppo deciso a interrogarmi per accorgersi della mia distrazione.

«Dov'è il colloquio?»

Lo scoprirà, prima o poi, anche se Gen non ne parlerà, oppure lo capirà perché mi legge dentro. Non ho mai pensato che sarebbe stata una tale rottura di scatole avere un uomo così attento.

«Al Blue» gli dico e controllo l'ora sul telefono. L'ultima cosa che voglio è essere in ritardo per il colloquio.

Dato che non riesco a resistere a dare un'altra occhiata al suo petto o alla sua reazione, che mi aspetto essere colorita, alzo lo sguardo. Sta aggrottando la fronte, le spalle e i muscoli del petto sono tirati e contratti.

Non può indossare una t-shirt? Come faccio a concentrarmi con lui svestito in questo modo?

«Mira, ne abbiamo parlato. Non puoi lavorare al Blue» dice con calma anche se la sua postura e la tensione che irradia dicono tutta un'altra storia.

«Certo che posso.» Mi metto il lucidalabbra e premo insieme le labbra. I suoi occhi si concentrano sulla mia bocca, e per un momento si distrae.

Bene. Sono lieta di non essere l'unica. Stavo pensando di essere l'unica donna che Tyler Morgan non vuole portarsi a casa.

Tyler torna a guardare il suo laptop e ricomincia a scrivere rapidamente.

È tutto? Niente discussioni?

Beh, merda, non è stato divertente. Anche se speravo in una reazione un po' più vivace.

Sbuffo. Passa dall'essere sexy all'essere gelido, incazzato, distratto. Questo nuovo Tyler mi confonde e non riesco a stare al passo. Quindi non ci proverò nemmeno. Prendo le mie cose ed esco.

* * *

Non so come pensavo che fosse un colloquio di lavoro al Blue, ma non credevo che sarebbe assomigliato a un casting per la TV. La quantità di gente nella sala di attesa mi sta facendo male allo stomaco. Non mi piace stare da sola, ma le folle mi rendono inquieta. Penso che abbia a che vedere con il fatto che la gente mi sta troppo vicino. Mi fa uscire di testa.

Mi tolgo una ciocca di capelli dalla faccia, come se non fossi per nulla preoccupata. Il tizio accanto me sorride. Uno di *quei* sorrisi. Il tipo che dice: *mi piacerebbe sapere qual è il colore delle tue mutandine, quindi che ne dici se dopo ci vediamo?*

Ha un vestito fatto su misura, una valigetta a spalla accanto ai piedi elegantemente calzati. Prende il telefono e scorre i messaggi, alzando gli occhi ogni pochi minuti per vedere se lo sto osservando. Non è così. Ma sento il suo sguardo su di me ogni volta che lo fa e non mi aiuta a vincere la paranoia riguardo al fatto di essere nel posto giusto per me.

La donna accanto a me, circa della mia età, ma molto più di classe, in una gonna svasata e una corta giacca in tinta, è moderna e sofisticata. Io sono fin troppo conscia della mia gonna diritta troppo larga e della borsa malandata.

Infilo col tacco la borsa sotto la sedia e ripiego le mani in grembo. Che diavolo stavo pensando quando ho fatto domanda per questo lavoro? Tutti quelli che aspettano di fare il colloquio sono a un livello completamente diverso dal mio. *Stupida... Stupida...* Non dovrei essere qui. Il manager che sta assumendo ha fissato gli appuntamenti a breve distanza l'uno dall'altro per fare una prima selezione dei candidati con brevi colloqui di dieci minuti. Sono arrivata presto e sono veramente tentata di andarmene. Non è assolutamente possibile che mi richiamino dopo avermi conosciuto e aver visto come mi vesto. E una volta che avranno controllato le mie esperienze passate? Sarà tutto finito. Sono stata sciocca a chiedere il lavoro. È stata una perdita di tempo.

«Mira Frasier?»

Tiro indietro di scatto le spalle sentendo il mio nome. Come per la maggior parte dei Washoe, il mio cognome è europeo, come la gente che ci ha rubato la terra. È quello che ho sempre avuto, eppure non mi è mai sembrato adatto. Come me, qui, adesso.

Per un momento resto seduta, prendendo in considerazioni le mie alternative. Scappare? Non è proprio il mio stile. Sono più il tipo che affronta le situazioni senza pensare alle conseguenze. Ma, in questo momento, scappare mi sembra una buona alternativa rispetto all'altra: vedermi umiliata, fuori moda e perdere il poco orgoglio che le è rimasto.

Ma poi ricordo i soldi e mi alzo, lisciando la gonna. Il tipo che flirtava mi guarda dalla testa ai piedi, fissandomi il sedere quando mi piego per raccogliere la borsa dal pavimento. Ignoro lui e tutti gli altri yuppie raffinati nella sala di attesa. Tengo la testa alta mentre seguo la receptionist lungo un ampio corridoio.

La receptionist indossa un tailleur blu scuro fatto su misura che quasi non si muove mentre lei cammina, ma ha i capelli di un colore folle: rosso scuro, quasi viola. Perfetta per quest'ambiente. Professionale con una lieve traccia dell'erotismo da casinò. Svoltiamo un angolo e c'è una donna sulla porta di un grande ufficio che mi saluta con un sorriso gentile. Sono sorpresa. Da quanto so, la maggior parte dei direttori sono uomini seduti dietro a grandi scrivanie, che si aspettano di esser serviti.

La donna è alta più o meno come me, quindi statura media, con una figura un po' più piena, con le curve nei posti che gli uomini apprezzano. Ha i capelli lucenti, biondo scuro, e gli occhi marrone dorato. Colori eccezionali. Ho sempre pensato che le bionde con gli occhi castani siano carine.

«Ehi, Mira. Sono Hayden Tate, la nuova direttrice delle risorse umane.» Mi tende la mano e la stringo. La seguo nel suo ufficio e mi siedo davanti a lei a una scrivania non tanto grande e per nulla pretenziosa.

Ci sono grandi scaffali sui lati della stanza, pieni di libri e ce ne sono altri impilati sul pavimento. Un quadro astratto molto colorato sulla parete che non va d'accordo con il resto dell'arredamento del Blue e mi chiedo se non sia qualcosa che Hayden Tate si è portata da casa. Il quadro è il torso rosso e ombreggiato di una donna che si abbraccia da sola, con le spalle curve in avanti. Nessuno dei quadri al Blue contiene figure umane. Sono tutti scarabocchi o macchie o qualunque cosa sia della vernice spruzzata su una tela che passa per quadro astratto. Questo dipinto in qualche modo è molto più pregnante. Non riesco a decidere se la donna si sta tenendo insieme o se sta per cadere a pezzi.

«Mi scuso per la folla lì fuori» dice Hayden e si siede mentre a me torna il nervosismo. «Questo reparto, ultimamente, ha subito perdite imponenti.» Distoglie per un attimo gli occhi e raddrizza una pila di documenti, con gesti un po' tesi. «Stiamo accelerando i procedimenti di assunzione per il posto di assistente, che potrebbe richiedere di lavorare la sera e nei weekend a seconda di ciò che ha in programma il casinò. Sarebbe un problema per lei?»

«No.» Scuoto la testa. «Sono abituata a lavorare molte ore. I finesettimana vanno bene.»

Ho fin troppo tempo libero adesso che Lewis ha Gen. Apprezzo che Cali mi lasci stare a casa sua e mi sono perfino abituata all'idea di vivere temporaneamente con Tyler, ma con lui in missione per diventare un vero puttaniere mi piacerebbe avere la scusa per restare alla larga.

Hayden mi studia il volto e mi ci vuole tutta la mia forza di volontà per non dimenarmi.

Dà un'occhiata al foglio di carta che ha sulla scrivania. «Dice qui che hai lavorato in un casinò locale per gli ultimi quattro anni. Sei passata dalla posizione di hostess a quella di mazziere.» Alza gli occhi. «Vedo altri due lavori tra quella di mazziere e hostess, ciascuno con un livello maggiore di responsabilità.»

Per evitare di annoiarmi, cercavo nuovi lavori che fossero una sfida. E, negli anni, avevo avuto bisogno di sempre più soldi per mantenere mia madre.

«Questo è un lavoro d'ufficio» continua Hayden. «Non che non ci sia la possibilità di migliorare, ma voglio che capisca i parametri di quello che sto offrendo.» Mi elenca i compiti, che, lo ammetto, mi sembrano estranei.

«Capisco» le dico, annuendo, come se fossero compiti che riuscirei a svolgere.

«Qui all'ufficio personale siamo a corto di personale, e lo stesso succede al reparto ospitalità. L'assistente che assumerò dovrà fornire supporto a entrambi i reparti finché avremo trovato qualcuno per il reparto ospitalità.»

Farò due lavori per cui non ho esperienza? Okay; tanto non è che mi daranno il posto. Il mio curriculum vitae dimostra chiaramente che non ho le capacità richieste. Deve fare lo stesso discorso a tutti i candidati.

Le racconto qualche stronzata sul fatto che vorrei qualcosa che avesse una possibilità di crescita professionale.

«Mi sembra giusto» dice. «Terrò in considerazione la tua domanda mentre finisco il primo round di colloqui.»

Hayden è stata gentile, ma tutto questo colloquio sembrava preparato, come se stesse solo recitando una parte. Pur sperando di avere fortuna con questo impiego, non ho mai veramente creduto di avere una possibilità. Non dopo aver visto la concorrenza in sala d'attesa.

È ora di formulare un nuovo piano. Questa pista è un fallimento.

Da dietro arriva il suono di nocche che bussano sulla porta. Hayden alza gli occhi. «Drake» dice salutando, con un sorriso rigido sul volto.

Non conosco Hayden, ma non sta nascondendo il suo disagio vedendo l'uomo sulla soglia.

L'ha chiamato Drake. Non può essere lo stesso Drake di cui mi ha parlato Gen. Dovrebbe essere in congedo obbligatorio.

«Buongiorno.» Drake le dà una breve occhiata, poi il suo sguardo di sofferma su di me.

È un bell'uomo, tutto sommato; indossa un completo scuro con una cravatta azzurra a scacchi che fa sembrare più demoniaci di quanto mi piacerebbe i suoi occhi. L'occhiata che mi dà è un esame completo, mi sta valutando. Peggiore delle occhiate del tizio nell'area di attesa, perché c'è un senso di possesso nello sguardo di quest'uomo. Come se credesse che può avermi in qualunque momento voglia.

Questi pensieri mi passano per la testa, ma non è quello che mi fa ribaltare lo stomaco e sudare le mani. È l'uomo che si avvicina a Drake di fronte alla porta di Hayden che attira la mia completa e terrorizzata attenzione.

Sono pronta a saltare sopra la scrivania e mettere un grosso ostacolo tra me e quest'altro uomo.

Perché lo conosco.

Il tizio con la giacca di jeans.

L'uomo che mi ha dato la caccia nella foresta, che mi ha inchiodato a terra con il suo corpo rozzo e poi ha proceduto a picchiarmi a sangue. *Quell'uomo* con la giacca di jeans.

Lui borbotta qualcosa all'orecchio di Drake mentre mi sbircia e lo sguardo di Drake diventa ancora più intenso, se possibile. Sorride ma è più un sogghigno che altro, come se lui, come Tyler, conoscesse tutti i miei segreti. Solo che io mi fido di Tyler mille volte di più che non questo tizio, Drake, il che la dice lunga, visto che Tyler è sulla mia lista nera.

«Sei qui per un colloquio, *Mira*?» dice Drake.

Ha usato il mio nome, anche se non ci hanno presentati. Perché sa di me o perché Giacca di Jeans gli ha detto qualcosa?

Devo uscire. *Subito*. Mi guardo attorno, ma posso rannicchiarmi in un angolo dietro Hayden oppure scappare di corsa superando i due uomini robusti che bloccano la porta. Quindi, praticamente un suicidio. Niente da fare. Non ho intenzione di fuggire da questa situazione senza un confronto di qualche tipo.

Hayden ci guarda. «Voi due vi conoscete?»

«In un certo senso» dice Drake.

Sento lo sguardo di Hayden su di me. Sono arrossita e non riesco a guardare Drake o Giacca di Jeans. Lei gira intorno alla scrivania e si mette accanto a me, come per proteggermi.

Com'è possibile che questo tizio, Drake, sia collegato a quel pezzo di merda accanto a lui? Non c'è niente che abbia senso.

Sia Gen sia Tyler mi hanno avvertita di non venire qua. Fare domanda per questo lavoro potrebbe essere la decisione peggiore che abbia mai preso. Perché dopo essermi imbattuta in Giacca di Jeans, qui, adesso, sono sicura che sarei dovuta restare a casa. O trasferirmi in un'altra nazione.

Ma non ho nessun posto dove andare. Nessuno a cui ricorrere.

Resta calma. Non ha senso scappare. Non otterrò mai questo lavoro. Ho solo bisogno di aspettare che finisca il colloquio. Giacca di Jeans non mi farà niente in un posto pubblico, giusto? *Giusto?*

«Mira sta facendo domanda per il posto di assistente» dice Hayden.

Merda, non dovevi dirglielo. Questi uomini non hanno bisogno di sapere di me più di quello che già sanno.

Hayden alza la testa. «È un'ottima candidata e sono contenta che sia venuta oggi» aggiunge.

No, no, no! Non sono un'ottima candidata. Che cosa sta dicendo? Sta peggiorando la situazione.

«Ma il mio colloquio è finito» mi intrometto e prendo la borsa, alzandomi. «Stavo giusto uscendo.» Tento di superare Hayden.

Hayden stringe gli occhi fissando Drake. «Sai, Mira...», distoglie gli occhi da lui per concentrarsi su di me, «... sto cominciando a credere che tu sia la candidata perfetta per questo posto.» Resto a bocca aperta. Hayden fissa Drake e dice: «Sei qualificata per questo posto come lo ero io per il mio».

Li guardo. C'è qualcosa in ballo. E sono sicura che non voglio finirci in mezzo.

«Hai intenzione di assumere qualcuno senza le qualifiche giuste come tua assistente, Hayden?» la stuzzica Drake.

Normalmente mi offenderei a quella dichiarazione, vera o falsa che sia. Ma non ho proprio intenzione di infilarmi in questo ginepraio.

Hayden incrocia le braccia. «È già stato fatto in passato e non si possono capire i meriti di un candidato basandosi su un pezzo di carta. Alcuni hanno una forza nascosta che una laurea non può garantire. Non sei d'accordo, Drake?»

Lui non sorride. La fissa e a questo punto sento il bisogno di essere *io* a proteggere *lei*.

Non ho mai protetto nessuno. Ho sempre badato alla numero uno e al diavolo chiunque altro. Beh, tranne che per Lewis. Okay, e anche Zach... E i Sallee. Va bene, ci sono alcune persone di cui m'importa.

«Chiunque può ottenere una laurea al college, ma è più

importante che la gente abbia un'etica e un codice morale» continua Hayden.

Drake sogghigna e si toglie un pelucco invisibile dalla manica della giacca. «Come dici tu, Hayden. Vieni a vedermi quando avrai finito.» E si allontana.

Giacca di Jeans non lo segue immediatamente. Sorride, fissandomi. «Ci vedremo in giro, Mira.»

Ah, merda. Forse dovrei valutare nuovamente l'idea di lasciare la città. Suona sempre meglio.

Hayden attraversa la stanza e chiude la porta dietro agli uomini, premendo la schiena contro il legno. «Posso essere franca con te?»

Franca? In che cosa mi sono ficcata? Non voglio che sia franca, voglio andarmene da qui, subito. Sto vivendo in un mondo parallelo. È tutto capovolto. Questo posto dovrebbe essere professionale, non il luogo di incontro di sicari.

Hayden continua prima che possa decidere quale è a strada migliore per deluderla ma non troppo. «Sono nuova qui, nuovissima» dice mentre va alla sua scrivania. «Cioè, mi hanno assunto per sostituire l'ultimo direttore delle risorse umane che hanno licenziato.» Sta parlando in fretta, con urgenza. «Pensavo che fosse strano che mi avessero assunto appena finita l'università. Di solito questo posto è di un laureato con anni di esperienza pratica, ma non è quello che hanno fatto. Avevano bisogno immediatamente di qualcuno. E hanno assunto *me*.» Si siede e mi indica di imitarla. Lo faccio, riluttante, riprendendo la sedia davanti a lei. «Dopo aver accettato il lavoro pensando di essere la ragazza più fortunata al mondo, ho scoperto il motivo per cui il posto era diventato disponibile e perché avevano bisogno che fosse occupato così in fretta.»

Si china in avanti e abbassa la voce. «Il casinò è sotto indagine per molestie sessuali. L'ultimo direttore del personale non ha reagito ai molteplici reclami riguardo a uno dei loro impiegati.» Hayden sposta lo sguardo verso la porta, dicendo silenziosamente ciò che a quanto pare non è disposta a dire a voce alta ma che io ho già capito. Che è Drake quell'impiegato.

«Sinceramente, tu mi piaci» dice in tono complice. «Hai l'atteggiamento e la motivazione giusti. Io sono combattiva, ma non sono qualificata per questo posto. Alla direzione non importava. Mi hanno assunto perché sono una donna e avevano bisogno di ripulire in fretta la loro immagine. E perché pensavano che sarei stata malleabile.» Sorride amaramente. «Rappresento lo sforzo dei PR del casinò di salvare la loro società.»

«Sei una donna, quindi non possono essere misogini se ti hanno assunta come uno dei loro direttori» dico, imitando il suo sarcasmo.

Lei si appoggia allo schienale. «Esatto.»

Tutto questo... Non è quello che avevo in mente quando sono venuta qua oggi. Sapevo che le cose sarebbero state imbarazzanti vista la mia mancanza di qualifiche. Non avevo previsto questo risultato. Imbattermi in Drake... *Il* Drake. Imbattermi in quello che mi aveva picchiato nella foresta. È troppo.

«Mi dispiace per te, Hayden. Veramente.» Sto per dirle che non posso lavorare qui, anche se lei volesse veramente assumermi e non fosse solo per stuzzicare Drake, ma non riesco a non aggiungere: «Forse dovresti pensare a dimetterti. Sembra che tu lavori con un gruppo di stronzi».

Hayden ride. «Mira, tu sei perfetta.»

«Scusami?» ho imprecato e insultato un suo superiore. È pazza?

«Sto cercando più di un'assistente. Sto cercando qualcuno che abbia la testa sulle spalle. Qualcuno che possa assumere una posizione di leadership quando è necessario e che riesce a prendere buone decisioni sotto stress. Queste raccomandazioni...», picchietta il foglio davanti a sé, «... indicano il tipo di persona che sto cercando. Maryanne Boeman è molto rispettata qui al casinò e ha dato ottime referenze riguardo al tuo carattere.»

Gesù, come ci è riuscita Gen?

«Inoltre la tua esperienza in uno dei migliori casinò è un bonus.»

Non è possibile che stia per fare quello che penso stia per fare.

Hayden ripiega le mani sulla scrivania. «Mira, vorrei assumerti come mia assistente.»

Capitolo Quindici

A quella dichiarazione dico la prima cosa che mi viene in mente. «Perché vuoi assumermi?» Indico dietro di me. «Hai sentito quello che detto Drake. Ha dichiarato che non sono *qualificata*.»

Non conosco Drake, ma ho la sensazione che mi conosca, o sappia di me.

Merda. Perché Giacca di Jeans doveva essere proprio qui oggi? Era vestito in maniera casual. Non penso che lavori qui. O forse sì, ma non negli uffici.

Non va bene.

«Ed è il motivo per cui voglio te» dice Hayden.

È il colloquio di lavoro più bizzarro che abbia mai fatto.

«Guarda» continua Hayden. «Non so che cosa abbia in mente Drake, ma ho dei sospetti. È qui per un paio di giorni per dare istruzioni di persona sui punti più delicati del suo lavoro. Non dovrebbe assolutamente essere qui, ma l'AD ha un debole per lui. Ritiene che le accuse contro Drake cadranno. Ma anche lui non può permettere a Drake di lavorare qui mentre è sotto indagine.»

Mi guarda come se stesse perorando il suo caso. Ciò che

non sa è che non c'è modo che accetti la sua offerta. È stata una perdita di tempo per tutte e due.

«Hai una sana dose di diffidenza nei confronti di Drake. Anche solo quello ti rende un'ottima candidata per questo lavoro. Se Drake se la caverà in tribunale, tu non ti lascerai influenzare da lui, diversamente da un bel numero di donne in questo casinò.»

Whoa. Ha attirato la mia attenzione. «Quel tizio *piace* veramente alle donne? Dopo quello che ha fatto?»

«Per quanto ne so, sì, è così. A parecchie.»

Che cos'ha questa gente che non va?

Scuoto la testa e mi concentro sul problema più importante. Non posso accettare questo impiego. Non posso stare nelle vicinanze di questi uomini. Ma mi attengo alla questione pratica. «Hai visto il mio curriculum. Non ho una laurea e non ho mai lavorato in un ufficio.»

«Sei qualificata in tutti i modi che servono a me.» Hayden si appoggia allo schienale con un'espressione spaventosamente decisa sul volto. «Mi fido di chiunque non si fidi di Drake. Sei intelligente e lavori sodo, altrimenti non avresti fatto carriera nel casinò in cui lavoravi. Posso insegnarti e preferisco insegnare a qualcuno che gode della mia fiducia.»

Oh mio Dio, è seria.

Ma no. Non è possibile. Non posso accettare quello che mi sta proponendo.

«Inoltre...», dice sorridendo diabolicamente, «... sei una donna, cosa che dovrebbe fare felice la direzione. È un vantaggio per la loro immagine. E sei una donna abbastanza sveglia da continuare a restare diffidente nei confronti di quell'uomo.» Indica la porta con il dito. «Per non parlare degli altri come lui in questa società.»

«Ce ne sono *altri?*» Gen ha detto qualcosa riguardo a questa possibilità. Sembrava difficile crederlo, ma ora...

«Oh, parecchi.» Hayden smette di parlare. «Forse non avrei dovuto dirtelo.»

«Oh, non preoccuparti. Non importa. Non posso accettare questo impiego.»

Hayden sbatte gli occhi e la sua espressione per la prima volta rivela l'incertezza, prima che se la tolga dalla faccia. «Qualunque siano i tuoi dubbi, li eliminerò.»

Hayden è carina e femminile, ha una voce delicata, ma gioca duro.

Vorrei poter lavorare per lei. Sarebbe una capa favolosa. Rispetto il fatto che non voglia cedere davanti a questi stronzi, ma... Scuoto la testa. «Non posso, veramente. E anche se potessi...»

Lancio un'occhiata verso la porta. Anche se Drake è in congedo, non è possibile che lavori in un posto con Giacca di Jeans intorno.

«Come direttore, ho influenza, nonostante quello che Drake ha cercato di farti credere con i suoi modi intimidatori. Mi dispiace per l'interruzione. A lui piace far sentire piccola la gente. Ma io non mi spavento facilmente e il casinò deve sostenere le mie decisioni. Sono io che mantengo in positivo la loro immagine. Tu e io, lavorando in squadra, formeremo dei rapporti con altri colleghi di fiducia e riusciremo a finire il lavoro.»

Non sembra professionale, sembra una follia. C'è qualcosa di spettacolosamente sbagliato in questo posto, se si pensa alle accuse di violenza, che so essere un fatto certo, e imbattermi nello sgherro che mi ha aggredita nella foresta. Ma quella sola dichiarazione, la parte riguardante *altri colleghi di fiducia?* È come se al Blue ci fosse in atto una guerra. Il bene contro il male. Che diavolo?

Hayden non cede, quindi sarò franca. «Davvero, Hayden. Apprezzo che mi abbia offerto l'impiego. So che sarebbe un enorme passo avanti per me, ma non ha importanza. Il motivo per cui non posso lavorare qui non è solo Drake. Quell'uomo che era con lui... Non posso stargli intorno. In effetti devo restargli il più lontana possibile.»

«Capisco» dice Hayden anche se la sua espressione dice il contrario.

Ovvio che non capisca. Quello che ho detto non ha senso. Non le ho dato nessuna informazione pertinente. E non ho intenzione di farlo.

Negli occhi di Hayden nasce una scintilla. *Merda.* Non mi piace. Combattiva, giusto. «Mira, Drake sarà fuori dai giochi per un po'. E se mi assicurassi che l'altro non torni?»

Non dovrei incoraggiarla, ma sono curiosa. «Potresti farlo?»

«Sì.»

Non posso prendere veramente in considerazione questo lavoro. Con Drake che potenzialmente si farà vivo ogni tanto, un uomo con un legame con Giacca di Jeans?

Scuoto la testa. Non va bene.

«E ti offrirò un bonus alla firma del contratto» aggiunge. «Che te ne pare di cinquemila dollari?»

Oh, merda. Solo... Merda.

Di tutte le cose che avrebbe potuto dire per convincermi ad accettare il lavoro, cose che avrei potuto tranquillamente contestare, doveva proprio dire l'unica cosa che fa la differenza?

* * *

Torno al cottage e trovo Tyler che cammina avanti e

137

indietro nel piccolo soggiorno, come faceva Lewis la sera in cui Tyler mi ha portato qui. È vestito e pettinato.

Al mondo non va tutto bene.

I capelli di Tyler sono perennemente in disordine e indossa raramente una maglia in casa, o forse è solo da quando sono arrivata io. Non mi sorprenderebbe se andasse in giro mezzo svestito solo per irritare me. Ma oggi ha un aspetto professionale? C'è qualcosa in ballo.

«Dove sei stata?» mi chiede, come se non conoscesse già la risposta a quella domanda.

Appoggio la mia borsetta malridotta. «Hai sofferto di una lesione al cervello mentre ero via? Sai dove sono andata. Avevo un colloquio di lavoro.»

«Al Blue? Sei rimasta lì tutto il tempo?» chiede, incredulo.

Che cos'è, l'inquisizione? Sto ancora venendo a patti con quello che è successo al casinò. Non ho bisogno che Tyler mi assilli.

«Sì» dico e mi tolgo le scarpe alte, andando a piedi nudi in cucina a prendere un bicchiere d'acqua. Quando mi volto, Tyler è direttamente davanti a me, che mi impedisce di spostarmi dal lavandino.

Tiro il fiato, e mi costringe a inalare il suo odore... Tyler misto a sapone. Il profumo che adoro.

Una volta tanto Tyler si tira indietro, come rendendosi conto di stare troppo vicino, o forse rileva le scintille che il mio corpo sta sparando. «Sei stata via un mucchio di tempo. È successo qualcosa?»

Faccio spallucce. Se dico di no sarà una completa bugia e per qualche motivo non voglio mentirgli. È bravo a fiutarle. Lui e nessun altro.

«Hai alzato le spalle. Che cosa significa?»

«Niente.» Lo sfioro passando e mi dirigo in camera.

«Niente, sono successe delle cose ma non è un grosso problema.»

Tyler mi segue e appoggia la spalla contro lo stipite quando entro in camera, con un'espressione severa sul volto. «Lascia decidere a me se è o no un problema grosso.»

Le mie dita si fermano al primo bottone della camicetta. Una parte di me è eccitata dalle sue parole, quella a cui piace il protettore virile. Non c'è esitazione. Pensa realmente di sapere che cos'è meglio per me. Ma a me manca il Tyler gentile, specialmente quando questo suo lato alfa si mette in mezzo.

Tyler scende con lo sguardo sulle mie mani sulla camicetta e sbatte gli occhi. Si volta, incrociando rigidamente le braccia. «Non cercare di menare il can per l'aia, Mira. Non ho tempo. Il colloquio al Blue era un'idea stupida. Poi ci vai e resti via per due ore? Voglio sapere perché.»

Finisco di mettermi i jeans e una t-shirt e lo fisso furiosa. «Che cosa significa che non hai tempo? Sei disoccupato. Penso che ce l'abbia il tempo. E perché vuoi saperlo? Ti preoccupi per me, Tyler?»

Sono sarcastica, ovviamente. Tyler non si preoccuperebbe mai per me.

Lui si volta lentamente, il volto contratto in un sorriso scontroso, sardonico che, non so perché, è estremamente sexy. Ritorno con la mente alla sua bocca sulla mia e scuoto la testa, scacciando il pensiero dal cervello.

«Ovviamente non ero preoccupato» dice. Ma c'è qualcosa che manca nel modo in cui lo dice. «Non voglio essere ritenuto responsabile se ti succede qualcosa. Quindi devi smetterla di prendere decisioni stupide.»

Alzo un dito. «Mi hai appena chiamata stupida?»

Lui picchietta il pollice sullo stipite della porta, senza scusarsi.

«Non ho bisogno che ti occupi di me.» Mi muovo per superarlo, ma lui non si sposta e il suo corpo occupa tutto lo spazio della parta.

«Ti dispiace?» dico al bicipite liscio che sbuca da sotto la camicia a maniche corte e che mi blocca la strada.

Se non fossi così incazzata potrei ammirare il suo braccio muscoloso. Ma quell'appendice offensiva appartiene a Tyler, il che significa che vorrei morderla.

Dio, è frustrante. «Spostati» strillo.

Braccia forti mi afferrano le spalle e mi spingono indietro finché tocco il letto con le ginocchia e finisco con il culo sul materasso. «Non finché avremo fatto un discorsetto, Mira.»

Sento un brivido lungo la spina dorsale, che finisce per fermarsi nel basso ventre. Tyler si siede accanto a me e io risucchio il fiato. È troppo vicino. È stata una giornata di merda e sono debole.

«Che cos'è successo al Blue?» parla con la voce bassa, gentile.

Quella voce, il modo in cui la sua presenza mi ammorbidisce... Sono state le ragioni per cui l'ho lasciato avvicinare tanti anni fa. Ed è pericoloso. Guardate com'è finita per noi.

«Niente» dico, testarda.

Tyler mi mette un dito sotto il mento, voltandomi la faccia verso una linea della mandibola mascolina che non accenna nemmeno più al ragazzo che conoscevo una volta. «Dimmelo.»

Il mio sguardo sale, attirato dai suoi occhi a cui non sono mai riuscita a resistere, la forza della loro sincerità è ipnotizzante, esattamente come sei anni fa.

«Ho accettato il lavoro.»

Capitolo Sedici

Tyler

Che cazzo? Non può essere seria. «Che cosa significa che hai accettato il lavoro? Sei andata per un colloquio, Mira. Posti come il Blue non assumono su due piedi. Che diavolo hai fatto?»

«Dio, Tyler! Che cosa stai insinuando?» Si allontana da me dimenandosi e si alza in piedi, diretta in soggiorno.

Non ho perso il mio tocco. Tranne che, normalmente, quando le donne pronunciano il nome di Dio invano sto facendo qualcosa che le manda su di giri e usano parole come *Dio* e *Gesù, Tyler*, insieme a qualche altro gridolino come *continua*. Ma non succede da tanto perché nonostante le apparenze, non faccio sesso con una donna da un mucchio di tempo.

Seguo Mira nell'altra stanza, dove lei si volta per affrontarmi. «È così difficile credere che qualcuno mi voglia?» La sua voce è forte, ma negli occhi c'è tutta la sua vulnerabilità.

Pensa che nessuno la voglia? È pazza? Tutti vogliono Mira.

Tento di reprimere la rabbia, con lei, con me stesso. «Non puoi accettare quel lavoro, Mira.»

Lei mi fissa furiosa. Il fuoco nei suoi occhi illumina la stanza. È fottutamente bella. «Posso e l'ho fatto.»

Non è ciò che volevo sentire. E non ho nemmeno bisogno di quell'atteggiamento testardo.

Chiudo un attimo gli occhi. Devo riprendere il controllo. Ci sarà una soluzione se mi do una calmata e rifletto.

Mira ha bisogno di un impiego meglio pagato di quello che ha. Lo capisco. Sto cercando di non pensare che abbia accettato il lavoro al Blue per farmi incazzare. Sia Gen sia Cali sono state molestate sessualmente al Blue e Mira accetta di lavorare là? Sa che è il posto più pericoloso dove lavorare per lei. Ma dirglielo non serve a niente. Farà esattamente l'opposto.

Devo batterla al suo stesso gioco. Lei si aspetta che le dia ordini e mi comporti da stronzo, perché è ciò che ho fatto finora e, lo ammetto, ho pasticciato parecchio.

Quindi farò esattamente il contrario.

E significa che non posso dirle di lasciare il lavoro. Accidenti, *pensa!*

Devo proteggerla, cioè, *cazzo*, da dove viene questo pensiero? Devo assicurarmi che non faccia niente di pericoloso. L'unico modo perché se ne vada da casa di Cali è assicurarsi che sia al sicuro.

Scrocchio il collo e mi passo una mano sulla faccia. Bene. Terrò la bocca chiusa sul suo nuovo lavoro. Ma ho anch'io i miei programmi. Meno male che non ho perso tempo quando se n'è andata questa mattina. Ho fatto qualche telefonata e ho messo in moto qualcosa che mi assicurerà che Mira non finisca nei guai.

Prendo le chiavi dal ripiano, mi infilo le Vans e le allaccio.

Mira mi controlla. «Dove stai andando?»

Ah, le piacerebbe saperlo, eh? Bene. Glielo dirò, lasciamo che ci rimugini sopra. «Al Blue Casinò.»

«Che cosa? Non osare, Tyler. Ho bisogno di questo lavoro.» Mi rincorre mentre vado alla mia auto.

Apro con uno strattone la portiera arrugginita, guardando le guance arrossate, l'intensità dei suoi begli occhi che di solito fa svanire la mia determinazione, ma non oggi. «Non preoccuparti, Mira. Il tuo lavoro è al sicuro. C'è un'altra cosa che devo fare al Blue.»

* * *

Mira

Non ho mai scoperto che cosa avesse da fare Tyler al Blue, ma non era importante, perché ho ricevuto la lettera con l'offerta ufficiale del posto di assistente. Qualunque cosa abbia fatto Tyler, non ha rovinato le mie prospettive di carriera.

Ho passato gli ultimi giorni a prepararmi per il nuovo lavoro. Sono andata al mio vecchio posto, ho parlato della situazione e mi hanno licenziata, esattamente come avevano predetto i miei colleghi. Il mio capo era piuttosto dispiaciuto, ma aveva capito la questione dell'aumento di stipendio. Nemmeno Lewis ne era stato contento, all'inizio, ma, una volta che gli avevo assicurato che Drake era in congedo forzato fino a quando non fossero finite le indagini per le molestie sessuali, si era ammorbidito. Lewis è sicuro che lo inchioderanno. Non ritiene che se la caverà.

L'unica cosa che mi preoccupa è il comportamento

sospetto di Tyler. Sparisce per lunghi periodi di tempo. È meglio se restiamo lontani l'uno dall'altra, ma ci deve essere sotto qualcosa. Tyler è passato dall'impicciarsi nei miei affari a lasciare perdere. Non mi fido di lui. Non riesco a capire se sia arrabbiato o se nasconda qualcosa.

Tyler non capisce. Non potevo rifiutare i soldi che mi ha offerto Hayden. Il bonus all'assunzione di cinquemila dollari è gran parte dell'importo che devo. Ciò che poi ha vinto la mia resistenza è lo stipendio che ha citato. Quasi il doppio di quello che guadagno come mazziere. Non posso permettermi di *non* accettare il lavoro.

Tyler potrà anche essere preoccupato che mi metta nei guai, ma funzionerà. Ripagherò il mio debito in men che non si dica. Poi potrò trasferirmi e lui si sarà liberato di me. Merda, mi ringrazierà.

Arrivo al casinò più nervosa di quanto sia mai stata, tranne forse mentre aspettavo il colloquio per questo lavoro. Non voglio fare casini e per quanto Hayden abbia gonfiato il mio ego dicendo perché voleva assumermi, non posso fare a meno di preoccuparmi che la deluderò.

Entro nell'ascensore e sto cercando di capire come fare per mantenere il controllo e non fare la figura della novellina idiota, quando un braccio si infila tra le porte che si stanno chiudendo ed entra una guardia di sicurezza.

E non una chiunque.

Tyler.

«Che cosa ci fai qui?» sussurro bruscamente. «E perché sei vestito *così*?»

Non ho mai avuto una particolare predilezione per le guardie di sicurezza... I pompieri in uniforme, beh, sì, sì, certo, ma le guardie di sicurezza? No, non li considero sexy, tra i vari belloni in uniforme. Sono decisamente all'ultimo posto nella gerarchia delle uniformi.

Ma l'uniforme di Tyler aderisce alle spalle e al petto muscolosi, la camicia slim-fit è infilata nei pantaloni alla vita sottile e... Sbircio dietro di lui... Il suo favoloso sedere coperto dall'uniforme è bene in mostra, maledizione.

È una guardia di sicurezza sexy. E lavora qui. Ovviamente.

Figlio di puttana, mi ha imbrogliato.

«Potrei chiederti la stessa cosa. Aspetta» dice, piegando di lato la testa mentre le porte dell'ascensore si chiudono. «L'ho già fatto.»

Mi mordo il labbro, trattenendo la voglia di pestare il piede. «Tyler, non è uno scherzo. Sono nei guai e questo è il mio modo per uscirne.»

Lui si infila con indifferenza una mano nella tasca dei pantaloni sexy della divisa. «Te l'ho detto, Mira, va a mio vantaggio tenerti al sicuro, in modo che te ne possa andare, e significa che non permetterò che ti succeda qualcosa mentre viviamo insieme.»

Tutta la rabbia che ho in corpo si dissolve. «Perché? Sappiamo entrambi quello che pensi di me. Perché lo stai facendo?»

Tyler guarda l'abito rosso a portafoglio che ho preso in prestito da Cali, scendendo con gli occhi verso le gambe, dove si sofferta. Fa spallucce. «Sai che cosa provo per te?»

Pensavo di saperlo, ma il modo in cui mi sta guardando e il modo in cui il mio petto si alza e si abbassa davanti all'espressione dei suoi occhi... Sono confusa.

Tyler forse riconosce l'attrazione che provo per lui, magari ne prova un po' anche lui, ma non farà niente. Non si fida di me e ha chiarito che ha voltato pagina.

Il numero dei piani sale sul display digitale prima di fermarsi. Si aprono le porte dell'ascensore. «Mi hai usato e, tra parentesi, non mi è dispiaciuto.» Ammicca.

«Ma non voglio veramente vivere con te. Senza offesa.»

«Non ti ho usato» gli dico ed entro nella reception.

Avevo voluto fare sesso con Tyler perché ero giovane e pensavo di essere innamorata di lui. Ovviamente lui non lo sa. Pensa che fossi promiscua.

Tyler se ne stava andando. Era stato uno stronzo nei miei confronti, mi aveva accusato di andare a letto con altri ragazzi... E io l'avevo usata come scusa per scappare e proteggere il mio cuore. Lasciarlo prima che lasciasse me.

«Non importa se mi hai usato o no. Ero comunque ben disposto» mi dice.

Ci fermiamo davanti al bancone della reception, valutandoci a vicenda.

«Posso aiutarvi?» chiede la receptionist. Mi ci vuole un secondo per rendermi conto che sta parlando con noi.

«Sono Mira Fraser, la nuova assistente di Hayden Tate.»

La receptionist guarda me e poi Tyler, dando un'occhiata furtiva al petto coperto dall'uniforme. «Non abbiamo mai avuto guardie quassù, ma sei venuto al momento giusto. Stamattina stiamo per licenziare un uomo, che dev'essere scortato fuori. Pensi di potertene occupare?»

«Sono qui per servire» dice Tyler, sfoggiando il suo sorriso più affascinante.

La receptionist sorride, quasi crepando lo strato di intonaco che porta come trucco.

Potrei vomitare.

«Da questa parte, signor Morgan.» Smette di sorridere. «Signorina Fraser, per favore, si sieda. Informerò la signorina Tate che è arrivata.»

Vorrei dirle che non ce n'è bisogno, perché ricordo la strada verso l'ufficio di Hayden, ma mi siedo e aspetto.

Violet (non si chiama veramente così, ma è così che sarà per me d'ora in poi) è troppo distratta dalla nuova guardia sexy per prestarmi attenzione.

Tyler ha detto che lo sta facendo per assicurarsi di proteggermi, in modo che io possa trasferirmi appena possibile, ma questo significa esagerare. Specialmente quando sembrava contento di trascorrere le sue giornate al computer e le sue notti a bere birra e fare sesso.

Non mi interessa che cosa pensa Tyler: non ho bisogno di essere protetta. E dimenticate Violet che ha deciso di assentarsi mentalmente in modo da poter sbavare su Tyler. Non ho bisogno di una scorta per andare nell'ufficio di Hayden, che mi sta aspettando. Non può offendersi se mi faccio viva.

Mi alzo e cammino lungo il corridoio. Svoltando l'angolo, vedo Tyler. Che sta scortando Giacca di Jeans.

Mi immobilizzo, pietrificata, in mezzo al corridoio.

Giacca di Jeans mi guarda in modo lascivo mentre si avvicinano. Io mi sposto di lato, premendo le spalle contro la parete fredda e bianca. «Di ritorno così presto?» mi dice quando lui e Tyler si avvicinano.

Deglutisco il groppo che ho in fondo alla gola e cerco di sostenere il suo sguardo. Lui mi supera, con un sogghigno sul volto.

Tyler si ferma. «Ehi, va tutto bene?»

Annuisco, anche se il mio cuore sembra volermi uscire dal petto. Non so perché questo bullo mi ha spaventato più di tutti quelli che ho incontrato nella mia vita: a scuola, l'ex di mia madre, ma è così. Mi spaventa.

«Non mi sembra che tu stia bene.» Tyler guarda le spalle dell'uomo, che sta camminando decisamente verso l'uscita. «È quel tizio? Lo conosci?»

È l'espressione sul mio volto o non so, forse Tyler è un

sensitivo, perché la sua espressione diventa dura. «È *lui*? Uno di quelli che ti ha aggredito?»

«Non fare niente» dico, presa dal panico e sembra completamente strano. Non mi mostro mai allarmata. «Davvero, Tyler. Lo stai scortando fuori. Se ne sta andando. Non è un problema. Non peggiorare le cose.»

Sono così vicina a ripagare il debito. Voglio solo finire e mi hanno lasciata in pace, purché rispettassi le scadenze. Se denuncio quest'uomo alla polizia, le cose non peggiorerebbero? Lui o il suo socio mi daranno ancora la caccia? O forse la daranno alla mia famiglia?

Non ne vale la pena.

Tyler si china in avanti e mi appoggia la mano in vita. Il suo tocco è caldo e confortante. «L'ha reso un problema quando ti ha messo le mani addosso.»

Capitolo Diciassette

Tyler

Quel pezzo di merda che il Blue ha licenziato è uno degli stronzi che hanno ferito Mira?

Figlio di puttana.

Mi hanno assegnato un manganello di gomma e ho il permesso di usare lo spray al peperoncino mentre sono in uniforme, ma mi piacerebbe affrontare questo tizio a mani nude e fargli il culo. L'unica cosa che mi trattiene è che se perderò il lavoro non potrò proteggere Mira in questo cesso di posto.

«Gesù Cristo» borbotto, rivolto al soffitto. *Respiro profondo.*

Mira stacca la spalla dalla parete. Tiene la testa alta, ma ha gli occhi lucidi e spaventati. «Va tutto bene, è andato.»

Cazzo, non va bene. Lei non sta bene. Non ho mai visto Mira così spaventata. Le uniche volte in cui l'ho vista così era nella foresta e adesso. Maledizione.

Allungo la mano per toccarla, ma lei fa un passo indietro e cammina tremante lungo il corridoio. Si guarda indietro, nella direzione dello stronzo che l'ha spaventata, prima di imprimersi sul volto un'espressione neutra e bussare a una porta. Una donna la saluta e lei entra in ufficio chiudendosi la porta alle spalle.

Torno a occuparmi del mio tizio e gli sbatto una mano sulla spalla. «Tranquillo, amico, non vado da nessuna parte senza la tua scorta armata.» In effetti non sono armato, ma non mi dispiacerebbe usare il manganello sulle sue rotule.

Lui mi guarda minaccioso, poi fissa davanti a sé.

«Come hai detto che ti chiami?» Questo tizio deve finire dietro le sbarre per quello che ha fatto a Mira.

«Non l'ho detto.»

Abbastanza facile ottenere l'informazione dal Blue. «Quella ragazza?» dico. «Stalle lontano.»

Lo stronzo mi rivolge un sorriso sghembo. «Non è il tuo tipo. Troppo fegato. A ragazze come quelle piace una mano forte.»

Stringo i pugni finché mi scrocchiano le nocche. Pensavo che questo impiego fosse perfetto per tenere Mira al sicuro e avevo ragione. Guardate chi si è fatto vivo al primo giorno... Proprio il tizio che ha reso necessario che vivessimo insieme.

Anche se questo tizio non avesse ferito Mira, potrei usare una scusa per prendere a pugni qualcosa. Per via del senso di colpa latente per il Colorado e dover vivere con Mira, sono teso come una corda di violino. Aggiungeteci questo e scaricare l'aggressività repressa mentre svolgo il mio lavoro non sembra una cattiva idea. Forse, dopotutto questo è il lavoro perfetto per me.

Valuto il tizio. Non è alto come me, ma ha le spalle più larghe. «Se le tue mani si avvicineranno ancora a lei, te le staccherò. Dal corpo.»

Lo stronzo ridacchia. «Bella minaccia.» Mi dà un'occhiata di sottecchi. «La ragazzina che stai proteggendo si è messa in guai seri. Se sai cos'è meglio per te, le starai alla larga. Ci penserò io a Mira quando arriverà il momento.»

Prendo il manganello di gomma e lo colpisco dietro le ginocchia.

Il coglione crolla a terra, ridendo. «Bravo, amico. Hai dimenticato dove lavori? Questa bravata farà buttare fuori anche te.»

Cazzo, ho dimenticato le telecamere di sicurezza. Non mi guardo nemmeno attorno. Non importa. Ne valeva la pensa. «Alzati e continua a camminare.»

Lui ridacchia di nuovo mentre si rimette in piedi. Il mio detenuto non fa altri commenti minacciosi mentre lo scorto all'uscita, ma guarda indietro mentre esce dalla porta a veri. «Mi assicurerò di dire a Mira che la saluti la prossima volta che la vedo.»

Mantieni il controllo. Lascio uscire lentamente il fiato.

Mi sta stuzzicando. Non posso scatenarmi con lui. Non sono così stupido, non sono un Neanderthal. Devo pianificare come trattare le minacce alla sicurezza di Mira. Farmi licenziare dal lavoro che mi permette di tenerla d'occhio non servirebbe certo.

* * *

Sono piuttosto sicuro che mia madre avrebbe un attacco isterico se sapesse che lavoro al Blue. Ha passato la maggior parte della sua vita da adulta a lavorare come una schiava ai casinò per mantenere me e Cali. Non è dove si aspettava che finissi quando ci ha fatto frequentare il college. Fortunatamente dubito che Mira continuerà a lavorare in questo posto dopo lo scontro con il Coglione questa mattina. Quella ragazza ha un desiderio di morte, ma non è stupida.

Anche se mi sentirei molto meglio se la potessi vedere e avere la conferma. Non la vedo da tutto il giorno, durante il resto dell'addestramento per questo posto.

Finora il mio capo sta solo presentandomi a praticamente tutti. Per qualche motivo, la gente trova affascinante che un biologo con un master abbia scelto di lavorare come guardia di sicurezza pagato una miseria all'ora. Personalmente non vedo quale sia il problema.

«Questo è l'ufficio della sicurezza, conosciuto anche come La Centrale.»

Il mio capo, un uomo di mezz'età in forma, con i baffoni a manubrio, mi accompagna all'interno di una delle porte degli uffici della società. Sono le uniche porte nell'intero corridoio, a eccezione dell'uscita di sicurezza in fondo.

Controllo la spazio cavernoso. *La Centrale* è la definizione giusta. Sembra il centro nevralgico della CIA. Centinaia di schermi TV grandi e piccoli mostrano ogni centimetro del casinò, ma non il piano dirigenziale. A quanto pare ci sono poche telecamere quassù, la maggior parte è riservata ai giochi, motivo per cui non mi hanno licenziato per aver picchiato il Coglione nel corridoio questa mattina.

C'è una dozzina di persone a presidiare le postazioni di sicurezza e comunicano tramite i microfoni collegati agli auricolari. L'aria è elettrica, come se tutte queste attrezzature l'avessero inspessita. Hanno controllato tutto il possibile quando mi hanno assunto, mi hanno anche parlato a lungo delle regole per il personale del casinò, ma il mio capo mi fa un'altra predica riguardo la confidenzialità e le politiche sul gioco.

«Quindi è qui che lavorerò?» gli chiedo.

Il mio capo scoppia in una fragorosa risata. «Oh, amico. Sei divertente. No, no. Questo posto è riservato ai tecnici.

Tu e io siamo strettamente personale di terra. Quelli che scavano le trincee.» Mi dà una ditata nelle costole. «Vieni, ti mostrerò il terreno.»

Quando mi avevano assegnato il posto come guardia al piano, speravo fosse a uno dei piani alti, ma a quanto pare, il titolo significa "piano del casinò". Usciamo dalla Centrale e il mio capo fa una un lungo giro tortuoso attraverso cale e porte private; potrei probabilmente aver bisogno di una mappa per ritrovare la strada per tornare.

Più penso a Mira, più mi preoccupo che questa giornata non sarà la sua ultima al Blue. Sarebbe proprio da lei tenersi l'impiego nonostante il pericolo. E se è quello il caso, ho bisogno di un piano di riserva.

«Che ne pensi di quello che ti ho detto prima?» chiedo al mio capo. «Pensi che mi assegnerebbero un posto negli uffici?»

«No, amico. Perché poi vorresti stare lì? L'azione è dove si gioca. O nelle suite.» Fa ondeggiare le sopracciglia. «Una bella retata per prostituzione è quello che ti serve come rodaggio.»

Che ca...? «Sì, sembra fico.» *NO!* «Ma ho sentito che c'è parecchia azione tra i dirigenti.»

Il mio capo mi dà un'occhiata. Nonostante l'atteggiamento accomodante che proietta, ho la sensazione che sia maledettamente astuto. «Stai attento, amico. Sono loro che ci pagano. Non si ricava niente di buono parlando a vanvera.»

Apre la porta del piano del casinò. Il suono delle slot machine copre con ronzii, sirene e campanelli il rumore dei nostri passi sulla moquette.

«No, amico...» *Merda* sono qui da poche ore e sto già parlando come questo tizio. Comunque sto cercando di confondermi. «Non è quello che intendevo. Ho sentito che c'è stato un giro di vite con quelli che facevano casino con le cameriere.»

Il mio capo ammicca a una delle cameriere di sala. La sua espressione diventa dura mentre mi guarda con intenzione. «Drake Peterson. Una testa di cazzo. L'ho sempre odiato. Ha fatto lo stronzo con la mia ragazza, Kendra.»

«Oh, amico, è un colpo basso. Quindi sai perché sto pensando che ce ne potrebbe essere bisogno. Ho la mia ragazza al Blue. Lavora negli uffici.» È una completa bugia ma uso tutto quello che posso e la storia della ragazza sembra poter essere vincente. «È dove lavorava quel tizio, ho sentito. Sarebbe fantastico essere nei dintorni e sapere che sta bene.»

«Ti capisco, davvero. Ma, vedi, non hanno richiesto altre guardie al piano dei dirigenti.»

«Capisco, ma forse possiamo essere proattivi. Chiedi se hanno bisogno di più muscoli.» Già, ho detto *più muscoli*. Adesso sono una *guardia di sicurezza*.

Il mio capo mi dà una botta sulla schiena. «Bell'idea, Morgan. Darò un colpo di telefono ai poteri forti e controllerò. Più gente armata richiedono, più migliora il mio rango... Sai, con tutti i subordinati che lavorano per me.»

Annuisco, tentando di mantenere un'espressione remissiva. Al mio capo piace stare al comando, ma è una brava persona. «Sai, ho scortato fuori un tizio stamattina, su incarico della signorina Tate, la direttrice delle risorse umane. Non è che per caso sai come si chiama quel tizio?»

«Ronald qualcosa. Uno temporaneo.» Il mio capo fa un cenno a un gruppo di fattorini a un metro di distanza, a cui, presumo, ha intenzione di presentarmi.

«Beh, comunque la signorina Tate potrebbe essere la persona giusta da contattare. Sembra apprezzare quello che facciamo.»

«Vero, vero, amico. Proprio vero. È nuova qui, ma è una brava persona. Controllerò. Nel frattempo, lascia che ti presenti ad altra gente.»

Con un po' di fortuna, il mio capo avrà successo e lavorerò vicino a Mira. Solo per proteggerla, ovviamente.

Capitolo Diciotto

Arrivo a casa aspettandomi di vedere Mira, ma, anche se la sua auto è nel vialetto, la casa appare scura e senza vita.

Perché non c'è, se la sua auto è qui? È andata da qualche parte con Lewis?

Mi tolgo le scarpe con un calcio accanto alla porta ed è in quel momento che la sento. La sua presenza.

Mi volto e spingo la porta della camera, parzialmente aperta. Mira è seduta sul letto, con gli abiti che aveva in ufficio, e fissa fuori dalla finestra, con la schiena diritta, le mani ripiegate in grembo. Non sembra rendersi conto che sono qui anche se ho fatto abbastanza rumore da avvertirla. Ha la testa completamente da un'altra parte e non dovrebbe essere un problema. Se non fosse per l'incidente nel corridoio del Blue, probabilmente me ne andrei e la lascerei in pace. O forse è l'espressione sul suo volto. Tristezza, disperazione.

Cazzo, mi sta uccidendo. Mi stacco la t-shirt dalla pelle e distolgo gli occhi. Lo sto veramente facendo?

Già, immagino di sì.

Apro completamente la porta per darle un'altra possibilità di notarmi e sbattermi fuori, ma sembra non sbattere nemmeno gli occhi. Mi avvicino e mi siedo sul letto accanto a lei. Proprio vicino, tanto che le nostre cosce si toccano, perché, merda, sta cominciando a preoccuparmi e preferisco farla incazzare standole troppo vicino che continuare a vedere quell'espressione sul suo volto.

«Mira.»

La gola delicata si muove quando deglutisce e sposta gli occhi solo per un attimo per guardarmi.

«Stai bene?»

Il suo petto si sgonfia e lei annuisce, ma non le credo.

Mi frugo nel cervello per trovare un modo per rassicurarla, perché mi sembra che potrebbe servirle. «Probabilmente è una buona cosa aver visto quel tizio stamattina. Adesso so che aspetto ha nel caso torni a farsi vivo. Potresti andare alla polizia. Sarà facile ottenere il suo nome e il suo indirizzo, visto che ha lavorato al Blue.»

Le mie parole non sembrano aiutarla. Stringe le labbra come se stesse per piangere. Gesù.

Sono una pappamolla quando si tratta di lacrime delle donne. Sono cresciuto come unico maschio in una famiglia con due donne. Ho visto lacrime da sindrome premestruale, lacrime di rabbia e lacrime versate per manipolarci (Cali in tutta la sua gloria). Quella roba non mi fa paura. E ho accumulato tante belle paroline negli anni che mi servono per affrontare le cataratte femminili. Ma in questo momento, la disperazione che trasuda da Mira basta a travolgermi.

Faccio l'unica cosa che penso possa far sentire meglio entrambi. Le metto un braccio intorno alle spalle e la tiro sul mio petto. Lei appoggia la faccia sulla mia t-shirt ed è in quel momento che la diga si rompe.

Mira piange in silenzio. Piccoli squittii qua e là, la schiena che si solleva in singulti delicati. Il modo in cui sta piangendo, come se fosse abituata a nasconderlo, mi fa qualcosa che non avrei mai previsto qualche settimana fa.

L'abbraccio e le premo le labbra sulla testa. Le alzo il volto e asciugo le lacrime dalla curva liscia dei suoi zigomi. «Shh, va tutto bene. Andrà tutto bene» dico con la voce bassa e calma che è l'esatto contrario della tempesta che mi infuria dentro.

Ho il cervello in fiamme. Non sono sicuro che le cose andranno bene, ma direi qualunque cosa, *qualunque cosa*, per farla sentire meglio. Per riportare indietro la Mira che conosco e amo-*odio*. La Mira combattiva che amo *odiare*.

Solo che non sembra odio.

È bello tenere Mira tra le braccia. Come se fosse dove dovrebbe stare.

Mira si stacca e si asciuga il viso con la manica, lasciando uno sbaffo di mascara sul tessuto. Fissa quello sbaffo e giuro che comincia a piangere più forte.

«Mira, dimmi che cosa c'è che non va.»

«Davvero, Tyler? Vuoi veramente sapere tutti i fottuti casini della mia vita?»

Annuisco. Voglio veramente saperlo. Ho sempre saputo che cosa passava nella testa di Mira.

Lei stringe i pugni in grembo. «Da dove comincio?» Ride amaramente. «Che ne dici di imbattermi nel tizio che pensavo mi avrebbe stuprata o picchiata a morte nella foresta? Un bel modo di cominciare la giornata. Poi c'erano le risatine delle mie colleghe donne in vari momenti durante il pomeriggio... quando non sapevo usare il fax o il centralino telefonico, o, sì, e quando ho rotto il temperamatite automatico.» Inarco un sopracciglio. «Non cominciare, Tyler. Andavo solo a far visita a John e Lewis alla Sallee Construction. Non mi sono mai seduta dietro una scrivania. Non so la differenza tra fascicolato e impilato. E che diavolo è un dittafono? Poi c'erano gli uomini che mi lanciavano occhiate inquietanti, l'esatto opposto delle occhiatacce che ricevevo dalle donne.»

Mi guarda implorante, con il petto che sale e scende. «Le ho sentite. Le donne che sussurravano che mi vestivo come una senzatetto.» L'ultima parola esce con un singulto e comincia una nuova ondata di lacrime.

Merda, merda, come direbbe il mio nuovo capo. Me la sono cercata. Mi guardo intorno disperatamente. Le pareti non offrono consigli, le bastarde.

La sfioro con il ginocchio e appoggio gli avambracci sulle cosce. «Innanzitutto, un dittafono permette a qualcuno di registrare un messaggio, come una lettera, o qualunque altra cosa, in modo da poterla battere. Ci sono programmi software che lo possono fare per te, adesso, insieme alla battitura.»

Lei mi guarda interessata.

«Ero un insegnante e non avevamo una segretaria regolare. Preparavo io i miei documenti» dico. «Per quanto riguarda i vestiti, se non hai mai lavorato in un ufficio è comprensibile che tu non abbia i vestiti adatti. Stasera andremo a fare shopping. Alcuni dei negozi restano aperti fino a tardi. Dovrebbe essere possibile trovarti qualcosa. E le donne ti fissano perché sono gelose. Prendilo come un complimento. Gli uomini, però... I nomi. Ho bisogno dei nomi.»

«Davvero?»

È d'accordo che prenda a botte i tizi che la guardano in modo lascivo in ufficio? Perché lo farò.

«Verrai a fare shopping con me?»

Oh. «Sì, verrò. Non posso prometterti di esserti molto d'aiuto. Non aspettarti che scelga i colori o roba del genere, ma sono piuttosto bravo a tenere in piedi i muri.»

Mira mi studia il viso, con un'espressione quasi timida sul bel viso.

Ah, merda, se è così facile fare felice Mira ed è così facile per lei avvolgere una piccola parte di sé intorno al mio cuore, allora sono un uomo morto.

* * *

Mira si abbassa in una gonna stretta color avorio. «Riesci a vedere le mutandine?»

Ha un sedere perfetto. Cioè, letteralmente il culo meglio formato che abbia mai visto, rotondo ma sodo, formoso ma proporzionato. Mi piacerebbe afferrare il sedere che mi punta in faccia e dargli un morso.

Mi sta lentamente uccidendo, ecco che cosa mi sta facendo. «Cristo, Mira» ringhio.

Lei volta la testa e si raddrizza. «Oh, scusami.» Il rossore sulle guance sembra completamente sincero.

Per essere una bella ragazza, non sa che effetto ha sugli uomini. O forse non si rende solo conto del suo effetto su di *me*.

Mira non chiede altri consigli sui vestiti, perché, okay, tutto quello che faccio è guardare il suo corpo. Cerco di prestare attenzione, ma la roba che c'è sotto mi distrae troppo.

Compra qualche indumento e un nuovo paio di scarpe, controllando più e più volte i cartellini dei prezzi e comprando solo roba in saldo. Vorrei strappare i cartellini in modo che non possa vederli e ficcarle in mano una mazzetta di banconote. Detesto che sia così preoccupata per i soldi. E non posso fare niente al proposito, perché sarebbe strano se le comprassi dei vestiti.

«Lascia che ti offra un gelato. Te lo devo, visto che sei

rimasto con me mentre facevo acquisti. Lewis non l'avrebbe mai fatto. Detesta lo shopping.»

Anch'io, ma non lo dico. Mi fa sembrare un gigantesco pappamolla che farebbe di tutto per fare felice questa ragazza. E io non sono così. Non più. Ma Mira sembrava così triste prima. Non c'è dubbio che stia passando un periodo molto difficile. Qualunque persona decente si sarebbe offerta di aiutarla.

«Non rifiuto mai un gelato.»

Mira spinge i sacchetti sul pavimento della mia Land Cruiser e la osservo mentre si sposta sul sedile del passeggero. Faccio una smorfia quando la tappezzeria strappata si impiglia nel tessuto del suo top. Questa sera non è ferita, quindi non so perché mi dia fastidio, ma è così.

«Posso chiederti una cosa?»

«Certo» rispondo distrattamente, facendo attenzione alla strada invece che alla ragazza che mi fa provare cose che non ho mai provato per nessun'altra. Senso di protezione e un tale desiderio da farmi male al petto.

«Che cos'è successo a tuo padre?»

Faccio spallucce. «Ha abbandonato mia madre.»

«Tu gli parli ancora?»

«Lui chiama ogni tanto. Abbiamo un certo rapporto, ma non siamo legati.»

È strano pensare a mio padre. È più un estraneo che un genitore. Sono piuttosto sicuro che non possa fare a meno di essere com'è. Non ha mai provveduto a noi. Sembrava non riuscire mai a tenersi un impiego che pagasse abbastanza. Mia madre lavorava duramente quando lui c'era, cercando di provvedere lei a tutti noi. Le cose sono diventate più facili quando se n'è andato.

«Siamo più come amici occasionali» aggiungo. «Chiama per vedere a che cosa sto lavorando. Questa è più o meno la portata delle nostre conversazioni. E non capisce assolutamente Cali. Lei è troppo emotiva per lui. Mio padre ha un livello di intelligenza ridicolmente alto, fino al punto di essere distratto.»

Mio padre non ha mai saputo come dimostrare affetto, specialmente con mia madre. Quando ero più giovane mi preoccupavo di poter finire come lui. Ma non sono come lui, provo sentimenti infiniti quando sono con Mira. Ce ne sono *troppi* quando si tratta di lei.

Ridacchio. «Non so. Forse mio padre ha un tocco della sindrome di Asperger o qualcosa di simile. Non mi stupirebbe. Anche Cali ha un'intelligenza formidabile quando si tratta di imparare, ma non altrettanto buon senso pratico. Mi correggo, intelligenza formidabile, purché non si tratti di matematica. In quel caso è appena appena sufficiente.»

«Io sono l'opposto. Senso pratico, ma non brava a scuola.» Mira lo dice come se fosse un fatto assodato e non posso fare a meno di guardarla con la fronte aggrottata.

«Non sono d'accordo. Eri brava in algebra alle superiori, una volta che ti ho dato alcune indicazioni. Impari in fretta.»

Mira si mette una ciocca di capelli dietro l'orecchio, con un sorriso timido che le alza gli angoli della bocca mentre indica un posto libero nel parcheggio davanti alla gelateria.

Parcheggio e scendiamo dall'auto. Seguo Mira verso la porta di vetro del negozio, tenendola aperta per lei e chiedendomi che cosa sto facendo esattamente. Sembra un appuntamento, ma non lo è. Mi sentivo male per Mira. Ha avuto una giornata di merda. Non ci sto cascando di nuovo.

Scegliamo i nostri coni gelato, il suo praline e panna e mi sembra adatto a lei. Richiede un palato sofisticato. Completamente il contrario di ciò che mi aspettavo da lei, quindi è quello che lei sceglie solo per incasinarmi la testa.

Chiedo un doppio cono gelato fragola/biscotto e do un biglietto da venti al cameriere. La mia scelta è un gusto acquisito.

«Ehi, volevo pagarlo io.» Mira fissa il biglietto da venti che sparisce nella cassa e l'addetto che mi dà il resto.

«La prossima volta» le dico.

Lei rimette i contanti nel piccolo portafogli turchese e noto che manca la linguetta della cerniera. Non so perché queste piccole cose, la valigia rotta, comprare solo vestiti in saldo, un portafoglio malandato, mi preoccupino tanto. Ma è così. Veramente così. Ha vissuto con una famiglia ricca per la maggior parte della sua vita ma non sembra aver cambiato il suo modo di pensare a ciò che ha.

Non dovrebbe avere la responsabilità di occuparsi di una madre tossicomane. Non dovrebbe avere debiti a causa di questa madre ed essere obbligata a difendersi da gente come il Coglione.

Ci sediamo in un séparé e le studio il volto. «Perché non vuoi dire la verità a Lewis?»

Lei fa una pausa prima di leccare il cono. «Lui non capisce perché aiuto mia madre. E non è colpa sua se devo ancora dei soldi. È responsabilità mia ripagare i miei debiti.»

«Non è nemmeno colpa tua se hai un debito.»

Lei mi guarda un istante. «Certo che lo è. Ho chiesto io il prestito.»

«A tutti serve aiuto a volte.»

All'inizio non dice niente. Si sposta sul sedile. «Lewis mi ha già dato dei soldi per ripagare il debito. Gli ho chiesto la metà. Pagherò io il resto.»

«Solo la metà? Per il tuo inesistente problema di gioco d'azzardo. È buona, Mira, se si pensa che hai problemi a spendere soldi per te stessa.»

Lei storce la bocca, irritata. «Sai come ci si sente di

merda a chiedere soldi che indirettamente pagano il problema di cocaina di mia madre? È stato sbagliato da parte mia farlo. Non sarei dovuta andare da lui. Si arrabbierebbe da morire se sapesse la verità, sono anni che mi dice di starle alla larga. Di tagliare i ponti. Uno di questi giorni finirà invece per essere lui a tagliare i ponti con me.»

«Non lo farebbe mai» dico automaticamente.

Lei fissa il gelato senza dire niente.

Questa conversazione è diventata fin troppo seria. Non ho mai avuto intenzione di parlare a Mira di mio padre, di cui non parlo mai. E non intendevo portare alla luce roba penosa per lei e farla sentire ancora peggio riguardo alla situazione in cui si trova.

«Dovresti fidarti di più di Lewis. È una brava persona. Non ti scaricherebbe mai perché è arrabbiato. Non ti liberi della famiglia, e lui ti considera una sorella.»

«Esattamente.»

Uhm? È d'accordo con me?

«Non si abbandona la famiglia» dice in tono leggero. «Che razza di persona sarei se abbandonassi mia madre?»

Mi sono fottuto da solo. «Una persona intelligente? Guarda, è ovvio che tu non voglia ferire tua madre, ma non puoi permettere alla gente di usarti. E quella donna ti sta usando.»

«Lo so. Ci sto lavorando. Sto facendo dei cambiamenti.» Mi rivolge un sorriso stanco. «Non parliamone più okay? Godiamoci il gelato.»

Annuisco. Non voglio farla sentire peggio, quindi lascio perdere.

I miei sforzi per risparmiare a Mira di pensare a sua madre non servono a nulla. Quando ritorniamo a casa, come se le sue orecchie avessero colto la nostra conversazione in gelateria, la madre di Mira è seduta nel patio a fumare una sigaretta. Non ci sono auto nel vialetto, ma il catorcio con cui era venuta l'altro giorno è parcheggiato in strada.

Do un'occhiata a Mira, che sta raccogliendo i sacchetti dalla mia auto e osservo nervosamente sua madre con la coda dell'occhio. «Vuoi che le dica di andarsene?»

Mira alza gli occhi, sorpresa. Perché dovrei chiedere a sua madre di andarsene? Merda, sì, lo farei. Quella donna non merita sua figlia.

Lei scuote la testa. «No, le parlerò.»

Capitolo Diciannove

Mira

Mia madre sembra furiosa ed emaciata. «Dove sei stata, ragazza?»

Do un'occhiata alla finestra anteriore del cottage, con i sacchetti in mano. Tyler è entrato per lasciarmi parlare con mia madre. Non lo vedo, ma la porto comunque sul retro passando dal cancelletto laterale.

Gli occhi di mia madre si puntano sui sacchetti che ho in mano mentre mi cammina accanto lungo il sentiero coperto di terra e aghi di pino. Ha il passo più lento di quanto ricordassi. «A fare spese? È così che passi il tempo mentre io ti cerco dappertutto?» Si volta bruscamente e mi fa cadere uno dei sacchetti di plastica dalla mano. «Tua madre ha gente che le dà la caccia e tu vai a fare spese?»

Per un momento mi sento piena di vergogna e senso di colpa, poi la realtà si fa strada. Non ho niente di cui vergognarmi. Ho pagato il debito che metteva in pericolo la sua vita, almeno secondo lei. «Ho un nuovo impiego e avevo bisogno di vestiti.»

«Un nuovo impiego, eh?» mi dice con un'espressione calcolatrice. «La paga è migliore?»

«Sì.» Raccolgo il sacchetto che ha buttato per terra e lo stringo in mano.

«Bene. Dicevi che volevi guadagnare di più.»

Non ne avrei avuto bisogno se non fosse stato per lei, ma me lo tengo per me.

«Avrei bisogno di soldi adesso. È stato difficile visto che non ti sei fatta viva l'altro giorno. Quel ragazzo...», fa una smorfia rivolta verso il davanti della casa, «... ha detto che sei finita in un guaio.» Mi dà un'occhiata. «Mi sembra che stia bene.»

«Sto bene» concordo.

«Bene, quanti soldi hai con te? Sei andata a fare spese, quindi deve averne un mucchio.»

Deglutisco. Questo è il momento che temevo.

«Mamma...»

«Che c'è? Sputa il rospo, ragazza, non ho tutto il giorno.»

«Non ti posso più dare soldi.» Sono agitata, ma la voce esce ferma.

«Perché no?» sbotta lei.

«Perché non ne ho da darti.» È la pura verità, ma il significato è doppio. Non mi avanza niente. Devo usarlo tutto per ripagare il debito. E non posso continuare ad aiutarla a spese della mia stessa vita.

Lei annuisce, storcendo la bocca. «Capisco, Mira. Ne hai abbastanza per te ma niente per tua madre.»

«Non è così. Anch'io sono a corto di soldi, ma non voglio che il nostro rapporto si basi solo sul denaro. Vorrei passare del tempo...»

«*Rapporto*? Quale rapporto? Sei una piccola stronza egoista, ecco che cosa sei.»

Non riesco a respirare. Calore e pressione si accumulato dietro gli occhi. «Per favore non dirlo.» È solo un sussurro.

«Oh, ho tanto di più da dire, ma non lo farò. Non sprecherò il fiato.» Sbatte contro la mia spalla mentre se ne va.

La fisso. «Mamma, per favore, non andartene.»

Sono pietosa, me ne accorgo perfino io.

Mia madre mi ignora e sbatte il cancelletto dietro di sé.

Mi volto a guardare gli alti pini nel cortile, cercando di riprendere il controllo. Sapevo che sarebbe successo. Sapevo che avrebbe reagito in questo modo quando gliel'avrei detto, ma non mi fa meno male.

Mi asciugo una lacrima e raddrizzo le spalle.

Almeno Tyler non è stato testimone dell'umiliazione che mi ha inflitto mia madre andandosene. Di nuovo.

Capitolo Venti

Tyler non mi fa domande sulla visita di mia madre e gliene sono grata. Vado a lavorare la mattina seguente, meno a disagio nei miei vestiti nuovi, anche se mi fa ancora male pensare a mia madre. Ho fatto la cosa giusta per entrambe ed è ciò che importa. La mia speranza è che un giorno possiamo ricostruire un rapporto basato su fondamenta sincere e non su di me che le do continuamente soldi.

Mi addestro con Hayden per tutto il giorno e non vedo Tyler fino alla sera. Quando entro, è al tavolo da pranzo, che sta accendendo il computer.

«Com'è andata la giornata?» mi chiede.

«Meglio» rispondo appoggiando la borsa sul divano.

Tyler mi fissa, poi guarda il suo laptop. Lo richiude bruscamente. «Che ne dici di andare a fare un giro in bicicletta?»

All'inizio non dico niente. Tyler e io non abbiamo mai fatto niente di divertente insieme. La spedizione per lo shopping era stata più che altro una forzatura. «Uhm, non ho la bicicletta.»

«Non ne hai bisogno. Cambiati e poi ci vediamo davanti a casa. Se ci sbrighiamo riusciremo a cogliere il tramonto.»

Resto lì a fissarlo.

Lui alza gli occhi mentre ritira il computer. «Sbrigati, Mira. Il sole non aspetta nessuno.»

Faccio quello che mi chiede, senza dire altro. Quando vado da Tyler davanti a casa, lui è in bicicletta, con una felpa sopra una t-shirt a maniche lunghe.

Rialzo la cerniera della mia giacca di felpa e mi metto un berretto di maglia in testa, con le onde dei capelli che mi solleticano le guance. «Continuo a non avere una bicicletta, Tyler.»

«Non è un problema. Faremo come l'ultima volta. Ci sono solo pochi isolati per arrivare alla spiaggia.»

Come l'ultima volta. Nella foresta? Quando gli ero praticamente seduta in grembo? «Non sono sicura che sia una buona idea.»

Lui li studia il volto. «Fifona?»

Sbuffo. «Sì, già.» Ma è vero. Ma non mi impedisce di avvicinarmi.

Lui apre le braccia. «Siediti di traverso in modo che le gambe siano di lato. Mi occuperò io del resto.»

Faccio come mi dice e scivolo sopra le sue cosce. Non c'è modo che funzioni senza che gli metta le braccia intorno alle spalle muscolose e mi sieda in alto, praticamente sopra il suo inguine.

Lui mi solleva e fa qualche aggiustamento. Io guardo fisso ovunque purché non sia la sua faccia, a qualche centimetro di distanza.

«Non avere paura di tenerti stretta» dice ammiccando maliziosamente.

Sta flirtando con me? Proprio mentre quel pensiero mi attraversa la testa, Tyler parte di scatto e io strillo, avvolgendogli le braccia intorno al collo e premendo il petto contro il suo.

«Bella presa, ma ho bisogno di respirare» dice ridacchiando.

«Okay, demone della velocità, allora rallenta. Finirai per farci uccidere.» Chiudo gli occhi mentre passiamo come un turbine davanti alle case dei vicini e svoltiamo in una strada laterale verso la strip.

«Abbi un po' di fede. Non lascerò che ti succeda niente, Mira.» C'è un sottofondo serio nelle sue parole.

Alzo gli occhi e lo scopro che mi sta fissando. Mi sento stringere lo stomaco e il cuore accelera. Sarebbe così facile innamorarsi di nuovo di Tyler, ammesso che abbia mai smesso di amarlo.

* * *

Tyler

Questo giro in bicicletta è un tantino diverso dall'ultimo fatto insieme. Innanzitutto, sono infinitamente conscio di ogni curva del corpo di Mira che preme su posti che non hanno bisogno di ulteriore incoraggiamenti per rendere nota la loro presenza. E il suo profumo di vaniglia mi sta facendo ammattire.

Non so perché le ho chiesto di venire con me. Non avevo avuto in programma di fare un giro in bicicletta, ma quando è entrata ho sentito una stretta al petto e il sangue ha cominciato a scorrere forte nelle vene. Non ero riuscito a sopportare il pensiero di un'altra serata passata a evitarci. Avevo detto la prima cosa che mi era venuta in mente. Visto che ce l'ho in grembo, si è dimostrata un'idea geniale.

Pedalo verso le scale che portano al lago più vicine al nostro cottage.

Da quando la casa di Cali è diventata il posto mio e di Mira?

Mira scivola giù e resta in piedi accanto a me. «Non siamo in ritardo» dice, fissando il sole che sta tramontando dietro la catena montuosa.

Sollevo la bicicletta sulla spalla e scendo di corsa i gradini verso la sabbia, poi l'appoggio a un blocco di cemento che una volta faceva parte del molo. Mira è ancora in cima alle scale e ha lo sguardo fisso.

«Arrivi?»

Scende e si avvicina, con lo sguardo che corre al tramonto. «È bello.»

Le metto sopra la spalla i lunghi capelli scuri. Il berretto le avvolge la cima della testa, lasciando che i capelli le incor_nicino il volto. È così bella. «Vieni.» Le prendo la mano e la tiro lungo la spiaggia.

Mira non si ritrae dal mio tocco né cerca di allontanarsi e per qualche motivo sono felice. Arriviamo a una grossa roccia mentre fisso il lago e le lascio andare la mano. Non siamo una coppia. Questo non è un appuntamento. Ma è piacevole.

Mira e io restiamo lì a lungo dopo il tramonto, finché è così buio che mi rendo conto che sarà meglio tornare. La strada è ben illuminata, ma non voglio correre rischi peda_lando con Mira in braccio al buio, in competizione con le auto per lo spazio sulla strada.

Mi alzo e, senza dire una parola, Mira mi imita. Torniamo al cottage in totale silenzio. Dovrebbe essere imbarazzante, ma non è così. Chiudo, assicuro la bici in cortile e torno in casa da lei.

Mira alza timidamente gli occhi. «Grazie. È stato bello.»

«Prego. Tutte le volte che vorrai andare in bicicletta in braccio a me, fammelo sapere.»

Lei scuote la testa. «Dovevi proprio dirlo?» dice, ma sta sorridendo.

Sorrido appena. «Sai con chi hai a che fare.»

Il suo sorriso svanisce. «Lo so davvero?»

Deglutisco. «Sarà meglio che torni a lavorare» dico tornando al tavolo da pranzo.

«Lavoro?» dice. «È quello che stai facendo lì?»

Guardo i libri di testo e gli articoli di giornale su cui sto facendo le mie ricerche. Avevo bisogno di qualcosa per tenermi occupato, una volta arrivato a Lake Tahoe, ma il piccolo progetto che ho cominciato ha assunto una vita propria. «Sì, immagino di sì. È qualcosa a cui penso da quando ho cominciato a insegnare. Non ho mai avuto tempo prima d'ora, ma adesso...»

«Adesso sì, tranne che stai lavorando al Blue e deve portarti via del tempo.»

È vero. Non sono riuscito a dedicare tutte le ore che avrei voluto nel mio progetto da quando ho cominciato a lavorare al Blue, ma il mio impiego come guardia di sicurezza è temporaneo. Presto Mira se ne andrà e non importa se passo qualche ora in meno sul mio progetto. Sarà lì ad aspettarmi quando se ne sarà andata.

«Eh, dovevo fare una pausa. In questo modo, quando arrivo a casa non vedo l'ora di cominciare. Nessun problema.»

C'è un momento di silenzio e poi: «Grazie Tyler. Per aver cercato un lavoro al Blue». Entra nella sua stanza e chiude la porta.

Fisso il vuoto per parecchi minuti, chiedendomi che cazzo sto veramente facendo con lei, con la mia vita.

Capitolo Ventuno

Jaeger, ti dispiacerebbe preparare altri Bullfrog? Le ragazze e io li abbiamo quasi finiti e il tuo ha un sapore molto migliore del mio» dice Cali al suo ragazzo.

Siamo a casa di Jaeger, sul grande impalcato di legno, al sole del pomeriggio. Il tempo è insolitamente caldo per questo periodo dell'anno e ne stiamo approfittando in costume da bagno e drink in mano. Jaeger ha costruito di recente questa grande piattaforma di legno ed è favolosa, con panche su misura e lettini con i cuscini. Oh, ed è enorme. Siamo in otto, ora che è arrivata Nessa e c'è ampio spazio per tutti.

Mi ero preoccupata quando Gen mi aveva invitata. Zach e Lewis sono come fratelli per me, ma conosco appena Cali e Jaeger, anche se vivo a casa di Cali. L'ultima volta in cui li ho visti ero appena stata pestata a sangue. Non il mio momento migliore. E poi c'è Tyler. Stranamente mi sento più a mio agio con Tyler. L'unica cosa che posso pensare è che sia per la nostra coabitazione forzata e la tregua che sembra abbiamo instaurato. Probabilmente ci stiamo abituando l'uno all'altro... Ma non è nemmeno quello, perché non mi sento assolutamente rilassata con lui. Sono fin troppo consapevole della sua presenza.

«Certo, piccola» le dice Jaeger. Appoggia la sua birra e si alza, allungando le braccia sopra la testa.

«Aspettate... Aspettate» sussurra Cali a Gen e me mentre fissa il suo ragazzo.

Gen sbuffa e scuote la testa guardandomi, come se Cali avesse perso la testa.

Non ho idea di che cosa stia succedendo. Il mio bicchiere di Bullfrog è ancora pieno e anche quello di Cali, da quello che posso vedere.

Cali fissa il suo ragazzo mentre cammina verso i sassi che portano alla riva. Casa sua dà sul lago, ma è lunga arrivarci. Jaeger comincia la salita di una settantina di metri per arrivare alla casa.

«Ahhh» dice Cali, ammirando il sedere del suo ragazzo mentre si arrampica sugli scogli. «È così sexy. Pensi che lo rifarebbe tra mezz'ora?» sussurra a Gen.

Jaeger è alto e muscoloso. Riesco a capirne il fascino dopo essere stata accanto a un altro uomo atletico.

Rubo un'occhiata a Tyler, il petto leggermente dorato e la pelle liscia mi attirano immediatamente. Ultimamente mi sta confondendo con il suo lato generoso. Non riesco a capire perché sia così carino con me da quando mi sono sfogata con lui dopo il mio primo giorno di lavoro. Mi ricorda il Tyler che conoscevo.

Tyler è seduto accanto a Lewis e sembra disgustato dal fatto che la sorella stia fissando lascivamente il sedere di

Jaeger. Sono buoni amici, quindi, sì, dev'essere imbarazzante.

«Che c'è?» chiede Cali a Gen. «Il suo sedere è una delle cose perfette della creazione. Dio ha apposto il suo sigillo su quel culo. È *doveroso* ammirarlo.»

«Okay.» Gen scuote la testa e mi guarda. «Come vanno le cose al casinò?»

Cali continua a osservare il suo ragazzo finché sparisce dalla vista.

«Le cose vanno bene» dico esitando.

Sono grata per il lavoro al Blue. Sto facendo più soldi di quanto pensavo fosse possibile quando avevo deciso di trovare un impiego che pagasse meglio. Drake è praticamente sparito mentre aspetta il processo, quindi non mi preoccupo per lui. Ma c'è qualcosa che non sembra giusto al casinò e non riesco a capire che cos'è.

Gen si china in avanti. «Nessuno è stato cattivo con te, vero? Ho dimenticato che avresti avuto turni diversi rispetto a Nessa e Zach.»

Do un'occhiata a Nessa. È arrivata un minuto o due fa e ha ancora in mano la borsa da spiaggia, mentre Zach la sta abbracciando, sollevandola finché ha i piedi a penzoloni. Lei sta ridendo istericamente mentre lui la scuote su e giù come fosse una saliera.

«No, va tutto bene.» Ed è la verità. Uomini che mi fissano lascivi mentre le donne parlano male di me è la norma, ci sono abituata. Posti diversi, stessa situazione.

Ho rinunciato a cercare di capire perché suscito questa reazione nella gente. Ne ho parlato alla mia terapista e lei pensa che in qualche modo io permetta alle mie paure più profonde di trasparire. È quella cosa del serpente che si morde la coda. Ho paura di essere abbandonata e respingo la gente. A volte coscientemente, a volte inconsapevolmente. Non è così con tutti, ma ottengo questo tipo di reazione abbastanza spesso da essere convinta che la mia terapista sia sulla pista giusta.

Jaeger torna alla terrazza e Cali gli sorride radiosa. Si avvicina con una caraffa di Bullfrog, un drink a base di lime e vodka che sembrano amare tutti e riempie i nostri bicchieri di plastica fino all'orlo. Devo ammetterlo, il Bullfrog è fantastico in una giornata di estate indiana. Ce ne sono alcune in autunno, ma presto farà troppo freddo per i pantaloncini, per non dire poi dei costumi da bagno.

Jaeger si china e bacia la testa di Cali. «So che cosa stai facendo e mi piace.» Le sfiora il collo con il naso e lei squittisce. «Sarò il tuo fattorino per tutto il giorno se continuerai a guardarmi in quel modo.»

Pensavo di vomitare vedendo le occhiate amorose che si scambiano Gen e Lewis, ma questi due sono ancora peggiori.

E io sono così gelosa.

* * *

Tyler

Sto cercando di non fissare il corpo di Mira nel suo bikini, ma non è facile. Sto cercando ancora di più di non ascoltare mentre parla del lavoro con Gen e Cali. Non ho intenzione di mentire. Mi preoccupo per lei. Ed è probabilmente ovvio. Visto che ho lasciato perdere tutto per ottenere un impiego al Blue e poterla tenere d'occhio.

Mi dico che è tutto per tenerla al sicuro in modo che possa trasferirsi, ma non posso fare a meno di pensare che ho un altro interesse. *Io* non voglio che le facciano del male.

Quando la mamma di Mira ha piantonato casa nostra

l'altro giorno, aspettandola finché tornassimo dallo shopping, sono entrato per darle spazio. C'è la possibilità che possa aver sentito la loro conversazione attraverso la finestra che avevo socchiuso mentre parlavano in cortile. Quello che ho sentito non mi è piaciuto. Quando sua madre l'ha insultata e l'ha accusata di essere egoista, mi sono quasi imbestialito. Avrei voluto scagliarmi contro quella donna, ma ho mantenuto il controllo. Devo porre un limite a quello che sono disposto a fare per proteggere Mira. Ma è stato difficile restare in disparte e non dire niente.

È una situazione parecchio incasinata. Dal punto di vista di Mira, quella donna è sua madre. Cioè, merda, parliamo di essere fottuti alla lotteria materna. Io sono fortunato, ho una madre meravigliosa. E poi c'è Mira. Sua madre non avrebbe dovuto avere figli. Ma se fosse stato così, Mira non sarebbe qui...

Ho completamente perso il filo della conversazione tra Lewis e Jaeg. Sto annuendo, intervenendo con qualche "mmm-mmm" ogni tanto, senza prestare attenzione. Mira è andata sul bordo del molo un minuto fa, i suoi piedi penzolano nell'acqua e la mia attenzione è concentrata tutta lì. Ha le spalle leggermente piegate in avanti e un'espressione malinconica sul volto. Tutto ciò cui riesco a pensare è come sta e alla nostra passeggiata in bicicletta al tramonto ieri sera. Qualcosa è cambiato tra di noi ieri sera e non so che cosa.

Mira è probabilmente la ragazza più forte che abbia mai incontrato. Pensavo di conoscerla, ma adesso non sono più sicuro di niente... Specialmente dei miei sentimenti.

Vado dov'è seduta, perché non riesco a controllarmi. È da sola, bella, complicata e... Merda, non so perché sono così attratto da lei. È così e basta. È come una di quelle forze della natura che non possono fare a meno della loro attrazione. Si attaccano che lo vogliano o no, carica positiva e negativa, come le bolle sulla superficie dell'acqua ed è così che è quando Mira è vicina. È la forza cui non riesco a resistere.

Ultimamente non ho nemmeno voluto resistervi e mi fa maledettamente paura. Non *voglio* volerla. Adesso la conosco meglio e penso di essere stato uno stronzo accusandola di andare a letto con più ragazzi quando eravamo a scuola insieme, ma non significa che mi fidi di lei.

Nonostante tutto, vado da lei, perché è una bolla sulla superficie e la mia bolla vuole strofinarsi e restarle vicino.

«Ehi» le dico sedendomi vicino a lei, con le ginocchia allargate sopra il bordo del molo, sfiorandole la gamba. Un uomo ha bisogno di spazio. Beh, sì, voglio solo toccarla. «Lewis ti ha convinta riguardo i mostri del lago?»

Lei sorride con la bocca, ma il potere del suo sorriso è nei suoi begli occhi, gli angoli che si arricciano mentre guarda il lago. «Ti ha raccontato la storia?»

«No, ho sentito per caso Gen che la raccontava a Cali. A me sembrano un mucchio di stronzate per spaventarla, in modo da poter...» Mira mi guarda quando smetto di parlare. «Sai...»

Sorride impertinente e il mio cuore accelera. Mi sorrideva in questo modo quando studiavamo insieme, il sorriso che pensavo fosse solo per me. «Non lo so. Perché un ragazzo dovrebbe cercare di spaventare una ragazza, Tyler?»

Bene. Quel sorriso non mi fa più niente. Okay, completa bugia. Ma almeno riesco a mantenere il controllo e non ammattire per lei come facevo quando ero più giovane.

Sa che cosa volevo dire. Mi sta stuzzicando.

Mi chino finché ho le labbra vicino al suo orecchio. Il profumo dei suoi capelli mi marchia i sensi e mi stordisce per un momento... *Fottuti feromoni.* «In modo da poterla toccare... Sai, per confortarla.»

Le manca il fiato per un attimo e deglutisce, passandosi nervosamente la mano lungo la gamba nuda. Il mio sguardo la segue, perché è in bikini e il suo corpo mi toglie il fiato. Ho cercato di evitare di guardarla, con lei seduta dall'altra parte del molo, ma così vicina non è minimamente possibile che non la fissi.

Dopo aver parlato mi rendo conto che è esattamente ciò che è successo tra di noi l'altro giorno, quando è tornata a casa sconvolta dal lavoro. Avevo voluto confortarla. Avrei potuto limitarmi alle parole ma non l'avevo fatto. L'avevo toccata, abbracciata. Perché è il modo in cui voglio confortare Mira quando è angosciata. Le parole non bastano.

«Lewis dice un mucchio di stronzate. Gli piace la storia del mostro del lago, Ong, ma la rigira a seconda di chi lo sta ascoltando.»

«Mi stai dicendo che aveva un secondo fine?» Non riesco a evitare di sorridere mentre aspetto la sua reazione.

«Non lo so, Tyler. Tu che ne dici?» mi chiede, sarcastica.

Mmm, mi chiedo se pensa che io avessi un secondo fine quando l'ho confortata l'altro giorno. E quando le ho chiesto di venire in bicicletta con me. Non è così. Volevo veramente assicurarmi che stesse bene. E passare del tempo con lei. Mi era piaciuto toccarla però. «Penso che preferirei non parlare della migliore amica di mia sorella, che per me è come un'altra sorellina, e del suo ragazzo che fanno sesso.»

«Io penso che preferirei non parlare della mia figura fraterna e della sua ragazza che fanno sesso.»

«Ora che l'abbiamo chiarito...» le do una spinta sulla spalla e lei asseconda il movimento. Quando si raddrizza si ferma quasi addosso a me. «Perché sei qui, così pensierosa?»

Mira sorseggia il suo drink da ragazze senza guardarmi. «Meglio che tu non lo sappia.»

Adesso *devo* saperlo. «Prova comunque a dirmelo.»

Lei alza gli occhi, quegli occhi penetranti e di colpo mi chiedo se non abbia ragione. Non voglio saperlo. L'espressione sul suo volto è un po' troppo acuta. «Perché sei tornato in città?» mi chiede.

Avrei decisamente dovuto tenere la bocca chiusa.

Sospiro a lungo. Non ho detto nemmeno a Cali ciò che è successo in Colorado. Ho veramente intenzione di condividerlo con Mira?

«Sono successe alcune cose da cui dovevo allontanarmi, schiarirmi le idee.»

«Potresti essere ancora un po' più vago?»

Faccio una smorfia. Franca e decisa, come al solito. «Avevo una relazione.» Mi si stringe il cuore solo pensando ad Anna e a ciò che è successo. Non riesco a credere che lo sto raccontando a Mira. Sotto sotto, penso segretamente che Mira sia in parte il motivo per cui le cose che non andavano così bene tra me e Anna. Mira mi aveva portato via la capacità di amare una ragazza.

«Eravamo... Fidanzati» dico.

Lei si irrigidisce. Guarda indietro, ma gli altri sono assorbiti nella loro conversazione. «Cali sa...»

«Cali non lo sa. Non lo sa nessuno. Il fidanzamento era una cosa recente. Avevamo appena deciso... Beh... Non lo avevo ancora detto a nessuno. Non importa. È finita subito dopo.»

Mira fissa il suo bicchiere. «Mi dispiace.»

A *me* dispiace? Sono così maledettamente dispiaciuto per ciò che è successo ad Anna, ma non che il nostro fidanzamento sia finito ed è il motivo per cui sono una testa di cazzo. Se mi fosse importato di più, se avessi amato

Anna come avrei dovuto, le cose sarebbero finite in quel modo?

«Anche a me» dico.

Lei mi osserva e questa volta sembra svuotata, come se la mia confessione le avesse risucchiato la vita.

Mi sento vuoto anch'io.

Vorrei dirle che va tutto bene, che sto bene. Ma non è vero.

Capitolo Ventidue

Mira

La confessione di Tyler, una settimana fa, che era stato fidanzato mi ha colpito duramente. È ciò che mi aspettavo quando se n'era andato dalla nostra città natale, ma non ero comunque pronta a sentirgli dire direttamente che si era innamorato di un'altra. Realistico o meno che fosse, sognavo che sarei stata io quella a cui avrebbe dichiarato amore eterno, un giorno. Sapere che era pronto a sposare un'altra mi ferisce profondamente e sto coprendo quella ferita con le lunghe ore al lavoro ed evitandolo a casa. Solo che le mie lunghe ore al lavoro non sono state così benefiche per il mio umore come pensavo che sarebbero state.

Quest'ultima settimana al Blue è stata un misto di idiozie (da parte mia) e di stress. Hayden aveva detto che sarei stata la sua assistente alle risorse umane e anche del direttore dell'ospitalità finché non avessero trovato un sostituto. Beh, Hayden e io siamo state così prese a spegnere gli incendi del personale, dato che stiamo entrambe imparando come funzionano le cose, che Hayden ha redatto solo di recente l'offerta d'impiego per quella posizione. Per aggiungere altra pressione, il Blue si sta preparando per un grande festival musicale col risultato di un mucchio di lavoro extra per entrambe. In breve, faccio due lavori senza sapere come fare bene nessuno dei due.

Dopo il diploma ho lasciato la casa dei Sallee e sono andata a vivere da sola, lavorando come hostess al casinò, senza fare lavori d'ufficio. Qui in mezzo ai dirigenti del Blue, sono una neofita, in tutto. Ho commesso talmente tanti errori che perfino i colleghi maschi hanno smesso di guardarmi in modo lascivo e cominciano a lanciarmi sguardi impietositi.

È veramente una triste circostanza quando gli uomini smettono di guardarti come fossi un pezzo di carne. Cioè, non mi è mai piaciuto, ma accidenti!

Guardo le istruzioni laminate attaccate alla stampante. Sto solo cambiando la cartuccia del nero. Facile, no? Sono sicura di farcela.

Fantastico, adesso mi sto rivolgendo da sola affermazioni positive.

La mia terapista me le fa ripetere. Cose come: *È facile volermi bene, sono speciale, sono degna di lealtà*. Teoricamente, se le ripeto abbastanza volte riusciranno a radicarsi nel mio cervello e questa aura di sventura in cui mi muovo, nella quale tutti mi abbandoneranno, si dissiperà e smetterò di respingere la gente con le mie vibrazioni negative. La mia terapista ha detto subito che non era colpa mia se erano successe quelle cose. Sono stata sfortunata in fatto di genitori, con l'eccezione dei Sallee che hanno fatto del loro meglio per compensare ciò che mancava ai miei genitori biologici. Ma dice che non può farmi male costruirmi un dialogo interiore positivo.

La mia terapista ha delle teorie un po' folli, ma mi piace.

Sapete una cosa? Nonostante le affermazioni positive, questa roba d'ufficio fa paura. Come questa, per esempio. *Non gettare sul fuoco le cartucce di toner esauste perché il toner residuo potrebbe prendere fuoco.* Davvero, che cos'è? Polvere da sparo?

Vabbè. Ce la posso fare. Sono capace. Sono intelligente.

«*Aprire il coperchio per la sostituzione del toner. Togliere la cartuccia dall'alloggiamento*» leggo ad alta voce.

Fatto e fatto.

Vado all'armadio del materiale d'ufficio e prendo la scatola con il nuovo toner nero.

«Ehi.»

Sobbalzo e mi metto una mano sul petto, guardando furiosa la bella figura sulla soglia. «Porca paletta, Tyler. Non avvicinarti in questo modo.»

Lui entra nella stanza. «Perché sei così nervosa? Sono qui da un minuto a guardarti mentre parli da sola.»

Okay, imbarazzante. «Non hai niente di meglio da fare?»

Lui arriccia le labbra come se stesse riflettendo. «Forse, ma è più divertente così.»

«Cambiare le cartucce della stampante è divertente?»

«Guardare te farlo è divertente.»

«Okay, adesso te ne puoi andare» gli dico guardandolo furiosa.

«Nooo, penso che resterò.» Incrocia le braccia sul petto, un sorriso malizioso sul volto.

Perfetto. Un pubblico. Tyler, poi.

Vabbè, è solo una stampante. Che fa se mi arriva al petto e assomiglia a R2-D2? Ce la posso fare. Ho letto le istruzioni.

Apro la confezione della cartuccia e ignoro Tyler nella

sua divisa sexy da guardia di sicurezza, e ovviamente non è tanto la divisa quanto il corpo favoloso di Tyler che c'è dentro.

Accidenti, adesso sto pensando a quanto stava bene con i bermuda da bagno.

Faccio un respiro profondo. Non ho intenzione di andare a rileggere le istruzioni con Tyler che mi guarda da sopra la spalla. Gli darebbe più munizioni per prendermi in giro. Ricordo che cosa dicevano le istruzioni. Quasi tutto. Non può essere così difficile. Qualcosa riguardo al togliere il sigillo e scuotere la cartuccia tenendola per entrambi i lati, probabilmente per decomprimere il toner.

Visto? Buon senso. Ce l'ho.

Rimuovo il sigillo come da istruzioni, viene via facilmente e lo butto nella spazzatura. Tenendo entrambi i lati della cartuccia, con indifferenza, come fossi una pro...

«Aspetta...»

Do una bella scossa.

E schizzo robaccia nera sulla mia camicia, il pavimento... la parete?

Oh, cavolo.

Sento ridacchiare piano e mi volto vedendo Tyler che ha chiuso gli occhi, probabilmente per trattenere le lacrime. Maledizione!

«Forse avresti dovuto aspettare a togliere il sigillo *dopo* averla scossa» dice.

Do un colpetto alla polvere nera sulla camicetta. «E me lo dici solo adesso?»

«Ho cercato di fermarti. Ti comportavi come se sapessi che cosa stavi facendo. O stavi fingendo?» I suoi occhi dicono che conosce benissimo la risposta a quella domanda.

«Stronzo.»

«Ehi,» dice continuando a ridacchiare e chiudendo la

porta quando un collega cerca di sbirciare dentro, «non arrabbiarti con me.» Si avvicina e ispeziona il disastro. «Non è poi tanto male. Tieni la voce bassa e ripuliremo tutto senza che nessuno lo sappia.»

Tyler mi toglie la cartuccia del toner dalle mani e la inserisce nella macchina, con fare esperto, chiude il coperchio e preme un paio di tasti.

Guarda la mia camicetta bianca coperta di fuliggine nera. «Quella è andata.»

«Credi?» dico, con puro sarcasmo.

Afferro in fretta dei tovaglioli di carta dall'armadio e mi tolgo la fuliggine dalle mani. Tyler ne prende anche lui qualcuno e comincia a tamponarmi la manica e il petto, che, me ne rendo conto adesso, è macchiato di toner. Perfetto.

Tyler allunga la mano verso un punto accanto alla clavicola e la sua nocca mi sfiora il capezzolo. Qui fa freddo e sono agitata e, beh, merda, sono un po' contratti.

Devo aver ansimato. Di sicuro mi sono pietrificata, perché Tyler smette di fare quello che stava facendo. Fissa la sua mano a un centimetro dal mio seno, fermo a metà del gesto. Non dice niente. L'imbarazzante tensione è così spessa che si potrebbe tagliarla con il coltello. Poi alza lo sguardo sui miei occhi, con il petto che si alza e si abbassa pesantemente.

La mano vuota si sposta verso l'alto e la guarda inquieta. Di colpo, la tensione non sembra più imbarazzante, ma di un tipo diverso cui non sono abituata, ma che provo regolarmente quando Tyler è vicino. Mi mette la mano sulla guancia e la punta delle sue dita lunghe e calde mi sfiora la nuca.

Chiudo gli occhi. So come andrà a finire. Lo sento. L'attrazione irresistibile. Non riesco a guardare. Sono sulle montagne russe, sto per cadere dal punto più alto e non ho intenzione di guardare per vedere se manterrà la promessa nei suoi occhi.

Labbra morbide incontrano le mie e dalla gola mi sfugge il più lieve dei gemiti.

Oddio. È così tanto che aspetto. Non lo sapevo, ma è così. Stavo aspettando Tyler.

Tyler mi infila le dita tra i capelli, piegandomi la testa mentre la bocca preme più forte e il tocco della sua lingua fa effetto in posti molto più a sud. Sono stordita, il cuore sta cercando di uscirmi dal petto mentre le nostre bocche si scontrano, si ritraggono per un bacio leggero, poi si fondono di nuovo. Non oso alzare le mani per toccarlo, temendo di spezzare l'incantesimo.

Il suono di qualcuno che si schiarisce la voce fa staccare Tyler. Mi fissa col calore negli occhi prima di guardare indietro.

«Salve, signorina Tate. Me ne stavo giusto andando» dice in fretta, con la voce roca. Mi dà un'occhiata enigmatica poi esce mentre Hayden entra nella stanza.

Non ricordo di aver sentito la porta che si apriva. Non ho sentito niente tranne il battito fortissimo del mio cuore mentre Tyler mi baciava... Di fronte al mio capo.

Questo è un posto di classe e io stavo pomiciando nella sala copie. Perfetto, proprio perfetto.

«Hayden» dico. «Mi dispiace tanto. Non so come sia successo.»

Lei chiude la porta e si volta a guardarmi. «È carino» sussurra anche se ci siamo solo noi due.

«Io... Cosa?»

«Cioè, voi due non dovreste, sai, al lavoro, ma tu dovresti decisamente farlo. Me ne sono quasi andata. Mi sembrava di essere un'intrusa.» Si sventola la faccia. «Devo uscire di più perché era...» Annuisce come se approvasse quello che sta pensando. «Sexy.»

Chi è questa ragazzina? Hayden è il mio capo, giovane ma formale, non questa ragazzina con le guance un po' arrossate che sta spettegolando su un ragazzo.

«Ho versato del toner. Lui mi stava... Uhm... Aiutando?» La frase mi esce come se fosse una domanda, perché non ho capito come siamo andati da Tyler che mi aiutava a ripulirmi alle nostre bocche che si stavano divorando. Hayden sorride maliziosa poi guarda il braccio che alzo come prova.

Fa una smorfia. «Ho un cardigan che puoi prendere in prestito.»

«Grazie.» Tolgo l'ultima traccia di toner dalla parete e vado alla porta, quasi fluttuando, mezzo stordita. Che cos'è appena successo con Tyler? E ad Hayden davvero non importa?

«Mira...» Hayden mi tocca il braccio, sorprendendomi. «Io sono a favore dell'amore e del romanticismo, ma non puoi farlo qui.»

«Mi dispiace. Non succederà più.»

Lei annuisce, decisa. «Non possiamo dare loro nessun motivo di dubitare di noi.» Non dice a chi. «Ho un certo potere, visto che sto aiutando il casinò con la sua immagine, ma non voglio dare al Blue un motivo per licenziarmi. E non dovresti nemmeno tu.»

«Te lo prometto, Hayden. Quello che hai visto era...» Non riesco a finire la frase. Non so che cos'è appena successo. Qualcosa che non ho mai pensato fosse possibile.

Tyler mi ha baciata. E l'ho sentito in tutto il corpo.

Viviamo insieme ma non ha mai cominciato niente del genere. Non so perché l'ha fatto qui, adesso, ma non mi lamento. Tranne che... Non posso perdere questo impiego, o mettere in pericolo quello di Hayden. Ha ragione. Non possiamo fare un passo falso qui al Blue. Ma, oddio, spero...

Non ho intenzione di completare quel pensiero perché ogni volta che spero in qualcosa, i miei desideri non si avverano mai. Tranne che sogno di baciare Tyler da quando è tornato e quel sogno è diventato realtà.

* * *

«Nessa» dico mentre intingo un filettino di pollo impanato nella salsa barbecue. Ho appena finito di lavorare e siamo nella mensa del Blue, nel seminterrato, a cenare prima che cominci il suo turno. «Pensi che i sogni si avverino? Tipo, quelli più azzardati?»

Nessa sparge del sale sulle sue patatine. «Certo. Ma immagino che dipenda dal sogno. Se hai intenzione di volare sulla luna...?»

«No, ovviamente no. Sembra solo che... Beh... Volere qualcosa sembra assicuri che non succederà mai.»

Nessa mi fissa per un attimo. Ha la divisa da cameriera di sala del Blue e il bustier del top con le paillettes le spinge in alto i piccoli seni fino a farli sembrare mezzelune. Ha la vita sottilissima e bellissimi capelli neri diritti. Io devo raccogliere la mia massa ondulata in una coda di cavallo come prima cosa al mattino, altrimenti diventa un nido arruffato. «Immagino che a volte sia vero, ma penso che dipenda dal fatto che la cosa che vuoi non va bene per te. Se, ad esempio, anche se lo vuoi, non è il caso che tu percorra quella strada, capisci.»

Le sue parole sono sincere, e, accidenti, non mi piacciono.

Il cuore mi ha sempre detto che Tyler è quello giusto

per me. Ma che io lo stia respingendo o che sia lui a respingere me, le cose non hanno mai funzionato.

Poi c'è stato oggi.

Qualche cosa è cambiata o forse ci stavamo muovendo in questa direzione fin dall'inizio. Tyler mi ha baciata. È stato nuovo e familiare allo stesso tempo e così sincero che ha detto più che se avessimo parlato.

Non mi meraviglia che Hayden sia entrata senza che la notassimo. Avrebbe potuto suonare la sirena antincendi e mi ci sarebbe voluto un minuto per capire dov'ero. Il bacio di Tyler era calore ed emozione e aveva svuotato la mia testa da ogni singola cellula cerebrale.

«E se ci fosse la possibilità di avere quello che pensavi di non poter avere? Una persona con cui hai sempre voluto stare.»

«Uhm... Buttati?» dice come se fosse l'unica soluzione logica. «Se potessi... Beh, diciamo solo che se mi piacesse un uomo, e non dico che sia così, ma se così fosse, mi butterei sulla possibilità di concludere.»

Roteo il mio filettino nella salsa barbecue con le guance che diventano calde al pensiero di imboccare di nuovo quella strada con Tyler. «Davvero? E se ci fosse solo quello?»

Ci sono passata e mi ha fatto male da morire vedere Tyler che lasciava la città. Posso affrontarlo un'altra volta?

«Meglio aver amato e perso, sai. Sono piuttosto sicura che l'abbia detto qualcuno veramente intelligente.» Sorride, fiera di sé.

Ha ragione però. Sogno di stare con Tyler da quella che sembra tutta la mia vita e adesso forse c'è una possibilità. Piccola, perché era sembrato sorpreso dal bacio quanto me. Ma se comincia ad avere dei ripensamenti su di me, sul tentare di nuovo... Vorrei dargli una possibilità.

Chi sto prendendo in giro? Lo voglio, assolutamente. Non c'è il minimo dubbio.

«Sei cambiata» dice Nessa, con un'espressione seria.

«Che cosa vuoi dire?» Sto mostrando le mie emozioni? O, peggio ancora, si è saputo di quel bacio? Non ho notato una rete di pettegolezzi, ma sono nuova. La gente parla.

Lei china di lato la testa. «Sembri più felice.»

Sorrido timidamente. «Grazie.»

La mia terapista mi ha aiutato con i problemi che riguardano mia madre. E questo nuovo impiego, nonostante le mie varie gaffe, mi sta impegnando e mi fa desiderare di venire a lavorare. C'è ancora parecchio che non va, ma mi sento più felice.

«Tua madre te ne ha fatte passare un sacco, Mira. Nessuno avrebbe potuto superarlo senza conseguenze. Ma sono veramente orgogliosa di te perché ti stai facendo aiutare. Hai accettato che Lewis passi del tempo con Gen.»

Non sono fiera di come mi sono comportata quando Lewis ha cominciato a frequentare Gen e non mi piace sentirmelo ricordare. «Non ho mai pensato che l'avrei detto, ma sono contenta che stia con lei. Almeno ha scelto una brava persona.»

«Vero. Non si sa mai con questi uomini.» Nessa stringe le labbra e prende la sua bibita, bevendo un sorso.

L'unico uomo single che resta nella nostra ciurma è Zach. Sta dicendo che dubita della capacità di Zach di scegliere una brava ragazza?

Non posso darle torto. Zach è un tipo volubile. All'inizio pensavo provasse qualcosa per Nessa, ma non sono mai andati oltre. In effetti, sembrano ancora più amiconi di sempre.

«Non credo che dovresti rinunciare al lieto fine» dice.

«Concentrati sulle cose belle e succederanno cose belle.» Ridacchia. «Pensiero profondo, eh?»

«Forse no, ma credo che ci sia del vero.»

Capitolo Ventitré

Arrivo a casa dal lavoro, dopo la cena con Nessa, e una berlina nera con i finestrini oscurati si allontana dal cottage. È fuori posto nel nostro quartiere e mi ricorda di un'altra volta in cui qualcosa sembrava fuori posto. Nella foresta, quando quegli uomini sono apparsi dal nulla.

Mi avvolgo le braccia intorno alla vita e percorro in fretta il vialetto. Una volta dentro, chiudo a chiave la porta, agitata. Mi sono abituata ad avere intorno Tyler. Mi dà un senso di sicurezza. Non posso evitare di sentirmi delusa che non ci sia, specialmente dopo ciò che è successo nella sala copie. Non so che cosa abbia significato quel bacio, oggi, o se la sua assenza adesso voglia dire qualcosa, ma mi piacerebbe saperlo.

Faccio una doccia e mi depilo le gambe. No, non mi sto assolutamente preparando per qualcosa. È solo che le mie gambe sono una foresta. Semplice igiene femminile. Mi passo la lozione al profumo di vaniglia e prendo un paio di pantaloncini del pigiama a vita bassa dalla cassettiera, insieme a una canottiera.

Dopo aver asciugato i capelli con l'asciugamano li lascio sciolti. Potrei usare l'asciugacapelli, ma se entrasse Tyler mentre mi sto facendo bella? L'ultima cosa che voglio è che pensi che ho fatto tutto per lui. Il suo ego è già smisurato così. Non voglio che pensi che lo stavo aspettando.

Quando entrerà mi comporterò come se non mi avesse baciato fino a farmi diventare ebete. Così, se nel frattempo avrà cambiato idea riguardo a questa faccenda di baciarci, non ci sarà imbarazzo. All'esterno sarò completamente indifferente.

Dentro di me... Non così tanto.

Mi metto degli orribili calzini da notte pelosi e sollevo i piedi sopra il divano, telefono in mano. Potrei guardare la TV ma ho bisogno di qualcosa che mi distolga la mente da Tyler. Apro l'app del poker per vedere se SuperMom è collegata. È una casalinga di Oklahoma, che mi disintegra ogni settimana.

SuperMom è online e non mi sorprende. Penso che giochi a poker con chiunque voglia partecipare, mentre si occupa dei figli. Non faccio più ingannare dal "mamma" in SuperMom. È dolce, ma è anche uno squalo, quindi mi devo concentrare. Ed è ciò che voglio. Qualcosa che mi distolga dai miei pensieri.

Dopo sei o sette mani, riconosco il suono della Land Cruiser di Tyler che si immette nel vialetto. E la mia concentrazione se ne va.

Io: *Devo andare SuperMom.*

SuperMom: *Okay, i ragazzi sono finalmente a letto. Torna più tardi se hai tempo, per farti distruggere un'altra volta.*

È così modesta. Ho bisogno di un'altra lezione come di altri motivi per fare la figura dell'idiota al lavoro, ma almeno SuperMom è gentile. Scommetto che è veramente una brava mamma. La mia non si è messa in contatto con me ed è ciò che mi aspettavo. Ero preparata al suo silenzio, ma fa comunque male. Questa volta però non ho intenzione di permettere al mio dolore di portarmi sulla via sbagliata. Se mia madre vuole avere un legame con me, deve venirmi incontro a condizioni eque.

Non mi sposto dal mio posto, spaparanzata in lungo sul divano, con le gambe incrociate appoggiate al bracciolo dall'altra parte. Controllo le mie e-mail, alcuni post di notizie sensazionali di Yahoo! che sono troppo distratta capire veramente. Finalmente sento il rumore della porta d'ingresso che si apre, sforzando come al solito, e le mie spalle si irrigidiscono. Le abbasso immediatamente e clicco su un nuovo articolo. Avevo quasi annullato l'abbonamento mensile, ma è l'unica stravaganza che mi permetto. L'unico mio legame con il mondo esterno. Non voglio perdere anche quello.

Sento Tyler che chiude la porta e si avvicina al divano.

Finalmente, quando non resisto più, alzo gli occhi... E poi non riesco a distoglierli.

Tyler è in piedi sopra di me, in jeans e t-shirt e fissa le mie gambe nude. Poi il suo sguardo risale lentamente verso i miei occhi.

Oh merda. *Mayday, mayday.*

È cominciato.

Tyler getta le sue chiavi sul ripiano, nello stesso punto in cui le lascia sempre, senza distogliere gli occhi dalla mia faccia.

Si china e mi afferra le caviglie sopra i calzini pelosi. Io fisso la sua mano grande, calda, elettrizzante mentre scivola lentamente verso l'alto. Ho il cuore che batte forte, sul punto di catapultarsi fuori dal petto, che sta alzandosi e abbassandosi come un mantice perché non riesco a controllare il respiro. Con l'altra mano, afferra il telefono, che, mi rendo conto, sto stringendo come un coltello, me lo toglie e l'appoggia sul pavimento.

La mano sulla mia gamba risale verso il fianco e dalla bocca mi sfugge uno sbuffo d'aria. La voglia di toccarlo è straziante, ma, se lo vuole, dev'essere lui a farlo succedere. Non sarò io quella che lo seduce, questa volta.

Fisso quei pallidi occhi azzurri che d'improvviso sono molto più scuri, con le pupille che coprono gran parte dell'iride. Ha entrambe le mani sui miei fianchi adesso e le guarda mentre scorrono verso l'alto, in vita; i pollici finiscono sotto il seno, finché il palmo mi copre il petto sopra il cuore che sta impazzendo, poi il collo e finalmente la guancia, dove le mani si fermano, mentre lui mi fissa le labbra.

Sto ammattendo, mi sembra di strisciare fuori dalla pelle. Se non mi bacia alla svelta non so fino a quando riuscirò a non afferrarlo.

Tyler si china e le sue labbra toccano le mie, così dolcemente, così teneramente che tremo dappertutto. Questo bacio è diverso da quello nella sala copie, bollente e disperato, come l'acqua che riempie le fessure nel suolo del deserto. Questo bacio è struggente, con tanto desiderio dietro ogni lieve sfioramento.

Gli avvolgo le braccia intorno al collo e lo tiro vicino perché ho ricevuto il messaggio. Lo vuole e lo voglio anch'io.

Tyler si appoggia con una mano allo schienale del divano e mi copre con il suo corpo. La mia gamba scivola sul pavimento e lui incastra i fianchi tra le mie cosce. Lo sento duro e grosso contro un posto molto sensibile che in questo momento sta pulsando, ma non si muove né si strofina. Mi passa le dita tra i capelli, massaggiandomi le tempie con i pollici. «Mira...» Sospira, come se non servissero altre parole.

Mi sento preziosa e mi sta quasi uccidendo. Lo desidero tanto e mi terrorizza allo stesso tempo. Ma non permetterò alle paure che ho covato di prendere il controllo di questo momento.

Questa volta non nasconderò i miei sentimenti.

La sua bocca cerca la mia, ma le sue labbra sono morbide, la lingua flirta e stuzzica. Gli passo le mani lungo i fianchi, fino alle cosce, dove lo afferro con tutta la passione che brucia da tanto.

Tyler geme nella mia bocca e sposta la mano sul petto, sopra il seno, dove si ferma per passare il pollice sul capezzolo. Mi dimeno, perché è impossibile restare ferma quando lo fa. La mano scende alla vita e, all'orlo della canottiera, la rialza e me la passa sopra la testa senza esitare.

Era la canottiera del pigiama e non porto il reggiseno.

È passato tanto tempo da quando l'ho fatto l'ultima volta e sono nervosa. Sono mezza nuda e deve spogliarsi anche lui. «Togliti la maglietta» dico.

Tyler appoggia il piede sul pavimento e porta la mano alle scapole per tirare la maglietta sopra la testa, per poi riportare immediatamente la bocca sulla mia. Solo che adesso siamo pelle contro pelle e non credo che ci sia niente al mondo di più bello di quella calda di Tyler sulla mia.

Mi passa le dita sulla spalla, lungo il braccio, fino alla mano che stringe, riscaldando quel posto nel cuore che ho sempre protetto. Bacio la lieve fossetta sul mento, la corta barba che mi punge le labbra in cima alla gola, tornando alla sua bocca, morbida e imperiosa. Mi bacia come se stesse adorando le mie labbra e l'emozione che trasuda è così intensa che quasi mi stacco per riprendere il fiato.

Non lo faccio. Lo bacio con tutto quello che ho mai provato per lui.

Il petto di Tyler si alza quando inspira profondamente e si stacca, spostando il peso facendoci oscillare entrambi sul divano. Il suo sguardo ardente resta su di me per lunghi secondi, gli occhi sono ancora scuri e intensi. «Dove vuoi farlo?»

Sta veramente succedendo. Non mi chiede se sono sicura, solo di dire dove. E, oddio, perché questa cosa è così sexy?

Poi ricordo Tyler e l'ultima donna con cui l'ho visto sul divano, immagine che cerco di cancellare dalla mia mente, ma che resta sempre lì... «Non qui.»

«La tua stanza.»

«No, la tua.» Voglio tutto di Tyler, il suo corpo, il suo cuore... il suo letto. Non mi interessa se è nel soppalco. Meglio, perché è il suo spazio. Tutto suo.

Tyler si alza in fretta e mi tira su. Ho il petto completamene nudo e, anche se Tyler l'ha già visto, l'istinto mi porta a coprirmi.

Lui non dice niente. Mi guarda mentre mi tolgo i calzini e salgo la scaletta a piedi nudi. Mi segue in fretta, tenendo le scarpe e le calze.

Lo sento dietro di me mentre mi arrampico, il calore del suo corpo così vicino, la mano sulla mia schiena nuda, per impedirmi di cadere. Scalo il resto della scaletta e gattono sul letto che occupa la maggior parte del soppalco.

Tyler si mette di fianco a me e mi tira vicina, e la sua bocca è immediatamente sulla mia, mentre mi abbassa i pantaloncini del pigiama. Ho un attimo di esitazione. Una scintilla di preoccupazione, che questo sia tutto ciò che saremo l'uno per l'altra, la stessa preoccupazione di cui ho parlato con Nessa.

«Aspetta.» Spingo sul suo petto con la mano e lui si tira indietro.

Tyler e io siamo stati solo amanti, niente di più. Io voglio di più. Fisso il suo bel volto, ammirando la linea dei suoi zigomi, il mento forte, i begli occhi pieni di emozione.

Mi bacia teneramente la guancia, studiandomi gli occhi. «Okay?»

La sua espressione è così gentile e, se la leggo nel modo giusto, amorevole. Mi sta chiedendo se va tutto bene.

Il consiglio di Nessa è di cogliere l'attimo. Io non stavo vivendo, solo sopravvivendo. Questo, adesso, è vivere.

Gli metto il braccio intorno alla schiena, premo le labbra sulle sue e lo tiro vicino.

Le mani di Tyler tornano sui miei pantaloncini del pigiama e me li toglie, facendoli sparire di fianco al letto. L'unica barriera che resta tra di noi sono le mutandine di pizzo e i suoi jeans.

Gli passo le mani lungo i rilievi dei muscoli del petto e delle braccia. Non è eccessivamente massiccio, ma la sua forma è così perfettamente maschia che non riesco a smettere di passare le mani su e giù sulla pelle liscia... E giù. Voglio andare più giù.

Gli tiro la cintura dei jeans, per aprire il bottone. Tyler si volta sulla schiena e gli slaccio i pantaloni. Lui li spinge in basso e poi li scalcia di lato, prima di riportare la bocca sul mio corpo. Questa volta sul mio petto, dove lascia una scia umida con le labbra intorno al seno e al capezzolo. Evita accuratamente quel punto sensibile e mi sta uccidendo.

Mi inarco e lo tiro più vicino. Tyler mi appoggia la mano sul sedere e mi tira contro di lui, proprio dove è duro e lungo, poi avvolge la bocca intorno al mio capezzolo, succhiando e facendolo rotolare con la lingua.

Oh mio Dio, ne ha imparate di cose...

Dovrebbe infastidirmi, perché mi ricorda che ha fatto pratica con altre donne, ma sapete una cosa? Non riesco a trovare l'energia per restarci male. È talmente bello!

Tyler riserva all'altro seno la stessa folle attenzione, muovendosi piano tra le mie gambe, facendomi impazzire. «Tyler, io...» *Voglio di più, adesso.*

La sua reazione alle parole cui non riesco a dare la voce è di passare la bocca lungo il centro del mio stomaco, sopra le mutandine, dove mi bacia *lì*, il ragazzaccio.

Mi sfuggono suoni soffocati, inarticolati mentre si sposta tra le mie gambe. Me le allarga e strofina il viso all'interno delle cosce, premendo baci leggeri sulla pelle estremamente sensibile.

«Tyler» dico, questa volta con più insistenza.

Lo sento sorridere contro la mia gamba, poi le mie mutandine scivolano lungo il corpo. Si toglie i boxer insieme alla mia biancheria e pianta baci sulla mia gamba. Non so che intenzioni abbia, ma sarà meglio che si muova perché tutta quell'attenzione "esperta" che mi sta riservando mi fa volere delle cose. Certe cose. Dentro di me. *Adesso.*

Prima che capisca che cosa sta succedendo, una lingua calda e bagnata lecca il centro del punto in cui mi aspettavo altre parti di lui. Ansimo.

Lui alza gli occhi, inarcando un sopracciglio. «Ancora?»

Lo fisso perché, oddio, che cosa mi sta facendo? Mi scioglierò sul materasso se continua così. Devo effettivamente concentrarmi per tornare alla sua domanda.

Voglio che mi lecchi lì?

Visto com'è stato favoloso, uhm, direi di sì. Per favore. Lo voglio dentro di me, dopo tutto il tempo in cui siamo rimasti divisi, emotivamente e fisicamente, per unirci nel modo più intenso che posso immaginare? Sì. Certo.

E poi torniamo a quello di cui ho sentito parlare ma che non ho mai sperimentato personalmente.

Perché l'unica volta in cui ho fatto sesso è stata quella volta con Tyler.

«Ti voglio... dentro di me» dico esitante.

La sua espressione diventa seria, come se le mie parole lo preoccupassero.

Il panico comincia a invadermi. Può tornare a quello che stava facendo. Voglio solo sentirmi legata a lui.

Prima che possa chiedergli che cosa c'è che non va, si sta arrampicando sul mio corpo, premendomi contro il letto mentre allunga la mano verso lo scaffale e apre una scatola. Fruga e poi strappa la confezione di un preservativo e se lo infila.

Tyler si sistema tra le mie gambe e lo sento *lì*, proprio dove lo voglio. Solo che sto tremando e questa volta è colpa dei nervi. L'ultima volta in cui Tyler e io l'abbiamo fatto non era finita bene. Cioè, era stato bello. Ma non era pronta per le emozioni che aveva suscitato.

Appoggia le mani ai lati della mia testa, accarezzando piano l'arco dei miei zigomi con i pollici. Mi fissa negli occhi e le mie preoccupazioni svaniscono, perché l'espressione sul suo volto è di pura tenerezza, forse di più. Non distolgo gli occhi. Voglio che capisca che cosa significa lui per me. Che non si era mai trattato solo di sesso.

Tyler si spinge in avanti, muovendosi dentro di me e sono travolta dalle sensazioni, tiro indietro la testa, con le braccia strette intorno alle sue spalle. Sembra grosso, il punto di unione è stretto, ma oh, è così bello.

Tyler abbassa la testa sul mio collo e lascia una scia di baci fino alla mia bocca, con le labbra che si muovono in fretta, al contrario del resto del suo corpo, lento e sensuale.

Sto formicolando dappertutto e la pressione sta salendo

nel punto in cui siamo uniti. Tyler infila la mano tra di noi e strofina un punto che mi fa vedere la luna e le stelle.

Interrompo il bacio quando qualcosa mi colpisce, facendomi esplodere in un milione di pezzi. Ruoto la testa da una parte all'altra, gemendo. È troppo ma non voglio che finisca, perché non ho mai provato niente di simile prima d'ora.

Tyler accelera e tutto ciò che posso fare è aggrapparmi a lui, con gli arti che ancora formicolano per l'ondata che mi ha travolto. Porca paletta. Gli orgasmi sono la mia cosa preferita, subito dopo Tyler. Beh, lui è sempre stato il mio preferito, ma adesso voglio lui *e* gli orgasmi. Perché, oh mio Dio!

Mi sta tempestando il volto di baci, lungo il collo, finché chiude stretti gli occhi, il suo corpo si irrigidisce e gli sfugge un gemito profondo.

Gli bacio la mandibola, la bocca, finché crolla sopra di me, appoggiandosi alle braccia in modo da non schiacciarmi. È pesante ma mi piace. Mi piace la sensazione di averlo sopra di me, dentro di me. Vicino.

Ho un enorme sorriso sul volto mentre mi accoccolo contro il suo collo e il petto. L'ultima volta in cui siamo stati insieme mi ero persa così tanto, troppo spaventata e preoccupata per i sentimenti che aveva evocato quella sera. Ma non questa volta. Questa volta voglio crogiolarmi in ciò che abbiamo appena condiviso.

E non vedo l'ora di rifarlo. Con un orgasmo, perché quello è stato favoloso. Non sapevo che cosa mi stessi perdendo.

Sono in uno stato di beatitudine quando sento un cambiamento. Tyler non si è mosso ma qualche cosa è cambiata. E poi si sposta.

Si mette seduto, dandomi un'occhiata, senza toccarmi. «Tutto okay?»

Aveva detto le stesse parole dopo aver fatto sesso alle superiori, tranne che questa volta sto veramente bene.

«Sì, e tu?» sorrido ma Tyler ha un'espressione imperscrutabile.

«Bene, ho solo fame. Posso portarti qualcosa?»

Mi metto seduta perché è rotolato via da me e non voglio veramente che se ne vada. Mi tiro il lenzuolo sul petto, senza nascondere la confusione che ho sul viso. «Uhm, okay.»

«Bene. Sandwich con burro di noccioline e marmellata?

Annuisco, ma c'è qualcosa che non va.

Tyler annoda il preservativo e si rimette i vestiti. *Tutti i* vestiti. Come se non avesse intenzione di tornare a letto. Sento un pugno che mi stringe il petto, ma non dico niente, gelata dalla paura.

Per favore, non andartene.

Lui scende la scala del soppalco e lo sento armeggiare in cucina, aprire il frigorifero, gli armadietti. Mi mordo nervosamente l'unghia del pollice, ascoltando. Dopo un paio di minuti, Tyler torna su e appoggia un piatto con un sandwich e un bicchiere di latte accanto al letto. Lui resta sulla scala, si passa una mano nei folti capelli scuri.

«Mira, devo andare. Avevo preso un impegno. Non mi aspettavo... Comunque, il mio amico mi sta aspettando.»

Distolgo gli occhi, risucchiando il fiato per trattenere le lacrime che sento negli occhi. Perché lo sta facendo? *Perché?*

«Mi dispiace. So che il tempismo fa schifo. Ci vedremo più tardi però, okay?»

Non rispondo. Non lo guardo. Non gli dirò che va tutto bene quando non è così. E lui lo sa benissimo. Lo sento nella sua voce.

Ascolto il suono che fa scendendo la scaletta. La porta

d'ingresso che si chiude è quella che fa emergere in superficie il senso di soffocamento che ho in petto.

Sulle guance mi scendono le lacrime più grosse che abbia mai sparso. Mi rannicchio in posizione fetale sul letto, nascondendo la faccia nel cuscino di Tyler, annusando il suo odore, amandolo e odiandolo allo stesso tempo.

Dopo tutto ciò che abbiamo passato, perché fare una cosa simile?

Capitolo Ventiquattro

Tyler

Appena Mira e io abbiamo fatto sesso, la nebbia che mi confondeva la testa in questi ultimi mesi attraversa il corpo ed esce dai pori, obbligando in superficie tutte le emozioni che avevo represso, insieme alle mie ragioni per averle represse. Il motivo per cui sono qui a Lake Tahoe. Perché ho lasciato il posto di insegnante al college statale e me la sono filata dal Colorado.

Perché sono un fottuto disastro.

Non potevo amare Anna. Non sono stato capace di amare nessuno.

Anna si meritava di più. Era dolce e gentile. Mi stava a cuore più di qualunque altra ragazza con cui sono stato in questi ultimi anni. Pensavo che non avrei mai più amato una donna. Che non ne fossi capace. Anna era perfetta per me e mi ero detto che avrei potuto renderla felice. Era assurdo fidanzarsi ma avevo bisogno di voltare pagina anche se in quel momento non avevo capito che cosa stavo cercando di superare.

Tutte le emozioni che pensavo di essere incapace di provare sono tornate prepotentemente con Mira. Amore, rabbia, desiderio.

Perché sono tornato a Lake Tahoe? Non riesco nemmeno a ricordare il ragionamento che avevo fatto. Ho amici in tutto il paese, grazie ai miei anni all'università. Avrei potuto stare con uno qualunque di loro, ma ero tornato a casa. A un posto che non è nemmeno casa mia, ora che mia madre si è trasferita a Carson City.

Fa paura immaginare che sia inconsciamente tornato per Mira. Eppure, quando abbiamo fatto l'amore, perché non c'è altro modo di descrivere ciò che è successo, e queste ultime settimane... la tensione tra di noi... *cazzo*.

Sono venuto per lei.

Non volevo pensare ai motivi per cui non era il caso di impegolarci di nuovo. Mi ero auto-convinto che potevamo fare sesso e non sarebbe importato, ma era una stronzata. I miei sentimenti per Mira sono completamente diversi da quelli che ho provato per chiunque altro. Il dolore e il modo orribile in cui l'ho lasciata mi stanno uccidendo. Vorrei tornare strisciando e pregarla di perdonarmi per essere stato un tale coglione ma c'è un motivo per cui ho sclerato e sono scappato.

Dopo Anna, non sono degno di una donna.

Sono venuto a Tahoe pensando che fosse Mira a dover cambiare. Ma Mira sta tentando di salvare sua madre, sta dando spazio al suo migliore amico perché stia con la ragazza che ama, anche se la cosa la uccide, e resta lontana dai Sallee per proteggerli dai guai in cui si è messa. È Mira l'altruista. È tutto quello che pensavo fosse quando l'ho conosciuta e niente di quello che avevo creduto di lei quando ero scappato da questa città sei anni fa.

Sbatto gli occhi guardando la casa davanti a me. Sono

riuscito a guidare fino a casa di Phil come se avessi innescato il pilota automatico. Gli ho mandato un messaggio appena lasciata Mira, ma non ho controllato se l'ha ricevuto. Avevo pensato di andare da Jaeg, ma c'è Cali. Mi farebbe il culo per aver piantato in asso Mira; Cali protegge sempre le amiche. In questo momento non posso biasimarla.

Scendo dall'auto e busso alla porta di Phil, passandomi una mano sulla faccia.

Phil apre, mi dà un'occhiata e spalanca la porta facendomi entrare. «Va così male, eh?»

Scopro che la ragazza di Phil, che convive con lui, è fuori per una serata tra donne. Siamo solo noi due e, invece delle solite birre, cerca di darmi un bicchierino di vodka.

Scuoto la testa. «No, amico.»

«Ehi, che cosa ti ha preso? Non ti ho mai visto così.»

Infilo le mani tra le ginocchia, allargando le gambe sul divano davanti a lui. «Ricordi la ragazza di cui ti avevo parlato prima di lasciare la città?»

Phil prende il suo bicchiere e si siede accanto a me sul piccolo divano. «Sì, avevi detto che ti aveva scaricato, ma non avevi una ragazza alle superiori, quindi non aveva senso. E non hai voluto dirmi chi era.»

«Sto vivendo con lei.» Fisso Phil, aspettando che capisca.

Lui si china in avanti. «Questa ragazza, Mira, è quella che ti ha incasinato?»

Annuisco, portandomi le dita alla fronte.

«Pensavo che avessi deciso di farla andare via da casa tua.»

«Non è casa mia, ma sì, ho tentato. Non ha funzionato. Io... Noi...»

Dopo una lunga pausa, Phil dice: «Te la sei scopata?».

Alzo la testa. «Amico, è della mia ragazza che stai parlando.»

Phil alza le mani. «Whoa, adesso è la tua ragazza? Che cosa stai facendo, Tyler?»

Rimetto la testa tra le mani. «Non lo so, ma penso di aver appena rovinato tutto.»

Phil continua, dicendomi di dimenticare Mira. Di togliermela dalla testa. Di fare sesso con un'altra. Avevo tentato, dopo aver lasciato Tahoe la prima volta. Non aveva funzionato. E sinceramente non ho più la forza per combattere. Non so se merito Mira, ma sono stanco di scappare da lei.

Mi alzo di colpo. «Devo andare.»

Si alza anche Phil. «Cosa? Non puoi tornare là. Ti rovinerà. Guarda che cosa ha già fatto.» Lo guardo storto e cambia espressione. «Significa tanto per te?»

Sospiro e la pressione che sento al petto si allenta. «Sì.»

Litighiamo, lei è combattiva, ma Mira e io abbiamo un rapporto che non ho mai avuto con un'altra. Io la *vedo* e sono impressionato dalla persona che è.

Lei significa tutto. Non so come ho potuto essere così cieco da non rendermene conto.

* * *

Mira

Vivo con la paura che la gente mi lasci. Colpa dell'abbandono di mia madre quando avevo tre anni. Eppure quando Tyler mi ha lasciato nuda, fisicamente ed emotivamente, non c'è stato modo per descrivere il dolore vuoto nel petto, o quanto sono incazzata.

Mi raddrizzo, lasciando la posizione fetale e prendo i

vestiti, poi scendo la scaletta per andare in camera mia, dove mi vesto e preparo una borsa. Non posso vivere con Tyler. Finiamo solo per farci del male.

Arrivo a casa di Lewis mezz'ora dopo e l'auto di Gen è nel vialetto accanto alla Jeep. Le luci in casa sono accese. Detesto l'idea di invadere la loro privacy in questo modo, ma ho bisogno di un posto dove passare la notte. E mi piace davvero parlare con Gen. È il motivo per cui sono venuta qui invece di andare da Zach.

Lewis e Zach ammattirebbero e cercherebbero di spaccare teste se sapessero che un uomo mi ha ferita. Sono furiosa con Tyler, ma preferisco comunque che il suo cervello resti intatto.

Ho bisogno dell'aiuto di Gen. È carina, ma è anche tosta. Una volta ha detto a Lewis (che non aveva mai dovuto darsi da fare per tenersi una ragazza) di darsi una controllata altrimenti non sarebbe rimasta con lui. Lei saprà che cosa devo fare con Tyler. Perché lasciarlo va contro quello che desidera ogni fibra del mio essere.

Ma non posso restare. Non dopo quello che ha appena fatto.

Salgo i gradini della piccola struttura ad A e sbircio dalle grandi finestre davanti. Lewis e Gen sono seduti sul divano e guardano la TV. Lewis le ha messo il braccio intorno alle spalle. Si china verso di lei e le sussurra qualcosa che la fa sorridere.

Merda. Forse avrei dovuto andare da Zach. O forse posso parlare con Gen e poi andare a dormire da Zach? O andare da Nessa? Ha una coinquilina ma probabilmente non le darebbe fastidio se dormissi sul divano.

Gen alza la testa di colpo. «Mira?» dice attraverso la finestra aperta. Balza in piedi e anche Lewis, con un lampo di preoccupazione sul volto.

«Ehi» dico, entrando e cercando di sembrare allegra. «Scusate se vi interrompo. Io...» Io cosa? Ho bisogno di un'amica, avevo bisogno di allontanarmi?

Tutto quanto.

«Entra» dice Gen prima che possa finire di parlare. Mi afferra il braccio e mi porta in cucina, dove mi spinge su uno sgabello accanto al bancone. Fruga negli armadietti e prende un pacchetto di Oreo alla menta e una confezione di liquirizia rossa.

«Che cosa posso darti da bere? Abbiamo lo Jägermeister...» finge di vomitare, «... O il rum. Non ho ancora avuto la possibilità di rifornirmi di roba buona, solo dei dolci. Ci resta solo quello che aveva Lewis.»

«Uhm, non ho bisogno di niente.» Non bevo molto, specialmente non quando sono triste. Mi ricorda troppo il modo in cui mia madre affronta la vita.

«Mira.» Gen abbassa la voce. «Sembri sconvolta. Stai bene?» Guarda sopra la mia testa. «Te lo chiedo solo perché Lewis sta per arrivare a interrogarti, quindi se non vuoi che sia coinvolto, dovremmo fingere che sia un momento tra donne.» Alza le mani. «A meno che tu abbia bisogno di parlare con lui. Sembrava che... Beh, ho visto quell'espressione in passato. Merda, l'avevo io. Sembra che tu abbia il cuore infranto.»

Sospiro. Ha ragione. Sono venuta qua per parlare con lei. «Rum e coca e passami i biscotti.»

Gen stringe le labbra e annuisce come se avessi confermato il suo istinto. Mischia in fretta due rum e coca versandoli nei bicchieri da vino. «Fingeremo che sia ottimo vino» dice e mi passa il mio. «Dammi un secondo e mi accerterò che possiamo passare un po' di tempo da sole.»

«Non sei obbligata a...»

Lei scuote la testa. «No, va tutto bene.»

Gen va da Lewis e parla a bassa voce. Lui alza la testa e mi guarda. Bevo un sorso della bibita.

«Mira» dice, andando verso la scala. «Gen dice che vuoi parlare di roba da donne.» Fa una smorfia anche se non credo che se ne renda conto. «Sarò di sopra se avete bisogno di qualcosa.»

Non voglio nemmeno sapere che cosa gli ha detto. Probabilmente pensa alla sindrome premestruale o roba del genere. Ma guarda indietro un paio di volte, quindi forse sospetta ci sia qualcosa di più.

Gen torna e prende il suo bicchiere.

«Non voglio mentire a Lewis» dico.

Sono già a disagio per le informazioni che gli sto nascondendo. Non voglio aggiungere anche questo all'elenco.

«Questo non è mentire. È un momento tra donne. Gli ho detto che hai problemi femminili personali da discutere con me. Niente bugie. Potrai dirgli che cosa c'è in ballo, quando vorrai. Una volta che ti avrò aiutato a decidere che cosa fare. Sai, nel modo giusto, non nel modo dei maschi.»

Sorrido nonostante la mia tristezza. È il motivo per cui sono venuta. «Sì, Zach e Lewis non vanno bene per questo tipo di discorso.»

«*Ragazzi.*»

«Giusto.»

Lei beve un sorso e si china in avanti, in atteggiamento complice. «Allora, a quale ragazzo ci stiamo riferendo? Lo conosco?»

Passo il dito sul bordo del bicchiere. Non c'è modo per dirlo, tranne dirlo. Non suonerà bene, in qualunque modo lo dica.

«Tyler.»

Gen si soffoca con il sorso che aveva appena bevuto e

alza la mano mentre tossisce prendendo un asciugamano dallo sportello del forno. «*Tyler?*» ansima.

«Non è come credi. O forse sì.» Mi accorgo di avere aggrottato le sopracciglia. «Abbiamo un passato.»

«Si comportava in modo strano con te» dice, guardando nel vuoto come se ci stesse pensando. «Una volta gliel'ho chiesto e ha detto che non ne voleva parlare. Ovviamente ne ho dedotto che c'era parecchio di cui parlare. Ma non ho mai pensato che si trattasse...»

Sono stanca di nascondere quello che provo per Tyler e ho bisogno dei consigli di Gen. Ho mantenuto delle pareti corazzate intorno alle mie emozioni per così tanto tempo... Finalmente ho lasciato entrare Tyler e lui mi ha ferito. Non può venire niente di buono da una relazione in cui due persone si fanno del male a vicenda. Ma come faccio a ricostruire le pareti una volta che sono crollate? Ogni sentimento che ho mai provato per Tyler è venuto allo scoperto.

Prendo una liquirizia e l'arrotolo sulle dita. «Tyler è stato il primo per me.»

Gen appoggia il bicchiere sul ripiano di granito con un tonfo. «È stato *il tuo primo*?»

«È stato imbarazzante vivere insieme.»

«Uhm, già. Perché non hai detto niente? Avremmo potuto trovare un'alternativa.»

«Che cosa potevo dire? "Scusa, Cali, non voglio vivere con tuo fratello perché ho perso la verginità con lui"?» Scuoto la testa. «Come si fa a dirlo alla sorella di qualcuno?»

«Capisco.» Spinge verso di me il mio bicchiere e bevo un sorso. «Ovviamente è successo qualcosa. Qualcosa di più che non il fatto di essere obbligata a vivere insieme. Sei riuscita a resistere per le ultime due settimane senza apparire come se qualcuno ti avesse strappato il cuore.»

Sobbalzo mentalmente. Ero così brava a nascondere le

mie emozioni. È cambiato tutto da quando Tyler è tornato in città.

«Vivere insieme deve avere, uhm, riacceso qualcosa.»

Le spiego com'è l'attrazione tra me e Tyler; che ha ottenuto un lavoro al Blue; il bacio nella sala copie. E stasera. Le faccio un veloce resoconto del modo in cui Tyler mi ha piantato in asso dopo il sesso.

«Maledizione, mi dispiace, Mira.»

«Che cosa faccio, Gen? Tengo troppo a lui. Finalmente mi apro con un uomo e lui fa una cosa simile. Non sono perfetta, ma non merito quello che ha fatto.»

«No, assolutamente. Mai accettare che qualcuno ti tratti male. Non importa chi sia o quanto tu tenga a lui.»

Gen ha messo in riga Lewis quando il mio rapporto con lui si era messo in mezzo. Io *potrei* essere stata un po' appiccicosa in quel periodo. E *potrei* avergli fatto pressioni perché mettesse me al primo posto. Sembra terribile quando lo ammetto adesso, ma ero terrorizzata di perderlo. Lo sono ancora, anche se dare spazio a Lewis mi ha dimostrato che la gente resta perché vuole farlo, non perché è obbligata. Sapete, il libero arbitrio eccetera. Ho dato spazio a Lewis e non è andato da nessuna parte. C'è ancora per me.

Alzo gli occhi e sospiro. «Sto cercando di mettere dei paletti quando si tratta di come mi tratta la gente, in particolar modo mia madre. È l'unica persona cui ho permesso di ferirmi, ma adesso con Tyler... Abbandonarmi in quel modo... È dura.»

E risveglia tutte le mie paure.

«Che cos'è questa cosa di Tyler?» chiede Lewis, sorprendendoci quando ci arriva alle spalle. Eravamo così vicine, Gen e io, che non ho notato che stava arrivando. Ha un bicchiere vuoto in mano e va verso il lavandino. «Ha fatto qualcosa a Mira?» C'è un tono di minaccia nella voce di Lewis.

Oh, merda. Guardo Gen che fa spallucce.

«Fidati, Lewis, meglio che tu non sappia che cosa sta succedendo tra me e Tyler.»

«Sì, già. Sento che c'è qualcosa di brutto. Se non me lo dici dovrò andare a farmelo dire da Tyler. Con le cattive.»

«Visto? È per questo che non ho detto niente.» Raccolgo i capelli in un nodo sulla nuca e curvo le spalle. «Tyler e io... Noi... Merda, Lewis. È una storia lunga. Tyler è stato il mio primo. Quando eravamo alle superiori.» Lewis spalanca gli occhi e ha un tic all'angolo della bocca. Sto parlando in fretta, incespicando nelle parole nel tentativo di togliere in fretta il cerotto. «È stato, mmm, difficile vivere con lui. Noi, uhm, noi...»

Lewis alza le mani e chiude gli occhi. «Basta. Non voglio sentirlo. Dimmi solo una cosa. Ti ha fatto male?»

«No, non fisicamente. Va tutto bene, Lewis. Avevo solo bisogno dei consigli di un'amica.»

Lewis afferra il bordo del ripiano e la punta delle dita diventa bianca. «Perché, se non si sta comportando bene, tu me lo *devi dire*.»

Lewis è un tipo tranquillo, ma, merda, quando c'è una minaccia può diventare spaventoso.

Solo che non mi sembra giusto. Tyler ha cercato di proteggermi, brontolando, ovviamente, ma è stato presente. Non capisco perché se n'è andato questa sera ma non cercherò nemmeno di capirlo. L'ha fatto ed è stato un gesto crudele.

«Beh, deve comportarsi bene. Non m'interessa che cosa hai fatto tu, ma se ti ferisce...»

«Lewis...» Gen gli preme una mano sul petto e lui abbassa gli occhi come se per un attimo fosse rimasto sorpreso. Lo tira da parte e parlano tra di loro per un minuto.

Non è per questo che sono venuta. Non voglio che Lewis sia furioso con Tyler. Non sono contenta di lui, ma riguarda solo noi due.

«Mira.» Lewis mi sta fissando e mi rendo conto che stanno entrambi aspettando che dica qualcosa. «Hai bisogno che faccia qualcosa?»

«No, grazie. In effetti c'è un'altra cosa.»

Lewis mi ha sempre sostenuto e siamo veramente legati, nonostante la sua nuova relazione. Avrei dovuto confessare prima, ma non ero pronta. Non sono sicura di essere pronta adesso, ma aggrapparsi alle paure non mi ha mai portata da nessuna parte. «Per favore, non arrabbiarti, okay?»

Lewis si siede sullo sgabello accanto a me. «Parla» dice gentilmente.

«Ho mentito sul motivo per cui ho un debito» dico in fretta. Il volto di Lewis è immobile ma un'ombra gli attraversa gli occhi, come se sospettasse ciò che sto per dire. «Mantengo finanziariamente mia madre da quando mi sono diplomata.»

Lewis lascia uscire rumorosamente il fiato e distoglie gli occhi.

«I pagamenti sono diventati più pesanti nell'ultimo paio di anni. Mi ha detto che la sua vita era in pericolo e ho preso in prestito un grosso importo. Non sono riuscita a ripagarlo abbastanza in fretta... Conosci il resto della storia.»

Lewis non mi guarda.

Sento la disperazione che ribolle nel petto. Volevo essere finalmente sincera con lui riguardo a mia madre, ma adesso non sono sicura che avrei dovuto dirglielo.

«Sei sempre stato così categorico dicendomi che avrei dovuto stare lontana da lei.» Mi manca la voce e faccio un respiro profondo. «E poi ho finito per fare una cosa simile. Temevo che ti stancassi completamente di me. Mi preoccupavo che mi avresti tagliato fuori dalla tua vita, come mi avevi chiesto di tagliare lei fuori dalla mia. So che non è razionale, ma...»

Lewis fissa il suo bicchiere vuoto. Sto parlando a vanvera, cercando di spiegare, di fargli capire.

«Lewis, per favore, di' qualcosa.»

Lui appoggia il bicchiere sul ripiano, ruota lo sgabello e va verso la porta d'ingresso. La zanzariera sbatte nell'infisso quando esce.

Normalmente trattengo le lacrime, ma in questi giorni arrivano come se avessero vita propria e scivolano lungo le guance. Abbasso la testa sul ripiano e sento la mano di Gen sulla spalla.

«Va tutto bene, Mira. Andrà tutto bene. Dagli tempo. Non è contento, ma sa quant'è difficile la situazione con tua madre.»

Sento le parole, ma l'unica cosa che mi entra in testa è che le due persone che più desidero avere nella mia vita mi hanno abbandonata.

Capitolo Venticinque

Vado a casa di Zach e gli dico tutto di mia madre e dei soldi, perché non c'è più motivo di tenerlo segreto. È incazzatissimo perché ho mentito, ma poi prepara i popcorn e guardiamo tutta una serie di episodi del *Trono di Spade*.

È questo che mi piace in Zach: si sfoga e perdona. È un'ottima qualità. Ma mentre guardiamo il *Trono di Spade*, il mio petto è scorticato e dolorante e ho difficoltà a deglutire.

Tyler mi ha piantata in asso. Proprio dopo... e adesso Lewis è così arrabbiato. Non so se mi parlerà di nuovo.

Un pezzo di popcorn rimbalza direttamente sulla mia fronte.

«Fattela passare» dice Zach.

Sorrido senza entusiasmo. Non ho nessuna intenzione di parlare di me e Tyler. Spiegarlo a Lewis è già stato abbastanza brutto. Ma va bene. Per merdose che siano le cose, ho ancora degli amici ed è già qualcosa. Stasera si sono realizzate alcune delle mie peggiori paure, quando Lewis se n'è andato dopo aver sentito la verità e Tyler... Quello che ha fatto... Era così sbagliato. Ma sono ancora in piedi. E non sono completamente sola.

Resto da Zach per qualche giorno, andando a lavorare e facendo del mio meglio per comportarmi come se l'uomo che ho sempre amato non mi avesse appena strappato il cuore dal petto e che il mio migliore amico non sia così furioso da non parlarmi. Sono anche andata a trovare John e Becky e ho spiegato loro la situazione con mia madre. Non erano contenti che avessi mentito o che mia madre mi avesse usata come il suo personale bancomat. *Non* avevo detto loro che i tizi che mi avevano picchiata erano gli sgherri del tizio a cui devo dei soldi. C'è un limite a quello che i genitori possono sopportare senza dare di matto, per quanto i figli possano essere adulti.

«Non puoi andare in giro da sola finché il debito non sarà pagato in toto» dice John. Quindi ovviamente, eravamo preoccupati per la stessa cosa senza bisogno che lo confermassi.

Avevo potuto letteralmente vedere il dolore sul suo viso quando gli avevo detto che volevo ripagare da sola il debito. Aveva discusso con me, strofinandosi la fronte fino a lasciare un segno rosso. Lo uccideva non potersene occupare, ma in qualche modo mi sembra che se sarò obbligata a tirarmi fuori da sola da questo casino, non permetterò che mi succeda di nuovo. Che non sarò più sensibile alle manipolazioni di mia madre.

Non sono stupida. Se penserò che la mia vita o quella di chiunque altro è in pericolo, chiederò i soldi a John e Becky. Ma per ora il tizio a cui devo i soldi era sembrato contento del netto dell'importo che avevo ricevuto come bonus all'assunzione. Mi sta permettendo di pagare il resto a rate nelle prossime settimane. Immagino che pensi che non otterrà niente se sono morta.

È un altro lungo pomeriggio in ufficio, mentre faccio gli straordinari per preparare il festival. Nonostante la montagna di lavoro che abbiamo, Hayden e io siamo riuscite a restare a galla. È impressionante quanto riesca a essere produttiva quando cerco di non pensare a certe cose.

Faccio un respiro profondo e premo i tasti della copiatrice per stampare le ultime cinquanta copie dei volantini del festival musicale. In un modo o nell'altro supererò tutto: il mio debito, costruire un diverso rapporto con mia madre, sistemare le cose con Lewis e perfino lasciare andare Tyler, se è questo che serve. Non mi piace... magari piangerò prima di addormentarmi per un anno, ma mi passerà.

Non ho bisogno di qualcuno che non mi vuole nella mia vita.

«Frasier, verrai all'incontro questa sera?»

William, un tizio del reparto finanziario che ha qualche anno più di me, è sulla soglia e batte sull'infisso con il suo anello con lo zaffiro, premio del Blue Casinò.

Il Blue organizza incontri tra la direzione e il personale al Mont Belle Lounge un paio di volte al mese. Dicono che è una possibilità per lo staff dei dirigenti di sciogliersi un po' e formare buoni rapporti lavorativi. Io penso che sia di cattivo gusto, visto come sono incasinate le cose in questo momento. Se hanno del tempo libero, potrebbero aiutare me e Hayden con la nostra mole infernale di lavoro. Tanto per dire.

«Lavoro fino a tardi.» Leggo il messaggio d'errore che appare sulla fotocopiatrice e riempio il contenitore con la carta giallo vivo.

Siamo a corto di personale e non siamo pronti per questo festival musicale, ma il Blue lo organizza da quindici anni, quindi lo show deve continuare, nonostante il fatto che ci siano in corso indagini per molestie sessuali e che abbiamo problemi di personale.

«Finisci prima» dice William. «Il lavoro può aspettare. È il motivo per cui ci sono queste cose...» Entra nella stanza, e mi sembra che stia troppo vicino, anche se è a due metri di distanza. «Per conoscerci.»

Puah. Ovvia insinuazione.

Durante le ultime settimane, la gente ha smesso di ridacchiare quando mi vede e, oserei dire, a rispettare il lavoro che faccio per Hayden e il reparto ospitalità.

Immagino che siano tornate anche le occhiate lascive degli uomini.

«Non posso. Sono troppo occupata. Divertitevi però.» Prendo la mia pila di volantini, gli rivolgo un breve, insincero sorriso e lo supero.

William mi afferra il braccio. Non forte, ma le sue dita lo avvolgono completamente e mi sfiorano il seno. Sobbalzo e faccio un passo indietro. Mi lascia andare, ma dice: «Puoi sempre cambiare idea. Ci sono alcuni di noi a cui non dispiacerebbe passare del tempo con te. Dacci una possibilità».

Non ho parole, tranne *no*. Mai. A parte il fatto che provo ancora tutti quei sentimenti per Tyler, William e quelli del suo stampo sono viscidi. Ha un bell'aspetto, ma c'è qualcosa in lui e nel gruppo con cui lavora... Mi ricordano un branco di ratti che corrono in giro per il casinò, coprendo di melma questo posto con la loro oleosa sicurezza.

«Grazie, ma sono presissima.» Gli rivolgo il mio migliore sorriso "non sono interessata", perché la sua presenza mi fa risuonare nella testa tutta una serie di campanelli di allarme. Gli giro attorno ed esco prima che possa recitare un'altra stupida battuta.

Quando svolto nel corridoio, Tyler sta camminando verso di me, con un'espressione decisa sul volto.

Stando da Zach è stato facile evitare le telefonate di Tyler negli ultimi giorni ma non è così facile evitarlo al lavoro. Non so che cosa voglia, ma l'unico modo che ho per resistergli in questo stato di debolezza è restare lontana da lui. Prima o poi dovrò affrontarlo, ma non adesso.

Mi volto nella direzione opposta e mi dirigo all'ufficio di Hayden che è più vicino alla sala copie del mio sgabuzzino.

Hayden alza gli occhi dal computer quando chiudo la porta e ascolto i passi di fuori. «Mira, tutto bene?»

Armeggio con i volantini che ho tra le braccia. Ho inondato i social media e il festival è evidenziato sull'insegna del casinò, ma i buoni vecchi volantini sono ancora il caposaldo per i negozi locali.

«Scusa. Mi dispiace di averti interrotto. Volevo assicurarmi che fossero questi che avevi in mente.» Li aveva già approvati altrimenti non ne avrei stampati un fantastiliardo, ma mi serve una scusa per essermi precipitata dentro.

Hayden sembra preoccupata. «Non mi sembra che tu stia bene. Qualcuno ti sta creando problemi? Quella guardia con cui ti ho visto? Pensavo che ti interessasse, ma se ti sta infastidendo, dimmelo.»

«No, no. Lui è okay. È una brava persona.» E mi rendo conto che è la pura verità. Tyler è sempre stato una brava persona. Anche quando è un somaro. Per l'amor del cielo, non è nemmeno riuscito ad abbandonarmi come si deve dopo il sesso. Ha dovuto assicurarsi che fossi nutrita e idratata.

«Me lo faresti sapere se ci fosse qualcosa che non va, vero?»

«Certo.»

Lavoro fino a tardi, controllando la lista dei fornitori e

assicurandomi di aver inviato loro tutte le informazioni che servono perché possano contribuire al festival. Quando finisco il nostro ufficio è una tomba, tranne Hayden, che sta lavorando anche lei fino a tardi. Tutti quanti sono andati all'incontro.

Busso leggermente alla porta aperta di Hayden. «Sto andando a casa.» Lei si appoggia allo schienale, con le spalle cascanti. Sta cercando di fare troppe cose e sembra esausta. «Non vai all'incontro?»

Lei allarga le mani di fronte al computer. «Troppo da fare. E tu?»

A volte mi chiedo se Hayden eviti i nostri colleghi quanto me. «Sono morta di stanchezza.»

«Passa un buon fine settimana.» Torna al suo computer e comincia a cliccare col mouse.

Merda, il fine settimana. Non posso dormire per sempre sul divano di Zach. Da un lato, gli uomini che mi hanno aggredita nella foresta non mi hanno infastidito dopo quel primo incontro con Giacca di Jeans il mio primo giorno al Blue. Lewis mi voleva a casa di Cali perché c'era Tyler con me, mentre Zach lavora la sera. Ma la tensione è così forte con Tyler e la minaccia posta da quegli uomini è così ridotta che mi chiedo se non dovrei trasferirmi da Zach. A me l'idea non dispiacerebbe, ma a Zach probabilmente sì. Gli piacciono le sue donnine e con me in casa ha dovuto mantenere un basso profilo.

Ho bisogno di abiti, da prendere a casa di Cali. Non ho proprio voglia di incontrare Tyler, ma probabilmente è ora di lasciarmi tutto alle spalle. Preferisco che succeda a casa anziché al lavoro.

Quando apro la porta del cottage di Cali, dentro è buio pesto. Accendo le luci e Tyler è seduto sul divano, con la testa appoggiata all'indietro che mi fissa mentre entro.

«Cavolo!» Mi sbatto una mano sul petto. «Tyler è raccapricciante. Perché sei qui al buio?»

Lui si guarda attorno, come se si rendesse conto solo adesso che il sole è tramontato. «Scusa. Stavo pensando. È diventato buio e non avevo voglia di alzarmi per accendere la luce.»

Appoggio la mia borsa malandata sul ripiano e mi tolgo le scarpe, portandole in camera, con le mani che tremano. Mi terrorizza l'ondata di emozioni che mi procura, anche dopo ciò che ha fatto. Mi cambio, indossando i jeans e un maglione leggero. Quando torno in soggiorno, Tyler è ancora sul divano che mi guarda.

«Mira, dobbiamo parlare.»

Capitolo Ventisei

Tyler

M ira va in cucina e prende una bibita. La apre e si siede al tavolo, dal lato opposto del mio laptop e della pila di libri. Dovrei veramente dare una sistemata a tutta quella roba.

Spingo di lato il computer e le carte, sedendomi davanti a lei, che sta passando il dito sulla condensa sul lato della lattina ed evita di guardarmi. Non posso biasimarla.

«Mira, mi dispiace.»

Il suo petto si alza e si abbassa, ma non alza gli occhi.

Mi sposto più vicino, irritato dal tavolo che ci separa. «Ho fatto un casino. Non avrei dovuto andarmene in quel modo. Puoi perdonarmi?»

«Va tutto bene, Tyler. Non è importante.»

Che cazzo?

Mi alzo, giro intorno al tavolo e mi acquatto davanti a lei, mettendolo la mano sul ginocchio. La sento trasalire, ma non mi respinge. «No, non è vero che va bene. *Noi* siamo importanti per me.»

Il suo sguardo saetta sul mio volto. Mi fissa negli occhi come per valutare la mia sincerità, poi si concentra sul tavolo, escludendomi.

Sospiro e mi strofino la fronte con le nocche. «Per favore, possiamo sederci sul divano? Devo dirti una cosa importante. Sarebbe più facile se non fossimo così lontani.»

«Tyler, non c'è verso che...»

I ricordi di noi che facevamo l'amore mi brulicano nella testa. *Dio*, voglio rifarlo ma non è quello che sto cercando di fare adesso. «Non è quello. Devi sapere che cos'è successo in Colorado. È il motivo per cui ho sclerato l'altro giorno e, ti assicuro, sono fottutamente dispiaciuto.»

Lei torna a guardarmi negli occhi, quasi come fosse l'unico modo per vedere se sto dicendo la verità. Invece di distogliere gli occhi, questa volta annuisce e si alza. La seguo sul divano e ci sediamo ai lati opposti, ma è meglio che essere divisi dal tavolo della cucina.

Appoggio i gomiti sulle cosce con i pugni tra le gambe. Come faccio a dirglielo? Non ho mai parlato a nessuno di quello che è successo o della mia responsabilità al riguardo.

Deglutisco il sasso che ho in gola. «Ti avevo detto di avere una fidanzata.» Mira annuisce. «Era una brava persona, che probabilmente non meritavo.»

Mira si agita accanto a me e si muove come per alzarsi. «Non voglio sentire come hai perso il tuo grande amore. *Dio*, Tyler...»

«No.» La mia voce è ferma. «Non è così. Non l'amavo. Era quello il problema. Lei meritava di più e io non l'amavo. Ma lei voleva che l'amassi.»

Mira mi guarda in faccia e si sistema lentamente contro i cuscini.

«Pensavo... Pensavo di non poter amare nessuno, tranne la mia famiglia. Non mi sentivo così per una ragazza da tanto tempo. Pensavo che non sarebbe più successo.» Mi volto verso di lei e la guardo negli occhi. «Non ho più amato nessuno dopo le superiori.»

Mira scuote la testa, quasi impercettibilmente, ma non mi impedirà di dirle il resto. Comincia a capire. Devo dirlo.

«Amavo *te*. Non sono mai stato capace di provare le stesse cose per nessun'altra. Nemmeno Anna. Era tutto quello che pensavo di volere. Abbiamo tentato entrambi. Lei più di me. Volevo darle ciò di cui aveva bisogno. Pensavo che potessimo farlo funzionare, quindi le avevo chiesto di sposarmi. Era stato un tentativo disperato di sistemare le cose. Se non potevo avere questa ragazza, che avrebbe dovuto esser perfetta per me, non sarei stato in grado di amare nessuno.» Non smetto mai di guardare Mira. «Ho rimpianto di aver chiesto ad Anna di sposarmi appena le parole mi sono uscite di bocca, ma non ho ritrattato. Ho lasciato che le cose si trascinassero per una settimana, auto-convincendomi che era la cosa giusta da fare.» Appoggio la testa contro lo schienale del divano e chiudo per un attimo gli occhi. «Penso che lei sapesse quello che provavo veramente. Non lo diceva, ma...»

Per un attimo, mi perdo nel passato e il bruciore che non sono riuscito a spegnere in questi lunghi mesi riprende vigore nel mio petto.

«Che ne pensi?» aveva chiesto Anna l'ultimo sabato in cui l'aveva vista. «Lo stanno organizzando i miei amici. Io ci sto, se ci stai anche tu.»

I suoi amici ci avevano invitato a fare kayak sul fiume. Anna non era un tipo sportivo, ma ci provava. Avevamo fatto parecchie camminate insieme. Scivolava, inciampava e io non riuscivo a nascondere la mia frustrazione. Non perché non era così portata agli sport all'aria aperta. Era perché, in fondo, io non ero convinto e la mia mancanza di emozioni si manifestava in altri modi.

«Ho dei compiti da correggere, ma vai pure» le avevo detto. Avevo già cominciato a tirarmi indietro. Stavo pensando a come parlarle del fidanzamento e spiegarle che avevo fatto un errore.

Anna normalmente non si faceva coinvolgere in gite come questa, specialmente senza di me. Non saprò mai se stesse cercando di dimostrare qualcosa.

«Penso proprio che lo farò» aveva detto con un sorriso malizioso.

Le avevo sorriso perché era così gentile e dolce e avevo avuto la sensazione che volesse impressionarmi. Non m'importava che andasse o meno a fare kayak sul fiume, ma pensavo che fosse buffo che facesse una cosa così inusuale per lei.

«Tyler» dice Mira, distogliendomi dall'orrore di quel giorno. «Stai bene?» Si avvicina, senza toccarmi.

«No.»

Mi strofino la fronte. Non l'ho mai ammesso, con nessuno, da quando sono tornato a Lake Tahoe. Non c'era bisogno di dirlo ai miei amici in Colorado. Sapevano già che ero un disastro.

«Ha fatto una cosa, questa ragazza che non amavo ma a cui avevo chiesto di sposarmi. Penso che credesse che se avesse fatto certe cose, avrei cominciato ad amarla come avrei dovuto.»

Guardo Mira, implorandola con gli occhi, desiderando che capisca, proprio lei tra tutti. Non incolpo Mira per quello che è successo in Colorado. Ma forse, forse, se Mira capisse anche solo in una minima parte ciò che ho fatto per lei, ciò che provo ancora per lei, capirà perché non potevo amare Anna.

«Che cos'è successo, Tyler?» La voce di Mira è forte, come se si stesse preparando per una verità che sa essere orribile. E lo è. È una cosa così orrenda che mi sveglio per gli incubi in cui Anna piange sott'acqua.

«C'era un fiume ed era con degli amici. Non era sportiva, non andava in kayak, ma era andata lo stesso. I suoi amici le avevano dato le istruzioni di base, ma quel percorso era un classe quattro. I suoi amici mi dissero dopo che aveva sorriso e aveva detto che poteva farcela. Hanno ammesso a posteriori di avere avuto dei dubbi.»

Mi premo le dita sugli occhi, cercando di bloccare la visione che avevo creato nella mia mente di cos'era successo. «All'inizio era andato tutto bene. Poi Anna era girata intorno a un masso con un vortice profondo. Il sua kayak si era rovesciato, incastrandosi sotto una sporgenza. Non è riuscita a girarlo.»

Sento Mira che ansima, ma continuo. «Era una strana situazione. La maggior parte della gente avrebbe tranquillamente superato quel punto difficile. Parecchi dei suoi amici lo avevano già fatto. Hanno tentato di liberarla. Loro...», deglutisco, ho la gola secca, la voce si rompe, «... sono riusciti a prenderle la mano, ma non a tirarla fuori. La corrente era troppo forte. Le cinghie si erano aggrovigliate. È rimasta sotto senz'aria quaranta minuti.»

Le immagini che ho di quel giorno, non solo quelle che mi sono creato basandomi sulle parole degli altri, mi stanno ancora tormentando. Mi bruciano la gola, gli occhi, il petto. Maledizione.

Tornare nella mia città natale avrebbe dovuto attenuare

il ricordo di quello che era successo. Far sparire il dolore e il senso di colpa. Non è stato così.

Sento la mano di Mira sulla spalla, la sento che si arrampica sulle mie gambe. Si avvolge intorno a me e io infilo la testa nell'incavo del suo collo, respirando il suo profumo. Lacrime che non riesco a fermare inzuppano i suoi capelli.

Non so se Anna sarebbe andata a quella gita in kayak se non avesse cercato di impressionarmi. Forse sì. È quello che pensavano i suoi amici quando mi ero preoccupato che l'avesse fatto per me. Forse l'avevano detto per farmi sentire meglio. Non lo saprò mai. Quello che so è che Anna è morta amando qualcuno che non l'amava a sua volta. È quella la colpa che mi sta divorando.

Mi asciugo gli occhi e metto le mani sulle guance di Mira. «Mi. Dispiace. Tanto. Per il mio passato in Colorado, senza dubbio. Ma adesso mi dispiace per aver scaricato il mio senso di colpa su di te. Ho fatto un casino. Ti ho sempre desiderata, Mira, e quando abbiamo fatto sesso l'altra sera, ed è stato così magnifico, ho pensato che non ti meritavo. Sono andato nel panico. Sono andato a casa di un amico per raddrizzare la testa. Sono tornato subito, ma eri andata via.»

Rimpiango profondamente come ho gestito le cose con Anna, ma è ora di perdonarmi, non l'amavo come avrei dovuto, ma non c'è motivo per cui non possa amare Mira come merita.

«Ha funzionato? La testa adesso è diritta?»

Soffio fuori il fiato. Mi sta prendendo in giro, cercando di alleggerire l'atmosfera e mi aiuta. «Phil mi ha detto di lasciarti. È praticamente il peggiore amico a cui chiedere consigli sulle donne. È quello che mi aveva suggerito di portare qua delle donne per costringerti ad andartene.»

Mira spalanca gli occhi. «È quello che stavi facendo? Stavi ascoltando quello che aveva detto uno stupido?»

Questo... Solo questo. Mira che mi sta rimproverando, il suo corpo caldo in braccio... È tutto più bello.

Faccio spallucce e sul viso mi torna un piccolo sorriso. «Eh, valeva la pena di fare un tentativo.» Lei si dimena indignata e cerca di alzarsi. «Calmati.» Le avvolgo le braccia intorno stringendo di più, tenendola vicina. «Sono appena riuscito ad averti dove ti volevo. Hai un'idea di che cosa ho passato negli ultimi giorni? Dove diavolo sei stata?»

«Da Zach, ma non cambiare argomento. Hai veramente portato a casa quelle donne per farmi incazzare?»

«Sì. Decisamente.»

«Sei un tale stronzo» dice, ma c'è un tocco di umorismo nella sua voce. «Avrei decisamente dovuto portare a casa un uomo.» Il suo sguardo vaga, come se ci stesse ripensando.

La stringo in vita. «No, non avresti dovuto. Non sarebbe finita molto bene.»

«Perché? Che cosa avresti fatto?»

«L'avrei buttato fuori» dico senza esitazioni. Mi chino e le bacio il collo appena sotto la mandibola. «Non sono perfetto. Non ho sempre fatto la cosa giusta ma ti amo, Mira. Hai sempre avuto un pezzo del mio cuore chiuso nelle tue piccole mani grintose. Forse tutto ciò di cui avevamo bisogno era l'ultima spinta...Questa situazione di convivenza forzata, perché nelle ultime settimane mi hai rubato il resto del cuore. È il motivo per cui mi fai ammattire. Potresti cercare di andarci piano con la grinta?»

«No» dice lei automaticamente, anche se sbatte parecchie volte gli occhi, come se fosse distratta dalle mia parole.

Le ho detto che l'amavo ed ero serio. Era ora che lei lo sapesse.

Mira mi bacia la fronte, poi il naso. «Mi dispiace per Anna. Ha senso che ritenessi di non meritare il mio amore, se pensavi di aver buttato via il suo.» La sua espressione diventa più dura e si dimena, scendendo dalle mie gambe. «Ma per quante parole dica, cercando di corrompermi, non sei ancora fuori dai guai.»

Sospiro, frustrato. Le dico che la amo e lei se ne va. Sarebbe terribile se lei non provasse gli stessi sentimenti.

«Non va tutto bene, Tyler Morgan. Io posso avere avuto problemi di fiducia e insicurezze quand'ero più giovane. Ero stupida e non ti ho detto che cosa provavo...»

Con questa tirata sta puntando a qualcosa, ma non posso evitare di interromperla. «Che cosa provi?»

«... Ma in questo momento mi sto occupando della relazione più distruttiva della mia vita. Frequentare mia madre mi ha incasinato il cervello. Ho bisogno di sapere che non scapperai e che siamo sullo stesso piano dal punto di vista emotivo. Che siamo compatibili.»

La guardo da sotto le ciglia, percorrendo allusivamente il suo corpo.

Lei scuote la testa. «Da quel punto di vista siamo fin *troppo* compatibili.»

«Non esiste essere troppo compatibili da quel punto di vista.»

Lei guarda il soffitto, esasperata. «Sei cambiato, Tyler. Non sto dicendo che sia un male. Capisco che hai passato dei momenti difficili in Colorado. Tragedie come quelle possono rafforzare una persona come possono distruggerla. Ma devo sapere che siamo abbastanza compatibili da avere una relazione matura. Che possiamo affrontare insieme il nostro passato. Basta scappare.» Tiene la testa alta. «Sono stufa dei giochi. Voglio qualcosa di reale.»

«Anch'io.»

Per un momento ci limitiamo a fissarci.

Mira interrompe il nostro confronto quando va verso la

porta della sua stanza. Si ferma sulla soglia. «Dovrai dimostrarlo» dice a bassa voce e chiude la porta alle sue spalle.

Maledizione, ha intenzione di farmi lavorare.

Ciò che non sa è che l'aspetto da otto anni, se si conta il tempo in cui mi struggevo e non facevo niente al proposito.

Mira è l'unica donna che abbia mai amato. Così profondamente, in effetti, che il mio cuore era deformato finché non sono tornato da lei e si è rimodellato in sembianze umane. Non andavo bene per nessun'altra, ma vado bene per lei.

E se ha bisogno che glielo dimostri, lo farò.

Capitolo Ventisette

Mira

Dopo il lavoro il giorno dopo, Tyler ha passato la serata pulendo. *Pulendo*. Ha messo in ordine i suoi libri riponendoli in un angolo, con il dorso in evidenza. Ha liberato il tavolo da pranzo dalle sue riviste tecniche e dalle sue carte scribacchiate. E ha lavato i piatti. *I fottuti piatti*. Sto seriamente pensando che una forma aliena si sia impossessata del suo corpo. Può succedere. Basandoci sul suo recente comportamento non posso escludere niente.

Ieri sera Tyler ha detto che mi amava. Così, l'ha messo in chiaro. Per un momento ho pensato di stare solo sognando. Non c'è mai stato un altro per me, solo Tyler. Sentirgli dire che mi amava mi ha riempita di speranza. L'ho quasi perso e gli ho detto tutto ciò che sentivo dentro. Ero appesa a un filo e ricordavo ciò che era successo l'ultima volta in cui avevo dato tutto a Tyler Morgan. Abbiamo la tendenza a scappare l'uno dall'altro quando dobbiamo affrontare le emozioni. E Tyler sta ancora cercando di superare il senso di colpa per la sua fidanzata e non posso biasimarlo. Ma tutte queste cose insieme mi hanno lasciata un po' sulla difensiva.

Non voglio affrettare le cose. Da ora in poi penserò prima di agire. Basta andare da uno strozzino quando ho bisogno di soldi, basta gettarmi tra le braccia di Tyler solo perché le apre, anche se penso che sia quello il mio posto. Voglio andarci piano, imparare a conoscerci. Essere sicura.

Tyler fissa la fotografia di fianco al mio letto mentre scelgo un completo da ufficio dal mio limitato guardaroba. Passiamo ancora del tempo insieme, ma niente baci, regola mia, non sua. Ieri mi ha perfino portata a fare una gita in bicicletta a Camp Richardson. Questa volta abbiamo affittato due comode biciclette da passeggio per il sentiero a due corsie, quindi avevo il mio mezzo. Gli alberi avevano un così buon profumo e l'aria era calda. Tyler ha fatto delle acrobazie con la sua bici per divertirmi. È stato perfetto.

«Penso che comprerò una bicicletta» dico, alzando la manica di una camicetta blu scuro. Ho man mano aggiunto qualcosa al mio guardaroba, quando trovo qualcosa in saldo. «Sai, quando avrò ripagato tutto.»

Lui alza gli occhi. «Sì?»

«Il tipo comodo, come quelle che abbiamo affittato ieri.»

Sul suo volto appare il più dolce dei sorrisi che gli illumina gli occhi. «Possiamo farlo. Ne sceglieremo una bella per te. Con un comodo sellino largo.»

Gli do un'occhiata voltando la testa. «Sarà meglio che non stia suggerendo che ho il culo grosso.»

«Il tuo sedere è perfetto. Stavo solo pensando alla tua comodità.»

«In questo caso, sì, una bicicletta con un sellino largo e con le molle. Voglio avere la sensazione di pedalare su un divano.»

Lui ridacchia. «Okay, va bene.»

È strano, ma mi sento più vicina che mai a Tyler. Non ci sono più segreti. Sa che cosa ho passato da quando se n'è andato e io conosco la sua storia.

«Eri una bambina» dice Tyler, come parlando con se stesso, e tra le sue sopracciglia si forma una profonda V mentre studia la fotografia che ha preso.

È la foto incorniciata che tengo di me e Lewis davanti alla casa dei Sallee, io con le braccia strette intorno a una delle lunghe gambe di Lewis. Ha solo un paio d'anno più di me, ma è sempre stato un gigante al mio confronto, specialmente a quell'età. Non avevo mai mangiato a sufficienza prima di trasferirmi dalla sua famiglia.

«Avevo tre anni» dico, prendendo un paio di pantaloni aderenti beige da abbinare alla camicetta morbida blu scuro.

Tyler aggrotta la sopracciglia «Ma hai il pannolino.»

«Avevo tre anni» dico, sulla difensiva. «Non mi avevano insegnato a usare il vasino. L'hanno fatto John e Becky.»

Lui alza gli occhi con un'espressione seria sul viso.

Appendo i vestiti al gancio attaccato alla porta del guardaroba. «Non guardarmi così. È imbarazzante.»

Tyler appoggia con cura la fotografia sul comodino. «Avevi tre anni quando sei andata a vivere con Lewis e i suoi genitori?»

«Sì.»

«A causa di tua madre?»

Detesto quando la gente mi fa domande su quel periodo della mia vita, ma è importante che Tyler conosca questa parte di me. E così, all'improvviso, voglio che Tyler capisca il legame che ho con Lewis. Forse gli spiegherà anche perché voglio proteggere i Sallee. «Lewis e suo padre mi hanno trovata.»

«Che cosa significa che ti hanno trovata?»

«Ero da sola...»

Lui alza una mano. «Aspetta. Eri da sola. A quell'età?» Indica la fotografia. «Questa bambina? *Da sola*, da sola?»

Stringo le labbra. «Sai che non ho una gran madre. Mio padre non è durato nemmeno un mese dopo la mia nascita. Mia madre ha saputo che era morto di overdose poco dopo. Poi mia madre ha cominciato a non venire a casa qualche notte.»

«Quando avevi tre anni?»

Annuisco.

Tyler toglie le gambe dal letto e appoggia gli avambracci sulle cosce, fissandomi. «Che cos'è successo, Mira?»

Mi siedo accanto a lui. «Un giorno John e Lewis erano alla casa accanto ad aiutare un vicino. Io ero abituata a sedermi alla finestra e guardare la gente che passava. John mi vide e si avvicinò. Si presentò e mi fece qualche domanda. Devo avergli detto che mia madre se n'era andata o qualcosa di simile. Mi chiese se volessi andare a casa loro con lui e Lewis.» Faccio spallucce. «È più o meno così che sono finita a vivere con loro. Non ricordo tutti i particolari. Mi hanno detto che Lewis aveva teso la mano e che ero andata direttamente da lui, aggrappandomi alla sua gamba, come nella foto.» Sento la bocca che si curva in un sorriso. «In effetti ricordo di essere piccola e che mi tenevo a Lewis in quel modo. Era così alto. Comunque quella fotografia è stata scattata più o meno quando sono andata a vivere coi Sallee.»

Tyler sembra sorpreso. «Tua madre... Lei non ha cercato di...»

Ridacchio amaramente. «Cercato di riprendermi?» Scuoto la testa. «No, non credo. I Sallee cambiavano argomento quando, crescendo, facevo domande, dicendo com'erano fortunati che stessi con loro, ma ho sempre saputo che mia madre non mi voleva.»

«Mira...»

«Sembra brutto. Non intendevo dirlo così. Penso che in fondo provi dell'affetto per me, ma le droghe e l'alcol in un certo senso lo bloccano, sai? Quando i Sallee mi hanno trovata, mia madre restava via per giorni e giorni. Ero disidratata, malnutrita e sporca. Allevare un bambino comporta un mucchio di responsabilità. Penso che mia madre fosse sollevata di avere un aiuto.»

Tyler si gratta una guancia. Fissa fuori dalla finestra, pensieroso.

«È tutto okay, Tyler. È passato molto tempo. Ma adesso lo capisci, vero, il mio legame con Lewis e perché i suoi genitori sono così importanti per me? Sono tutto ciò che ho. E anche mia madre. È l'unico consanguineo che abbia mai conosciuto. Non ci sono zii o cugini.»

Lui mi guarda con gli occhi azzurro pallido che riescono a scaldarmi. «Hai noi. Me, Cali, Gen, non solo Lewis e i suoi genitori.»

Voglio credere alla sue parole.

«La gente se ne va, Tyler. A volte per un buon motivo, come quando sei andato al college, qualche volta senza.»

«Io non ti lascerò, Mira.»

«Tu non sai che cosa hai scatenato quando te ne sei andato dopo...»

Lui sospira e chiude gli occhi. «Vorrei poter cancellare quella sera.»

«Lo so e capisco perfino perché hai perso la testa, ma ho comunque bisogno di tempo per sentirmi di nuovo al sicuro. E tua sorella e Gen... Sembrano amiche. Mi piacerebbe che lo fossero, ma l'unico amico che c'è sempre stato per me è Lewis. Tranne che adesso Lewis...» Deglutisco e ricado sul letto, coprendomi gli occhi con la mano.

Ho continuato a correre, cercando di non pensarci, ma è

lì. La preoccupazione di aver rovinato uno dei rapporti più importanti della mia vita.

«Mira?» Tyler si allunga di lato e appoggia la mano sopra il mio cuore. «Va tutto bene?»

«Non è niente.» Rotolo per guardarlo in faccia, asciugando la lacrima che mi è sfuggita. Che diavolo succede con tutte queste lacrime? «Scusa, brutto argomento.»

«Che cos'è successo con Lewis?»

«È arrabbiato con me perché ho mentito riguardo al motivo per cui devo dei soldi.»

«Gli hai detto la verità?» Annuisco. «E pensi che lui sia tutto quello che hai» dice, distogliendo gli occhi. Si strofina la fronte con le nocche. «Mira, devi smettere di credere che tutti ti abbandonano.»

«Ci sto lavorando, ma queste cose non cambiano nel giro di una notte. Sono radicate. Se ricordi, nella mia vita la gente non è stata molto affidabile.» Gli do un'occhiataccia perché, che gli piaccia o no, lui è uno di quelli inaffidabili. «Allontano la gente e, sì, a volte se ne vanno. E a volte...»

Tyler si avvicina lentamente e lo spazio tra di noi sparisce. Le sue braccia scendono lungo i miei fianchi, facendo sprofondare il materasso e obbligandomi a sdraiarmi. «E a volte ritornano perché non riescono a restare lontani.»

Mi schiarisco la voce e rotolo via. La tensione tra di noi è una costante. Ma voglio più dell'attrazione.

Dopo un silenzio imbarazzato, dico: «Hai fame?».

Guardo indietro, lui alza un sopracciglio e mi rendo conto di come deve suonare, con tutta l'elettricità che c'è tra di noi.

Mi scottano le guance. «Intendevo di cibo. Vuoi mangiare qualcosa?»

Lo sguardo di Tyler scende sulla mia bocca. «Certo.» Si alza e lo imito.

Lo sento che cammina dietro di me mentre vado in cucina. «Vanno bene i burrito surgelati?»

«A me stanno bene.» Si appoggia al bancone, guardandomi.

Dio, è snervante. Deve proprio fare così? «Puoi sederti al tavolo. Te li porterò io.»

«Sto bene qui.» Sorride. È un sorriso radioso e sexy e gli illumina gli occhi già brillanti.

Oh. Dio.

Resto lì per un momento, fissando quel sorriso. È il sorriso di Tyler, quello che mi ha fatto innamorare di lui a scuola anche se l'espressione nei suoi occhi azzurri-azzurri forse è una delle cause.

Il mio cuore accelera, arrossisco. Tyler non mi sorride più. Non realmente. Non quel sorriso pieno, vero. Un lieve torcere delle labbra, un sorriso che può arrivare agli occhi, ma questo è diverso. È libero e luminoso. Come se io illuminassi il suo mondo.

Non me n'ero resa conto finora. Non mi ero resa conto di quanto il suo non cambiare minimamente atteggiamento quando si tratta di me abbia protetto entrambi. Ma sta abbassando le difese. Sta usando tutte le risorse disponibili.

«Devo andare.» Corro intorno al bancone e afferro la borsa, con cautela, in modo da non sfiorare nemmeno un pelo del corpo di Tyler.

Il suo sorriso svanisce. «Dove stai andando?»

«Fuori.»

Commetto l'errore di guadare indietro, senza sapere che cosa mi aspetto di vedere. Forse un'espressione compiaciuta: ho-sorriso-così-apposta. Ma la sua espressione è di delusione mascherata.

È peggio che se fosse compiaciuto. Se sto leggendola bene, significa che il suo sorriso era sincero. Era felice solo perché era con me. E la mia reazione, un'attrazione profonda, è completamente fuori controllo. Se tutto quello che deve fare perché io sia pronta a togliermi il reggiseno e lanciarmi su di lui è sorridere, siamo in una zona pericolosa. Mine vaganti dappertutto dentro casa.

Come faccio ad andare piano quando mi guarda così? Di colpo, questo fatto di vivere insieme è passato dall'essere esplosivo a essere assolutamente cataclismico.

Prendo le chiavi dalla borsa ed esco.

Solo con le calze. Merda.

Pazienza, non ho intenzione di tornare indietro.

Tyler sembra serio sui suoi sentimenti per me, ma non c'è la minima possibilità che mi lanci in questa situazione. Non è una cosa intelligente, dopo quello che abbiamo passato.

I miei sentimenti per lui sono cresciuti e perderlo questa volta potrebbe essere quell'unica cosa nella mia vita che alla fine mi spezza.

Capitolo Ventotto

Passo la mano sulla nuova tappezzeria beige del fuoristrada di Tyler mentre andiamo al lavoro. Tyler mi ha già offerto un passaggio in passato, ma oggi ho ceduto. La mia auto non è partita, quindi non avevo molta scelta.

Ero andata da Cali e Jaeger l'altra sera dopo aver lasciato Tyler, con i calzini, ed ero rimasta da loro finché era diventato abbastanza tardi da entrare in casa senza farmi notare e andare in camera. Tyler era seduto al tavolo da pranzo, nel suo 'ufficio'. Aveva alzato gli occhi quando ero entrata e aveva scosso la testa, come se io fossi un mistero che non aveva nessuna speranza di svelare.

«Quando l'hai fatto fare?» dico indicando il rivestimento. L'ultima volta in cui ero salita sulla sua auto, i sedili erano screpolati fino a mostrare l'imbottitura in alcuni punti.

Lui mi dà una breve occhiata. «Una settimana fa. Era ora. Non era sicuro. Ti graffiavi ogni volta che salivi.»

Fisso il lato della sua testa. Ha fatto ritappezzare l'auto per me?

Mentre rimugino su questo pensiero, arriviamo al parcheggio del casinò. Tyler si affretta a girare intorno all'auto e chiude la portiera dietro di me quando scendo. Mi mette la mano sulla schiena mentre camminiamo verso l'ingresso posteriore del casinò e mi apre la porta. Una volta dentro, Tyler non mi tocca, ma resta vicino, come se stessimo insieme. *Insieme*, insieme.

Ho detto che volevo prendere le cose con calma. Volevo assicurarmi di avere un futuro con lui prima di far precipitare le cose, ma Tyler mi sta già trattando come se fossi la sua ragazza. Dovrebbe preoccuparmi, ma non è così.

Mi ero resa conto di essere nei guai l'altra sera e la mia capacità di tenerlo a distanza sta costantemente diminuendo. La cosa buffa è che non credo che lo stia facendo per sedurmi o per convincermi a fare qualcosa. Ho la sensazione che, semplicemente, non si stia più trattenendo.

Come fa una ragazza a mantenere le sue convinzioni e continuare ad andare piano quando un uomo dà il suo massimo?

È il fine settimana del festival musicale e sia Tyler sia io abbiamo un turno che comincia più tardi, per lavorare tutta la sera. Siamo stati insieme per un po' negli ultimi giorni ma mi sono tenuta occupata andando a trovare Becky e John, Cali e Jaeger e Nessa. Sono anche passata per guardare altri episodi del *Trono di Spade* con Zach, qualunque cosa per impedire alle cose di procedere troppo in fretta con Tyler, perché riesco a sentire il calore.

Più viviamo insieme, più stiamo vicini, più le mie difese crollano. Io lo desidero. E adesso, con questa faccenda di aver ritappezzato i sedili del Land Cruiser in modo che non mi graffi le braccia? Mi. Sta. Uccidendo.

Tyler è ancora il ragazzo che aveva fatto scappare le bulle quando ero alle medie, che si era assicurato che passassi algebra alle superiori e che mi vede come non ha mai fatto nessun altro. E adesso è un uomo, padrone di sé e sicuro e mi sta dimostrando in ogni modo possibile che sono importante per lui. Per quanto tempo riuscirò ancora a trattenermi? E lo voglio davvero?

In ascensore per andare al piano degli uffici, lo guardo e sorrido. Se il mio sorriso è pieno d'amore e di ogni altro sentimento che ho mai provato per Tyler, beh, non posso farci niente. È quello che mi tira fuori.

Nei suoi occhi c'è uno sguardo ardente e manda una scintilla al mio basso ventre.

Le porte dell'ascensore si aprono e io borbotto qualcosa che assomiglia a: «Ci vediamo più tardi», mentre mi avvio verso il mio ufficio, cercando di nascondere il sorriso ebete che ho sulla faccia.

Questa tensione non può durare ancora per molto. Prenderemmo fuoco.

Passa un'ora e io sospiro seduta alla mia scrivania, obbligandomi a scacciare Tyler dalla mia mente per la milionesima volta nell'ultima mezz'ora. Scorro col dito il programma degli eventi e i fornitori associati a ciascuno. Sento bussare alla porta del mio ufficio. Dico *ufficio* e intendo *sgabuzzino* perché il mio spazio non ha finestre ed è grande appena a sufficienza per una scrivania e una sedia. Ma, ehi, è uno spazio chiuso ed è tutto mio, quindi ne sono entusiasta.

Alzo gli occhi. «Ciao, Hayden.»

Hayden ha lavorato quattordici ore al giorno in queste ultime due settimane. Io non sono molto più indietro. Sembriamo entrambe esauste ma Hayden sembra particolarmente stressata.

«Ho un grosso favore da chiederti. Jessie, la direttrice dell'ospitalità, ha chiamato, sta male, appendicite.»

«Jessie?» dico con la voce un po' troppo acuta. «Intendi dire Jessie, quella che ci sta salvando il culo gestendo l'ospitalità con pochissimo aiuto da parte mia mentre siamo a corto di personale? Quella Jessie?»

«Già.»

Oh, merda. «Che cosa posso fare?»

Cioè, questa sera sono impegnata con le risorse umane, ho una lunga lista di cose da fare, ma è un'emergenza. E sono il braccio destro di Hayden. Mi piace la piccola squadra che abbiamo formato. Dà una bella sensazione fare parte di qualcosa oltre alla famiglia e agli amici.

«Abbiamo gente che arriva da tutte le parti e ogni celebrità ha qualche richiesta speciale. Ho bisogno che controlli le suite per assicurarti che siano rifornite di quello che ha chiesto ciascuno. Orsetti gommosi, asciugamani zebrati di Roberto Cavalli, anatroccoli di gomma...»

«Whoa... Dici sul serio?»

Lei sbuffa. «Celebrità. Che cosa riesci a fare? Jessie dovrebbe aver già pensato a tutto prima di andare via ieri, ma voglio assicurarmi che ci sia tutto. Non si sentiva già bene.»

«Certo, me ne occuperò io.» Calcolo mentalmente tutte le altre cose che dovrei fare. L'elenco è lunghissimo, ma questa cosa è importante per Hayden, quindi è importante per me. «Devo andare adesso?»

«Se non ti dispiace. Ecco l'elenco.» Mi porge un documento di dieci pagine.

Sbatto gli occhi, ma riesco a mantenere il controllo. Per esaurire questa lista ci vorranno ore. «Okay. Qualcos'altro?»

«No, ma... stai attenta.»

Sono sorpresa e preoccupata.

Hayden si agita, spostando il peso da un piede all'altro. «Drake è qui.»

«*Cosa!*»

«E c'è una strana energia tra i dirigenti questa sera. Mi rende nervosa.»

Che diavolo. Amo il mio lavoro ma a volte questo posto fa schifo.

«Perché hanno permesso a Drake di rientrare?» Da quanto ho sentito, l'AD non è più tanto convinto dell'innocenza di Drake.

«Non ne ho idea. Il mio capo tiene la bocca chiusa.»

«Okay» dico, diffidente. «Starò attenta.»

Hayden esce e io spedisco un'ultima mail prima di rimettermi le scarpe col tacco sotto la scrivania. Esco dal mio ufficio/sgabuzzino e mi fermo nel corridoio, con la lista dell'ospitalità e altri documenti stretti in mano.

Urla maschili filtrano lungo il corridoio, diventando più forti con ogni parola, come se chi sta urlando si stesse anche avvicinando rapidamente.

Drake svolta l'angolo, diretto verso di me. «Avevamo un accordo, Joseph»» urla guardandosi indietro, avvicinandosi, con le carte che pendono dai lati della sua valigetta con la cerniera aperta. «Mi sono sacrificato per voi.» Si ferma, come se intendesse tornare indietro. Ma poi mi vede.

Gli occhi di Drake son ridotti a due fessure mentre si avvicina a grandi passi. «Tu sei la prossima, Mira Frasier.» Il suo volto si contorce, rosso di rabbia. «Pensi di aver fatto strada? So tutto del tuo passato. Sei come me» ringhia. «Sei venuta dalla fogna ed è lì che finirai. Ti useranno come capro espiatorio più in fretta di come hanno fatto con me. Sei una *donna*.» Mi afferra il braccio. «Ti stanno usando. Hai meno potere di qualunque uomo in questo posto. Tu non sei *niente*.»

Non mi muovo, non riesco a respirare. Non dovrei ascoltarlo, ma per qualche motivo le sue parole colpiscono nel segno. Non ho ottenuto questo impiego per merito e mi vergogno di alcune delle cose che ho fatto per sopravvivere. Allontanare la gente che non lo meritava, prendere soldi in prestito da uomini malvagi, mentire a Lewis. Pensavo che il mio impiego al Blue fosse un passo avanti. Ma adesso, con Drake che sottolinea da dove sono venuta... Ha ragione? Sono come quella radice nella foresta che mirava alle stelle e faceva inciampare tutti sul suo cammino, quando in realtà il mio posto è nel fango?

Le affermazioni positive che mi sono ripetuta mentalmente negli ultimi mesi spariscono dalla mente. Ho la testa vuota.

Tyler e un'altra guardia di sicurezza arrivano di corsa da dietro l'angolo. Lo sguardo di Tyler passa da me a Drake e stringe i denti.

Si avventa su Drake e gli avvolge un braccio intorno al collo. «Lasciala andare, stronzo.»

Tyler è più alto, più forte. Drake fa una smorfia e mi lascia andare il braccio, lasciando cadere la valigetta.

Tyler prende le manette e le mette ai polsi di Drake, poi lo spinge verso l'altra guardia, un uomo perfino più robusto di Tyler, calvo, con folti baffi che sporgono ai lati del volto.

L'altra guardia afferra Drake in quella che sembra una presa da lasciare lividi, ma Drake tenta di liberarsi, con gli occhi folli. «Lei è la prossima» urla, con il corpo che trema mentre cerca di avvicinarsi a me. «Mira e quella stronza di Hayden.»

Tyler si mette di fronte a Drake e gli dà una gomitata in faccia, facendogli schizzare il sangue dal naso. Drake barcolla ed emette un grido acuto.

«Portalo via da qui» urla Tyler.

La guardia trascina Drake alla fine del corridoio, dove due poliziotti stanno giusto svoltando l'angolo.

Prima che i due riescano a prenderlo, Drake gira la testa finché riesce a guardarmi negli occhi, con un'espressione quasi calma. «Gli anelli, Mira. Cerca gli anelli.» Il suo volto si contorce in un sorriso sdegnoso, quasi folle.

E con quel messaggio misterioso, viene portato via dai poliziotti.

Tyler aspetta finché sono spariti, poi si volta e mi controlla. «Ti ha fatto male?» Mi tocca il braccio, avvicinandosi, bloccandomi con il suo corpo.

Non dico niente perché la risposta è nebulosa. Drake mi ha fatto male fisicamente? No. Psicologicamente? Sì. Sto lottando per negare le sue parole. Per scacciare con le affermazioni positive la roba con cui mi ha riempito la testa.

Gli occhi di Tyler diventano duri vedendo l'espressione sul mio volto e mi guida nel mio ufficio, a poca distanza, chiudendo la porta, nonostante gli impiegati del Blue che stanno guardando noi e lo spettacolo appena successo.

«Mira?» Tyler mi tocca la faccia, passandomi le mani lungo le braccia come per controllarmi il polso. Poi mi mette gentilmente la mano sulla guancia. «Mira» ripete. «Dimmi che stai bene prima che vada a prendere a botte quel tizio. Giuro che...»

«Bene» riesco a dire. «Sto bene. Solo che mi ha... colpito quello che ha detto.»

Tyler mi tira contro il suo petto, passandomi la mano su e giù sulla schiena, calda e gentile. «Non sa un cazzo di te, Mira. Non ascoltare una sola parola di quello che dice quello stronzo. Io ti conosco.» Mi stringe forte e mi scuote un po'. «Io. Ti. Conosco. Tu sei combattiva e forte, intelligente... E tu non sei tua madre. A te importa della gente che fa parte della tua vita. Ti sacrifichi per loro, anche quando non lo meritano. Tu li proteggi, quando sei tu che hai bisogno di protezione.»

«Okay. Basta.» Sento le lacrime che si stanno formando. Questo non è né il posto né il momento di piangere. E accidenti a Tyler. Perché piango sempre quando c'è lui? «Ti capisco. Non lo ascolterò.»

Tyler ha ragione. Drake potrà anche aver avuto un'infanzia difficile, ma non siamo uguali. Non facciamo le stesse scelte. E lui non sa che cosa c'è nel mio cuore.

Tyler si tira indietro e mi dà un bacio forte sulla bocca. Niente lingua, solo il tipo di bacio che dice *prendi e prova a fermarmi*. Poi sorride, fiero di averla fatta franca.

«Non puoi baciarmi quando siamo al lavoro.»

«Ma dopo...?»

Ci sono cascata. Faccio una smorfia e scuoto la testa, esasperata. «Grazie, Tyler. Per quello che hai fatto lì fuori. E per quello che hai appena detto.» Mi stacco, mettendo un po' di spazio tra di noi, perché siamo al lavoro. Ci hanno già beccati una volta a baciarci. Non posso rischiare di nuovo di perdere il lavoro. «Sono contenta che Drake sia finalmente fuori.»

Non c'è verso che possa tornare dopo la scena appena successa.

Tyler sbuffa. «Andrà in prigione per parecchio tempo. Ho sentito i dirigenti dire che è colpa di Drake per tutto. L'aggressione, forse il riciclo di denaro sporco. Ci potrebbe essere di più... Non lo sanno ancora. La sicurezza sta controllando altri video per assicurarsi di non aver trascurato niente.»

«Bene.» Faccio un respiro profondo e liscio la gonna con la mano tremante mentre l'altra stringe ancora la lista dell'ospitalità. Non posso continuare a pensare a Drake. Ho altre cose di cui preoccuparmi. «Devo andare. Devo tornare a lavorare.»

«Mira, prenditi un minuto. È folle quello che è successo. Prenditi il tempo di respirare.»

Scuoto la testa. «Non posso. Questo festival deve svolgersi senza il minimo intoppo. Stanno facendo pressioni e devo aiutare Hayden. Devo controllare le suite e...»

«Quali suite?»

«Quelle delle celebrità. Devo assicurarmi che abbiano tutto quello che serve. Poi devo contattare i fornitori. Devo anche assicurarmi che i direttori dei ristoranti ricevano gli ultimi cambi di personale. C'è talmente tanto da fare che non ho tempo per piangermi addosso.»

Gli giro intorno e lui mi mette la mano intorno alla vita, appoggiandomela allo stomaco. Resto senza fiato e alzo gli occhi. «Tyler» dico, ammonendolo.

Non sembra rendersi conto di che cosa mi fa il suo tocco, oppure l'ignora. «Vengo con te.»

«Uh? No.» Scuoto la testa. «Non è professionale. Non puoi accompagnarmi. Hai un lavoro da fare.»

«Mentre tu e Hayden siete a corto di personale, hanno aumentata la sicurezza per questo evento. Ci sono abbastanza guardie in giro, specialmente la prima sera. Posso aiutarti. Quattro mani sono meglio di due e così via.»

«Non si applica a quello che devo fare, ma anche se fosse così, davvero, va tutto bene.»

Arrivo alla porta e mi affretto per il corridoio. Sono in ritardo di venti minuti sul programma che mi ero prefissata. C'è gente dappertutto intorno a me, come se fossimo nel bel mezzo della giornata. Nemmeno lo spettacolo che ha fornito Drake ha fatto rallentare il passo agli eventi di stasera. Il festival musicale è una delle più grandi attrazioni del Blue Casinò. Fanno tutti gli straordinari stasera.

Tyler mi raggiunge. «Ti seguirò, ecco tutto. Mi assicurerò che vada tutto bene. È il mio lavoro, dopotutto.»

«Hai accettato questo impiego per tormentarmi, vero?»

Lui ammicca.

«Non intralciarmi, Tyler. Sono seria.»

«Farei mai una cosa del genere? Fingi che sia la tua ombra. Non dirò nemmeno una parola.»

Non so perché ma ne dubito fortemente.

Ho promesso ad Hayden che avrei cominciato con le suite, ma ho una riunione con uno dei direttori che mi sta aspettando. Vado lì come prima cosa e mi assicuro che sia tutto a posto perché i fornitori abbiano accesso alla cucine. Gli fornisco anche la nuova lista degli impiegati temporanei che cambia di minuto in minuto. Ho assegnato delle targhette ai fornitori fuori sede ma ricontrollo comunque tutto. Tyler mantiene la parola e resta in silenzio durante tutta la riunione, ma ricevo occhiate perplesse dal direttore. Non capita tutti i giorni che il personale dell'ospitalità sia accompagnato da una guardia di sicurezza.

Vado agli ascensori che portano alle suite dell'attico e inserisco la speciale chiave d'accesso.

Tyler sbircia la lista che ho in mano. «Che cos'è?»

La sposto bruscamente. «Niente.»

Lui inarca la sopracciglia. «Non mi sembra niente. Da quando l'hotel fornisce agli ospiti...» Guarda un'altra volta la lista. «... Lenzuola di satin rosse, preservativi extra large lubrificati...»

«Piantala. Sono ospiti speciali.»

«Direi.» Sogghigna. «Perché lo stai facendo? Tu lavori alle risorse umane. Mi sembra un po' fuori dalle tue mansioni.»

«La ragazza che si occupa dell'ospitalità, data la mancanza di personale, sta male e non ha potuto venire a lavorare, lasciando Hayden e me ad assicurarsi che il lavoro venga svolto, quindi resto io. Aiuto comunque normalmente nel reparto ospitalità, quindi va tutto bene.»

«Hayden non può assumere qualcuno?»

«Vuoi smetterla? Hayden assumerà qualcuno quando riuscirà a riemergere e respirare. Le hanno scaricato addosso una montagna di lavoro da quando ha cominciato. C'è gente, qui in giro, che vuole vederla fallire. Non la vogliono in una posizione di potere.»

«Dandole tanta responsabilità, l'hanno anche messa in una posizione di potere.»

La porta dell'ascensore si apre ed entriamo. «È vero. Non è molto astuto da parte loro. Comunque, Hayden deve assicurarsi che gli ospiti di alto livello siano contenti.»

«Quindi ti tocca occuparti dei preservativi.»

«Esattamente.»

Capitolo Ventinove

Tyler

L'incombenza che le ha assegnato il suo capo è divertente. Preservativi e Pringles? Bello. E, comunque, io indosso un'uniforme da finto poliziotto e vado in giro come se avessi veramente autorità. Un walkie-talkie e le manette non fanno di me un Berretto Verde.

Mira fissa il suo telefono mentre usciamo dalla suite. «Merda, Hayden me ne ha data un'altra da controllare.» Passa il dito sullo schermo del telefono, scrollando. «E vogliono una montagna di cose. Hayden dice che questa suite non era sulla lista ma che ha trovato una cartelletta che era stata messa da parte nell'ufficio del direttore dell'ospitalità.»

Ho già detto al mio capo che sto fornendo sicurezza al reparto di ospitalità, che è a corto di personale. Ha delle nuove reclute che lo aiutano, quindi gli sta bene che assista dove servo. Non mentivo quando ho detto a Mira che non c'è carenza di sicurezza. Abbiamo triplicato il normale personale per il festival.

Mando un messaggio al mio capo per informarlo che abbiamo un'altra commissione e che tornerò tra mezz'ora. «Okay, andiamo.» Ripongo il telefono.

«Tyler» dice Mira mentre controlla le chiavi di plastica e si dirige verso l'ultima suite lungo il corridoio. «Dovresti tornare indietro. È stato tutto molto noioso. Mancavano delle cose solo in una delle suite e probabilmente si trattava di aggiunte dell'ultimo minuto. È bastata una telefonata. Posso farcela da sola. Devi avere cose migliori da fare.»

Fingo di riflettere per un momento, stringendo le labbra come se fossi concentrato. «No. Inoltre, queste richieste speciali sono affascinanti. Mi hanno fatto pensare a tutta una serie di... scenari.»

Lei alza lo sguardo ed emette un gemito di frustrazione, lieve e sexy. Meglio che la smetta perché mi sta eccitando. Perché poi la sua frustrazione sia eccitante, non lo saprò mai. Forse perché penso che in effetti le piaccia avermi vicino e che la tensione costante sia solo un preliminare.

Mira fissa le chiavi magnetiche e lascia cadere le mani. «Perfetto, Hayden mi ha dato il codice speciale per il tastierino ma non avevo programmato di venire qua. Non ho la chiave per entrare in questa suite.» Fissa la porta come se potesse aprirsi magicamente.

Per fortuna ci sono io.

«Permettimi.» Prendo il passe-partout che mi ha dato il mio capo perché sono fortissimo nel mio lavoro e lui sa che sono un tipo affidabile. Mmm, forse potrebbe mettere una buona parola per me con Mira?

Infilo la chiave e Mira compone il codice sul tastierino. È strano. Non ho mai visto un tastierino nelle stanze d'hotel del Blue.

Si sente un bip, si accende la luce verde e apro la porta.

Mira entra, controllando la lista sul suo telefono. Arriccia il naso. «È strano.»

«Più strano della suite che voleva le carte per giocare a Uno, i Nutter Butter e il lubrificante?»

«Forse.» Ispeziona la grande stanza.

Al Blue ci sono parecchie suite nell'attico. Dal centro di questa stanza si vede il lago, su un lato c'è una porta a due battenti, due porte separate dall'altro. C'è una cucina, un'area pranzo che è stata convertita in una specie di ufficio, con cartellette, due cassette di sicurezza, un computer... Mira ha ragione. Questo posto non assomiglia a una normale suite.

«Mira, sei sicura che ci fosse questa sulla lista?»

Lei fissa il telefono. «Una dozzina di vestaglie per ogni camera, dieci flaconi di olio per massaggi edibile, duecento preservativi...» Smette di parlare e alza gli occhi. «Okay, sono tanti.» Apre la porta a due battenti «Whoa.»

Guardo sopra la sua testa. C'è un letto king-size che prende metà della stanza, con un copriletto di satin color ruggine. Dalla testiera e dalla pediera pendono manette di pelle per polsi e caviglie. Sulla parete, c'è un armadio con le ante di vetro pieno di fruste, bastoni e... Merda. Non so nemmeno cosa sono alcune di quelle cose.

È roba post-*Cinquanta sfumature di grigio*, ma accidenti. Wow.

Entro e guardo più da vicino.

«Tyler» sibila Mira. «Esci da lì.»

«Perché? Fammi vedere l'elenco. Dobbiamo assicurarci che abbiano quello che gli serve.»

«Esci, esci.» Agita freneticamente la mano. «Me ne occuperò io.»

«Sei sicura?»

«Sì. Esci prima di toccare qualcosa e mettermi nei guai.»

Scuoto la testa. «Non ti fidi di me, Mira?» Lei sbuffa quando le passo vicino, ma la bocca sta sorridendo

Mi fermo sulla soglia e lei si sposta verso il letto, controllando guardinga la lista. Mira alza cautamente il copriletto e lo lascia cadere in fretta, spuntando una delle voci della lista.

Mi sorprende che al Blue ci sia un posto del genere. Servono tutti i tipi di clientela ma questo roba è... esagerata.

Vado nella stanza principale e apro un cassetto della scrivania. Le solite cose d'ufficio, niente di speciale. Nel cassetto sotto c'è una manciata di preservativi. Decisamente più interessante ma non sorprendente, visto quello che c'è nella stanza *Cinquanta sfumature*. Apro il terzo cassetto. Pacchetti di siringhe, lacci emostatici, polvere grigio chiaro, pillole in cassettine chiuse...

«Mira...»

«Ho quasi finito» dice da qualche parte nella seconda stanza.

«Dovremmo andarcene.» Chiudo il cassetto e vado da lei. «Questo posto non è giusto.»

«Dillo a me.» Sbatte lo sportello del comodino e scuote la testa. «Ma vai pure avanti se devi andare da qualche parte. Ho tutto sotto controllo.» Mira si piega e la sua testa scompare di lato al letto quando rialza il copriletto. «Solo altri cinque minuti al massimo.»

«No.» Giro intorno al letto per andare da lei. «Dobbiamo andarcene, subito. Non credo che Hayden dovesse venire a sapere di questo posto.»

«Di che cosa stai parlando?» Si guarda intorno nella stanza.

Questa è meno esagerata, niente fruste o roba simile in vista, ma c'è una scultura nell'angolo che sembra un dildo gigante, grandi specchi alle pareti e sono piuttosto sicuro che sulla cassettiera ci sia una macchina da presa.

«Non è convenzionale,» mi dice Mira, «ma hai visto che cosa ha chiesto l'altra gente. Il rocker in quella stanza voleva un coso di trenta centimetri rosa shocking...»

«Non è la stessa cosa. Questa...»

C'è un bip alla porta della suite, che indica che qualcuno sta per entrare.

Sollevo Mira, mi precipito nella stanza principale e mi tuffo dietro al divano.

«Che diavolo, Tyler?» sussurra Mira, scostandosi i capelli dalla faccia.

Indico la scrivania con la testa. «Ci sono droghe illegali lì dentro» dico, tenendo la voce più bassa possibile e vicino al suo orecchio.

Lei apre la bocca e io la spingo giù finché è praticamente sotto di me. Sposto entrambi vicino al lato del divano, lontano dalle voci che arrivano nella stanza.

«...Vogliono che sia tolto tutto. Posto nuovo, stessa roba. Il capo vuole che sia pronto e in funzione per questa sera.»

«Tutto l'intero circuito?»

«Tutto quanto. Abbiamo dei clienti che arrivano tra due ore.»

«Avremo bisogno del resto della squadra.»

«Li ho già chiamati.»

Sbircio intorno al divano.

Ci sono due uomini in mezzo alla stanza, entrambi in giacca e cravatta. Uno si gratta una guancia e il suo anello con zaffiro del Blue luccica all'illuminazione di design nella stanza. Anche l'altro ha un anello del Blue.

Come hanno fatto questi due a ottenere lo stato di dipendente esemplare? È di questo che stava parlando Drake? Ottieni un anello e sei nella corsia preferenziale.

Cazzo. C'è qualcosa di veramente inquietante che succede da queste parti e non voglio che questi tizi si rendano conto che lo sappiamo. Gli scenari peggiori mi turbinano nel cervello come missili. Se chiunque sia al comando ha inchiodato Drake (che non lavora più qui) per tutte le attività illegali del casinò, che cosa farebbero a Mira? Io potrei andarmene da questo posto senza problemi, ma Mira crede di avere bisogno di questo impiego.

Dobbiamo riuscire ad andarcene senza farci vedere. Non ho intenzione di rischiare che Mira venga scoperta.

Le faccio segno di avvicinarsi, tenendo un dito sulle labbra.

«Se loro sono qui, non può essere sbagliato che sia qui anch'io. Perché non usciamo e basta?» sussurra in modo che possa sentirla solo io.

Scuoto freneticamente la testa e le afferro il polso, aspettando il momento giusto.

La scrivania è il primo posto che gli uomini smontano e inscatolano. Arriva un fattorino che porta via le scatole.

«Quando arrivano gli altri?» chiede uno dei due.

«Tra qualche minuto» risponde l'altro. «I membri della squadra sono già nel posto nuovo e lo stanno allestendo.»

Entrano nella stanza del sesso e io tiro Mira con me.

Arriverà altra gente molto presto e sarà più difficile andarsene senza farsi vedere. Questa è la nostra occasione. La spingo verso la porta. Non ha bisogno di molto incoraggiamento e ci arriviamo senza che ci scoprano, ma mi rendo conto che c'è un difetto nel mio piano.

Mi chino verso di lei, con le labbra contro il suo orecchio. Quando aprirò lo sentiranno. Il meccanismo di chiusura delle porte dell'albergo è rumoroso. «Corri a destra appena sei fuori.»

Mira annuisce, con il viso senza espressione, anche se alla base della gola il polso batte veloce.

Afferrando la maniglia, apro la porta il più piano possibile. C'è un leggero clic e spingo fuori Mira, seguendola immediatamente. Non mi curo del rumore quando la porta si chiuderà. La serratura automatica sarà rumorosa qualunque cosa faccia.

Sono entrato e uscito dalle stanze del Blue per un motivo o per l'altro abbastanza spesso in queste ultime settimane e so che non è possibile uscire da una stanza senza fare rumore. Il peso della porta, il risucchio del sistema di aria condizionata, il meccanismo di chiusura, tutti insieme si combinano per assicurarsi che la porta si chiuda perfettamente e, sfortunatamente, fanno un sacco di rumore.

Una volta fuori, raggiungo Mira. In fondo al corridoio c'è uno sgabuzzino delle pulizie, come nella maggior parte dei piani per gli ospiti. È tardi e la maggior parte del personale delle pulizie è andato a casa. Inserisco il mio passepartout nello slot della porta e tiro Mira nello sgabuzzino con me.

I miei occhi si abituano al buio e la vedo che mi fissa. «Perché non andiamo da qualche parte? Non dovremmo scappare?»

«Telecamere di sicurezza. Negli ascensori e sulle scale di emergenza. Se restiamo qui e aspettiamo che arrivi altra gente in questo piano, il fattorino, ospiti, i membri della squadra che i due tizi nella suite stanno aspettando, possono pensare che il suono della porta che si chiudeva fosse di qualcuno di loro. È la migliore possibilità che abbiamo. Se usciamo adesso sapranno che c'eravamo noi lì dentro.»

«E pensi che sia pericoloso?»

«C'erano siringhe e una quantità di pillole nella scrivania. Qualunque cosa succeda là dentro non è legale. Non mi fido di questi uomini. Non ti toccherebbero mentre sono con te, me ne assicurerei io, ma in futuro? Quando non ci sono? E se fossero come Drake? E i loro contatti? Altri idioti come quelli che ti hanno trovato nella foresta?» Scuoto la testa. «Non mi piace, Mira. Non posso correre il rischio. Potrebbe sembrarti folle, ma comincio a essere d'accordo con Drake. Penso che chiunque sia al comando l'abbia usato come capro espiatorio per coprire la roba illegale che avviene qui nel casino. Drake è colpevole per l'aggressione, ma non è lui a gestire la suite *Cinquanta sfumature*. È qualcun altro.»

«Hai ragione. Hanno parlato di spostare la stanza, non di rimuoverla.»

«E gli anelli. Ricordi che Drake ha gridato quella cosa senza senso riguardo gli anelli?» Lei annuisce. «Li avevano entrambi quegli uomini. Penso...» I miei sospetti si stanno accumulando e non so quanto siano folli, ma... «Credo che pensino di poter coprire le tracce ora che Drake è sotto custodia.»

Mi strofino la faccia e premo l'orecchio contro la porta. Il suono di un'altra porta che si apre e si chiude echeggia nel corridoio. Si sentono delle voci che si attenuano, come se chiunque ci fosse si stesse allontanando.

«Gli anelli» dico, rivolgendomi a lei. «Che cosa sai degli anelli?»

«Li danno per premiare buone prestazioni. Un giorno ho sentito che ne parlava della gente nella sala mensa.»

«È quello che ho sentito anch'io, ma pensi che potrebbero rappresentare di più? Come, per esempio, se certa gente fosse coinvolta nell'attività illegale del casinò, gli anelli potrebbero essere come la loro stretta di mano segreta? Tipo "Porta un anello e sei dentro"?»

«Tyler, mi stai spaventando.»

E Mira non si spaventa facilmente. Le prendo la mano e l'abbraccio. «Mi dispiace. Andrà tutto bene.» Passo la mano sui suoi capelli di seta. «Dovremo tenere un basso profilo per un po'.»

Lei alza gli occhi, cercando il mio viso. «E stasera? L'evento? Non posso deludere Hayden.»

«Resteremo qui solo per un po'. Un'ora, forse due. Potremmo uscire e fingere di esserci nascosti qui per...» Agito le sopracciglia un paio di volte.

«Oh, certo. In modo che qualcuno ci veda e mi licenzino?»

«Vuoi veramente lavorare al Blue dopo quello che hai visto?»

Lei chiude gli occhi. «Non lo so. Mi piace lavorare con Hayden. Mi sento utile, apprezzata.»

Le fisso le labbra. «Io ti apprezzo.» Le passo le mani sul collo, prendendole il volto. «Io ho bisogno di te.»

«Tyler, non possiamo...»

Abbasso la testa e la bacio, perché questo posto è più pericoloso di quanto potessi immaginare quando Mira ha cominciato a lavorare qui. E perché non voglio dirle che cosa deve fare, ma ho paura che le facciano del male. È così piccola, fragile in un modo che non mostra a nessuno. Voglio proteggerla, occuparmi di lei.

Qualunque protesta stesse per fare sparisce. Mi mette le mani intorno al collo e mi afferra i capelli, aprendo la bocca per me. «Non farlo» mormora contro le mie labbra.

Mi ci vuole un minuto per capire a che cosa si sta riferendo, la mano che sta scivolando sul suo top, la lingua che stuzzica la sua bocca... «Che cosa? Baciarti?» La fisso negli occhi che riflettono l'anima meravigliosa che vedo. «Perché no? Io ti amo, Mira.»

Sul suo volto appare un'espressione cauta. «È quello che avevi detto l'altra sera.»

«Non mi credi?»

Lei chiude stretti gli occhi.

«Mira, guardami.» Le alzo il mento e le sue palpebre si aprono lentamente. «Mi ami come io amo te?»

Lei deglutisce e vedo la sua gola che si muove. «Io ti ho sempre amato. Non c'è mai stato nessun altro... Non sono mai stata con un altro.» Irrigidisce le spalle, come se si stesse aspettando un colpo.

Crede veramente che *questo* mi allontanerebbe? Quelle parole sono musica per l'orecchio di un uomo e comprovano solo quello che ho sempre saputo.

«Penso che tu sia l'unica donna che amerò in questa vita e tanto vale che tu smetta di combatterlo perché sono l'unico uomo per te. Adesso ho intenzione di baciarti e continuare a farlo finché ti renderai conto di quanto sei importante per me e che non ti lascerò mai. Quindi puoi anche mandarmi a quel paese perché hai paura, ma, che stiamo insieme o no, sarai sempre nel mio cuore e nella mia testa e mi tormenterai finché sarò un vecchietto che non riesce più a farselo rizzare. Arrenditi adesso così almeno possiamo goderci lo stato di perenne erezione in cui mi trovo con te.»

«Sempre di classe» dice, ma sta sorridendo. Mira preme il petto morbido contro la mano che è rimasta lì, piantandomi la bocca sulle labbra in un bacio profondo che mi toglie il fiato e fa accelerare il mio cuore.

Le afferro la vita, guidandola verso lo scaffale dei rotoli di carta igienica. Tolgo con riluttanza la mano dal suo bel seno, solo per abbassarla e passare il palmo sulla coscia, scostando la gonna in modo da poterla sollevare e avvolgere le sue gambe intorno alla mia vita.

Lei mi bacia lo zigomo e mi mordicchia il lobo dell'orecchio. «Non possiamo farlo qui.»

Quel piccolo morso si trasmette direttamente all'inguine. «Consentimi di non essere d'accordo. Penso che possiamo farcela.»

In qualche posto in fondo alla mia mente c'è una voce distante che mi dice che il tempismo è pessimo. Ma i miei pensieri immediati dicono che è perfetto. Che non c'è mai stato un momento migliore.

«Non è professionale.» Mi tempesta la faccia di baci e armeggia con i bottoni del mio colletto. «E se quegli uomini ci trovassero?»

Le afferro il sedere e mi sfrego contro di lei. Le sfugge il fiato. «Sei sicura di non volerti fermare? Se quegli uomini non ci hanno ancora trovato, non ci troveranno.»

Per un momento, gli occhi di Mira sono vacui, poi mi bacia, forte con le dita che armeggiano più in fretta sulla mia camicia. Dita furtive la sfilano dai pantaloni.

Le ringhio contro la bocca. Le mie mani sono occupate a tenerla sollevata e sto mentalmente cercando di capire come denudarla senza usarle, o almeno denudarla parzialmente, quando il rumore di una porta che si apre mi gela.

Merda.

Ci stacchiamo lentamente e l'abbasso dolcemente a terra, aiutandola a rimettere a posto la gonna mentre col mio corpo impedisco che la vedano.

Volto la testa e trovo il mio capo sulla soglia, con una smorfia sul viso.

«Non va bene, amico. Adesso hai fatto la frittata.» Indica una semisfera nera, una telecamera di sicurezza.

Nello sgabuzzino? Perché diavolo hanno installato una telecamera...

«Obbligatoria. Dopo i recenti eventi che hanno coin-

volto un'impiegata e un dirigente in un magazzino al pianterreno. Fratello, adesso sei nella merda.»

Mira si sposta al mio fianco, a testa alta.

«Mi dispiace, ragazza» dice il mio capo, guardando
dappertutto tranne lei. «Credo che anche tu debba cercare
un altro posto. Tyler, mi piacerebbe tenerti, ma non è una
cosa sulla quale mi permetteranno di sorvolare. Scendete al
piano uffici. Avete entrambi della gente che vuole vedervi.»

Capitolo Trenta

Tyler e il tizio con cui lavora mi scortano all'ufficio di Hayden e busso alla porta. «Entrate» dice Hayden.

Entro e trovo Hayden con i gomiti appoggiati alla scrivania e la testa tra le mani. Alza la testa e indica a Tyler e all'altra guardia di andarsene.

Tyler mi rivolge un sorriso per rassicurarmi prima che il suo capo chiuda la porta.

«Mira, davvero?» Hayden scuote la testa e una ciocca di capelli biondo scuro le cade sull'occhio. «Che cosa stavi pensando?»

«Tyler e io...»

Noi cosa? Siamo una coppia? Ci conosciamo da sempre, quindi è okay se facciamo sesso in un ripostiglio? Che cosa diavolo *stavo* pensando?

Hayden agita una mano. «Non voglio sentirlo. Devo licenziarti, Mira.» Si passa le dita tra i capelli e si tiene la testa. «Ma non lo capisco. Non potevate farlo fuori, nel tempo libero? Perché qui?»

«Noi... Non è come sembra. Cioè, sì. Stavo cercando di andare piano con Tyler, ma poi quegli uomini sono entrati nella suite. Ero spaventata e Tyler mi stava confortando... Sto facendolo sembrare ancora peggio, vero?»

Hayden alza la mano. «Torna indietro, quali uomini?»

«L'ultima suite in cui mi hai mandato. Quella che hai aggiunto all'elenco. C'erano droghe illegali, Hayden.»

Hayden si alza e fa il giro della scrivania, sedendosi pesantemente accanto a me, con la faccia seria. «Di che cosa stai parlando?»

Faccio un respiro profondo per calmare i nervi. Ho perso il lavoro. Niente di quello che le dirò cambierà le cose. Non che io sia responsabile per quello che ho visto nella suite. In effetti, Tyler ha detto una cosa giusta. Non ho bisogno di questa merda nella mia vita. Le cose in cui è coinvolto il Blue: le droghe e chissà che altro? E se quello che succede in quella stanza non fosse sesso consensuale?

«La sicurezza ha aumentato il personale per il festival. La squadra di Tyler poteva fare a meno di lui quindi mi ha seguito per i controlli nelle suite. Immagino che non volesse che andassi da sola, dopo lo scontro con Drake.»

«Ne ho sentito parlare.» Scuote la testa. «Mi dispiace veramente che si sia sfogato con te. Quell'uomo è folle e non tornerà. Ho ricevuto la conferma verbale da parte dell'AD. Anche se legalmente dovesse cavarsela, cosa che dubito fortemente, il Blue l'ha già licenziato.»

Va benissimo, ma dopo ciò che ho visto stasera. «Drake è pazzo e orribile, ma se ce ne fossero altri? Gente più potente di lui che sta usando il casinò come schermo? Mi avevi detto che non ti fidavi dei tuoi colleghi. Mi chiedo se tutto il dramma fatto per l'arresto di Drake non possa essere un gioco di specchi per coprire altre cose che succedono nel casinò.»

Il telefono di Hayden squilla e lei controlla il numero. «Non sono sicura di capire che cosa stai dicendo, Mira.» Scrive un messaggio. «Per quanto mi riguarda, avevamo uno psicopatico in una posizione di comando che ha manipolato gli altri per approfittarsi di giovani donne. Non c'è più e possiamo voltare pagina.» Hayden appoggia il telefono. «Non mi piacciono gli uomini con cui lavorava Drake, ma finora mi hanno solo procurato qualche lieve irritazione. Non ha senso per me pensare che siano come Drake.»

«E le droghe?»

«Se le celebrità nelle suite si portano la loro...»

«No. Quella non era esattamente una suite per le celebrità. Aveva una stanza per il sesso violento, più una scorta di droghe e siringhe ipodermiche. Era una cosa permanente. E quando sono entrati gli uomini con gli anelli sigillo del Blue, hanno parlato di spostarla...»

«*Cosa?*» Hayden si blocca completamente.

«Tyler ha trovato la droga e stava cercando di portarmi fuori di lì quando sono entrati due uomini. Ci siamo nascosti dietro i mobili e li abbiamo sentiti parlare. Stavano imballando tutto in fretta e furia con l'intenzione di spostare tutto in un'altra stanza entro questa sera. Sembravano preoccupati per una violazione. Forse per via della faccenda di Drake?»

«Cazzo!» Hayden sbatte il pugno sulla scrivania.

Whoa, non avevo mai sentito Hayden imprecare. Ma, sì, quando ci vuole ci vuole.

«Jessie sapeva di questo posto?» Hayden non mi sta guardando, fissa nel vuoto, come se stesse pensando ad alta voce.

Jessie deve averlo saputo dato che aveva la cartelletta di quella suite nel suo ufficio.

«Me ne vado, Hayden» dico alzandomi. «Hai parecchio di cui occuparti e ho peggiorato questa serata. Sono così imbarazzata per la faccenda del ripostiglio. Tutto quello che posso dire è che ero spaventatissima e Tyler stava cercando di confortarmi e, beh... ci siamo sentiti un po' troppo a nostro agio. Compilerò qualsiasi modulo ti serva e verrò un altro giorno a prendere le mie cose, quando non ci sarà tanto trambusto per il festival. Mi dispiace veramente per questa sera.»

«No.» Hayden scuote la testa. «Non andare. Che si fottano. Hai baciato il tuo ragazzo, e allora?»

«Non è il mio...»

«Chi non ha mai pomiciato in un ripostiglio?

«Uhm, okay?» Troppe informazioni sulla mia capa, così conservatrice ed elegante.

«Stasera ho bisogno di te. Parlerò io con la sicurezza. Mi assicurerò che resti tra di noi. E se non lo faranno, parlerò con la direzione e li convincerò che è nel loro interesse non farmi incazzare.»

«Whoa, addirittura il ricatto? Hayden, è una follia. Potresti andartene. Il Blue Casinò probabilmente è un posto pericoloso e sicuramente non salutare. Credimi quando dico che so una cosa o due di che cosa non è salutare.»

Lei si alza e cammina avanti e indietro nella stanza. «Niente da fare. Questa volta non scappo. Resterò e combatterò.» Hayden si ferma e mi guarda. «Sei con me?»

* * *

In un certo senso, Hayden ha ragione. Perché lasciare che questi tizi vincano? Io non ho fatto niente di male. Beh, okay, pomiciare nel ripostiglio non era proprio giusto, ma non è niente a confronto delle turpitudini che succedono al Blue.

Non so di che cosa stesse parlando Hayden, dicendo che questa volta non sarebbe scappata. È scappata da una situazione simile in passato? Non riesco a capire la sua determinazione di lavorare al Blue Casinò e arrivare fino in fondo, ma mi piace lavorare con lei e mi ha chiesto di restare. Quindi sono rimasta.

Il resto della serata è stato un continuo di commissioni da fare e arruffianarmi con i fornitori e perfino con alcune delle celebrità. Non rivedo Tyler ma lui non lavora per Hayden e sono piuttosto sicura che il suo capo fosse serio quando parlava di licenziarlo.

Sono le cinque del mattino e sono appena tornata a casa. Ho preso un Uber dato che mi aveva accompagnata Tyler. Scendo dall'auto e traballo a piedi nudi sulla ghiaia del vialetto. La ghiaia non è amica dei miei piedi, ma sempre meglio di dodici ore con i tacchi alti. Ho perso la sensibilità nell'alluce destro.

Sorrido quando inserisco in silenzio la chiave nella serratura. Tyler e io abbiamo smesso di combattere questa cosa tra di noi e la diga finalmente è scoppiata in questo momento "sono contenta di essere viva" al buio. Ciò che ha detto, che sono l'unica donna che amerà, era così da lui e così meraviglioso. Mi sono lasciata trasportare nel ripostiglio, ma è stata una bella sensazione. Tyler mi ha dimostrato in ogni modo che c'è per me e l'ho finalmente capito.

Sta albeggiando, ma Tyler non sarà sveglio a quest'ora. Vorrei non essere sveglia nemmeno io. Meglio ancora, vorrei essere rannicchiata accanto a lui. In effetti, mi sembra di camminare nel sonno, tanto la testa è vuota per la stanchezza.

Abbasso la maniglia per aprire la porta, che però si spalanca. C'è Tyler dall'altra parte, completamente vestito.

«Ehi» gli dico, confusa ma felice di vederlo, con un sorriso sul volto, finché noto la sua espressione preoccupata. «Va tutto bene?»

Lui non dice niente. Mi prende le scarpe dalle mani e chiude la porta dietro di me. E poi mi rendo conto di che cosa ho intravisto mentre scendevo dall'Uber. La vecchia auto che guida mia madre è parcheggiata sulla strada davanti al cottage. Ero così esausta quando l'Uber mi ha scaricato che quasi non l'avevo vista.

Ma non c'è mia madre seduta sul divano, è il suo ultimo "fidanzato". «Che cosa succede?» chiedo a Tyler. «Dov'è mia madre?»

Billy... Willy? – Merda, non ricordo come si chiama, si confondono tutti dopo un po' – si alza in piedi, appoggiando la birra sul tavolino. Birra alle cinque del mattino. Ovvio. Dopo tutto è l'uomo di mia madre. «Ciao, Mira. Scusami se sono arrivato così presto... Uhm, tardi. È un po' che aspetto. Ho cattive notizie.»

Tyler mi mette il braccio intorno alla vita, il palmo caldo e un po' sudato che trema di fianco al mio stomaco.

Lo guardo e vedo preoccupazione e tensione sul suo volto.

Il mio cuore accelera e sento la gola secca. L'orologio degli anni Settanta con un gallo giallo e arancio ticchetta rumorosamente sopra il tavolo della cucina.

La mamma non è qui. Dov'è?

Scuoto la testa. *No.* No, no, no.

«Tua madre», dice Billy/Willy, «ieri è andata a fare un pisolino ed è morta nel sonno.»

Capitolo Trentuno

«È stato un modo pacifico di morire» mi dice il compagno di mia madre. «Il cuore era indebolito, ha detto il medico.» Billy/Willy – *Che importa* – si agita. «Mi dispiace di averti dato una notizia così triste. Sapevo che avresti voluto saperlo subito. Ho tenuto compagnia a Tyler finché sei arrivata a casa.»

Il mio petto si alza mentre inspiro tremante. «Dimmi solo una cosa. Per tutto questo tempo, i soldi che le davo, servivano per la droga?»

Ho contribuito a far morire prematuramente mia madre?

Il compagno di mia madre abbassa gli occhi. «In parte, ma viveva di scarti. Quello che le davi le permetteva di mangiare. Vorrei essere stato in grado di aiutarla, ma quel vizio ha preso anche me.»

Ho le mani gelate che tremano. Le guardo. «Grazie per essere venuto» dico automaticamente. «Hai bisogno di qualcosa? Cibo o...?»

«No, sto bene così. Io...» afferra la sua birra e va verso la porta. Si ferma prima di uscire e prende una busta dalla tasca posteriore dei jeans. È piegata in due, i bordi sono grigi, sporchi. «L'ho trovata tra le sue cose. Penso che volesse che l'avessi tu.»

Fisso la busta che Tyler prende per me perché sembra che non riesca a muovere le braccia.

Tyler mormora qualcosa a quel tizio e lo accompagna fuori.

Un momento dopo, mi avvolge un plaid attorno. Mi solleva e mi prende in braccio. Si siede sul divano, con me appiccicata a lui.

Credo che dovrei piangere, ma i miei dotti lacrimali non funzionano, o forse sono i miei muscoli facciali. Sono gelata.

Restiamo seduti in quel modo per quello che sembrano ore.

Devo essermi addormentata perché la prima cosa di cui mi accorgo è Tyler che mi stende dolcemente sul divano, rimboccandomi il plaid. Va alla porta e la tira per vincere la resistenza dello stipite gonfio. C'è Lewis. E sembra un disastro. Ha i capelli che sparano da tutte le parti e non è da lui. «Ho sentito. Mi dispiace tanto. Per tutto. Sarei dovuto venire prima a parlarti. Ero preoccupato per il tuo rapporto con tua madre e non l'ho affrontato bene. Pensavo che potessi essere tu anziché...»

«Pensavi che sarei morta prima.»

Lui annuisce.

In fondo in fondo, pensavo anch'io che sarei morta per prima. Avrei dovuto morire nella foresta o per mano di uno dei compagni violenti di mia madre. Non so come affrontare questa nuova realtà. Non sembra meno orribile.

Gen e Lewis passano la notte nella stanza da letto e Tyler e io dormiamo sul divano perché non ho la forza per spostarmi da dove sono. Il giorno diventa notte e la notte giorno, ma il mio orologio interno non funziona. Sono completamente sveglia la sera e dormicchio di giorno mentre i visitatori vengono e vanno. John e Becky portano da mangiare. Arrivano Nessa e Zach, poi vanno e poi tornano. Non riesco a tenere il conto. Il mio cervello è gelato e lento come le mie mani. E Tyler mi tiene abbracciata tutto il tempo. Quando non sono in braccio a lui sul divano, mi tiene stretta al suo fianco. Se qualcuno lo nota non dice niente.

Il terzo, o quarto giorno, non ne sono veramente sicura, faccio una doccia. Resto sotto il getto caldo finché il calore scioglie il pugno che mi stringeva il petto da quando il compagno di mia madre ci ha portato la notizia. Sento il calore che mi avvolge il cuore, la gola è salata e asciutta. Le lacrime scendono dagli occhi. Sento un suono acuto che mi penetra nelle orecchie. Sono io?

Non riesco a respirare. Ansimo e mi soffoco per le lacrime e l'acqua della doccia che mi scende sul viso.

Sento un forte rumore oltre la tenda della doccia. È la maniglia del bagno che salta. Tyler entra e chiude l'acqua, poi mi avvolge in un asciugamano. Mi porta fuori dal bagno e su per la scaletta del soppalco, con una mano sotto le mie ginocchia mentre io mi aggrappo alle sue spalle e al collo. Mi mette sotto le coperte del suo letto e si sdraia curvando il corpo intorno a me mentre piango per la madre che non mi ha mai amato.

Che mi ha lasciata.

Per sempre.

* * *

La mattina dopo mi sveglio con la luce che entra dalla finestrella del soppalco di Tyler. Lui ha la barba lunga, sembra che sia una settimana che non si rade. La corta barba è rossa.

Guardo la pelle liscia sopra i peli, il modo in cui le ciglia scure si appoggiano agli zigomi alti. È bello.

Gli bacio il naso.

Un braccio muscoloso si stringe intorno alla mia vita e Tyler apre gli occhi. Alza una mano verso la mia fronte e mi scosta i capelli. «Mi dispiace» dice.

Mi rannicchio vicino a lui e Tyler mi tiene stretta. Ha detto che non ero sola, che avevo altra gente oltre a mia madre e alla famiglia di Lewis, ma non ci ho creduto finché non ho perso mia madre.

Mi tiro indietro e lo guardo negli occhi, che hanno un'ombra scura sotto, come se anche lui non avesse dormito molto. «Vestiamoci e facciamo una passeggiata.»

Tyler prepara toast e uova mentre io mi cambio, mettendomi i jeans, le infradito e un maglione leggero. Facciamo colazione e poi usciamo alla luce brillante del mattino. Tocco la busta che ho infilato nella tasca posteriore dei jeans mentre ci dirigiamo verso il lago, a qualche isolato di distanza.

Gli uccelli cinguettano, passano alcune auto per andare chissà dove. Il mondo dovrebbe essere un posto buio, ma non lo è. Il cielo è azzurro, l'odore pulito dei pini e della terra purifica l'aria. Sento delle risate quando ci avviciniamo a un incrocio trafficato. La vita continua e sembra più felice di quella in cui ho vissuto io.

Attraversiamo il viale che divide il lago dalla strip e scendo i gradini per arrivare alla sabbia. Alla base delle scale c'è una parte dei vecchi piloni di cemento e mi arrampico, fissando il lago, ipnotizzata dal suo essere sempre uguale. Tyler resta accanto al pilone, raccoglie i sassi e li getta nelle onde basse.

Prendo la busta di mia madre e la apro. Tyler si arrampica e si siede accanto a me, vicino ma non troppo, fissando l'acqua.

Apro il foglio che sembra mia madre abbia strappato da un quaderno a spirale.

Mira,

è una cosa che mi tormenta, ma che non riesco mai a tirare fuori quando ci sei, quindi lo dico qui. Forse un giorno la troverai. Vorrei che avessi conosciuto tuo padre. Era un figlio di puttana attraente, che ti affascinava. Per un giorno è stato mio. Non mi sono mai sentita così felice come quando tuo padre era mio. Sono stata felice quando sei nata, ma poi tuo padre mi ha lasciata. Non eri una cattiva bambina, solo il promemoria che l'avevo perso. Ma ci sei sempre stata per me ed è più di quello che posso dire della maggior parte della gente in questo mondo marcio. Tu sei diversa, ragazza. Una brava figlia.

Mamma

Mi manca il fiato. Tyler mi mette il braccio sulle spalle, tenendomi diritta. Piego con cura il foglio e lo rimetto nella busta.

Per tutti questi anni pensavo di volere l'amore di mia madre ed è così, ma anche questo significa qualcosa. Sono diversa da lei e da mio padre. Anche mia madre l'aveva riconosciuto e per una volta non sembrava delusa.

«Tyler, vorrei restare da sola per un paio di giorni.»

Lui mi fissa, confuso. «Perché? Non voglio lasciarti.»

Guardo il lago e il dolore e la tristezza mi stanno divorando. Allo stesso tempo, mi sento sollevata e la cosa mi spaventa. Non so che cosa significa.

«Non mi stai lasciando. Ho solo bisogno di restare da sola per un pochino.»

Lui si china verso di me e mi stringe forte. «Se è quello che vuoi.»

Non so che cosa mi stia passando per la testa ed è il motivo per cui penso di averne bisogno. «È così.»

Capitolo Trentadue

Appena Tyler prende le sue cose e lascia il cottage, io torno a lavorare. Non posso dire di non aver avuto una fitta di panico vedendolo uscire, ma mi sembrava giusto avere del tempo tutto per me. Ho quasi ripagato del tutto i soldi che devo all'usuraio e lui sembra contento di lasciare che restituisca quello che manca tra un paio di settimane, con il prossimo salario.

Ho accettato che sia Lewis a consegnare il pagamento finale perché, sinceramente, è stato un vero fratello maggiore rompiballe per questa cosa. Lewis si sente impotente e in colpa per essersene andato quando gli ho detto il vero motivo per cui ero indebitata. Si sentiva ferito perché gli avevo mentito. Poi mia madre è morta. Gli è parso di aver esagerato con la sua frustrazione e di non essermi stato accanto quando avevo bisogno di lui. Adesso è fin troppo protettivo. Lui e Tyler mi hanno tormentata, chiedendomi di parlare con la polizia di Giacca di Jeans, il tizio che aveva lavorato al Blue, quindi alla fine ho accettato. Lo farò, presto. Per ora sto vedendo la mia terapista e lavorando, cercando di capire che cosa significa non dovermi più occupare e preoccupare per mia madre.

Sono quasi tre giorni da quando Tyler si è trasferito. Ho pianto, parlato con la terapista per ore e ho persino scritto del mio stato d'animo per la perdita di mia madre. SuperMom e io abbiamo fatto delle maratone di poker mentre ci scambiavamo messaggi e lei mi confortava per la mia perdita. Che cosa ho imparato da tutto quanto? Che ho un fardello in meno ed è il motivo per cui mi sento in colpa. Mi ero sempre chiesta se avrei potuto fare di più per mia madre. Nonostante ciò che ha fatto, o non fatto, lei mi manca. Mi manca ciò che avrebbe potuto essere se si fosse ripulita.

In questi ultimi mesi ho lentamente costruito la vita che voglio vivere e mi ha aiutato a superare questi momenti. Lewis, John e Becky sono la mia famiglia. Razionalmente lo sapevo già, ma nel mio cuore non ci ho mai creduto veramente finora. La cosa più sorprendente di tutte è che Tyler mi è stato vicino come nessun altro. Il che mi ha fatto pensare moltissimo alla nostra relazione e che strada voglio percorrere d'ora in poi.

Il fine settimana del festival musicale è stato un enorme successo, nonostante i molti ostacoli e la mia assenza per alcuni giorni, che ha lasciato Hayden a risolvere tutti i problemi. Quando era riuscita ad andare a controllare la suite del sesso, il posto era stato completamente svuotato. Era miracolosamente scomparsa anche la cartelletta che aveva trovato nell'ufficio di Jessie che riguardava la suite *Cinquanta sfumature*. Hayden da allora sta meticolosamente raccogliendo informazioni sugli impiegati del Blue coinvolti e tenendo per sé i risultati. Sta aspettando di avere sufficienti informazioni per andare alla polizia. In questo momento non c'è una suite del sesso, niente stupefacenti illeciti. Niente sulla carta, almeno. Ma sapendo quanto può essere ostinata la mia capa, dubito che resti così per molto.

Guardando il lato positivo, abbiamo assunto un nuovo impiegato che comincerà oggi. Quindi, evviva, per me e per Hyden. Potremmo tornare a qualcosa che assomiglia a una settimana lavorativa di quaranta-cinquanta ore se questa persona andrà bene.

Vado verso l'ufficio di Hayden con i documenti per il nuovo assunto. C'è un uomo sulla porta che guarda dentro, con un'espressione divertita e interessata.

Mi avvicino e sbircio dentro.

Hayden sta strisciando sul pavimento con una gonna aderente, col bel sedere per aria.

Così è quello che sta guardando.

Prima che possa bussare leggermente sulla porta per avvertirla che ci sono visite, il tizio accanto a me si schiarisce la voce.

Hayden volta in fretta la testa bionda e una ciocca setosa le ricade sull'occhio mentre guarda indietro. «Oh, scusatemi.» Si rimette in piedi. «Stavo solo, uhm, beh, mi è caduta una cosa. Scusatemi.» Si liscia la gonna e tenta di assumere un'espressione professionale.

Entro nascondendo un sorriso. Le consegno i documenti. Lei guarda brevemente dietro di me e mima discretamente: «*Merda*» e significa che è imbarazzata per essere stata colta con il sedere per aria.

È per questo che l'adoro. È tutta classe e professionalità, ma in fondo è una che dà valore ai rapporti con le altre donne.

Arriccio il naso e scuoto leggermente la testa per farle sapere che probabilmente va tutto bene. Non credo che a quel tizio sia dispiaciuto guardarle il sedere, visto che è rimasto lì abbastanza a lungo a fissarlo.

Usando la mia voce più professionale dico: «Se potessi per favore firmare questi documenti prima della fine della giornata te ne sarei grata. Sono per il nuovo impiegato all'ospitalità che abbiamo assunto».

«Che sarei io» dice l'uomo sulla soglia, con una voce baritonale, educata e morbida come il velluto.

«Sì.» La voce di Hayden è un po' acuta. «Mira, ti presento Adam Cade. Lavorerà con Jessie.»

Jessie è il nostro direttore dell'ospitalità che era assente per un'appendicectomia.

È appena tornata ma è in buona salute. È anche una dei dipendenti che Hayden sospetta sia coinvolto nel giro di droga al casinò.

Guardo Adam, questa volta dandogli una bella occhiata. È alto come Tyler, con le spalle larghe. Indossa un completo blu scuro e la cravatta, i capelli castano scuri sono corti sui lati e leggermente più lunghi in cima. Sul volto ha ancora il sorrisino che aveva mentre fissava il sedere di Hayden. E lei sta arrossendo.

Mmm...

Adam ha gli occhi blu scuro in tinta con il suo completo e un naso leggermente spigoloso. Pelle liscia e mandibola cesellata. In breve, è una favola e guarda Hayden come se ne volesse assaggiarne un pezzo.

Il suo portamento è elegante e di classe. Se dovessi tirare a indovinare, direi che dovrebbe dirigere il settore dell'ospitalità, non fare l'assistente. Ma che ne so io? Hayden mi ha assunta per un impiego per cui non ero qualificata.

Saluto Adam e mi congedo, in modo che Hayden possa presentarlo a Jessie e assegnargli i suoi compiti.

Hayden ha completamente dimenticato la débâcle del ripostiglio e mi dice che, come assistente, ho ampiamente ecceduto quello che si aspettava, cosa che in un certo senso sono stata obbligata a fare, vista la carenza di personale. Il carico extra di lavoro, però, mi ha spinto oltre le mie capacità. Imparo in fretta e Hayden pensa che abbia il potenziale per salire di grado. Prendo le cose un passo per volta, visto le cose inquietanti che succedono al Blue, ma, per la prima volta, sento che un lavoro mi sta ponendo delle sfide. E mi piace. Inoltre adoro Hayden.

Avevo bisogno di questi pochi giorni per raddrizzare la testa, come direbbe Tyler, ma mi manca tanto. Penso a lui parecchie volte al giorno.

Okay, ogni ora.

Ho sentito da Gen che hanno offerto a Tyler un impiego al college statale in città, come professore di biologia, a cominciare dall'autunno. Vive con il suo amico Phil che è stato scaricato dalla ragazza che viveva con lui. Gen dice che Tyler sembra se la stia cavando bene.

Fedele alla parola data, Tyler mi sta lasciando spazio e non ha chiamato, né è venuto a trovarmi. Non era sembrato arrabbiato quando gli avevo chiesto di andare via, quindi devo presumere che stia lontano come gli ho chiesto.

Spero solo che voglia ancora tornare.

Con la testa finalmente fuori dall'acqua in questi ultimi giorni dopo la morte di mia madre, il pensiero di perdere Tyler mi procura una tristezza infinita. Adesso so che sopravvivrei al temutissimo "restare da sola" ma lo voglio nella mia vita. Se finiremo per restare solo amici lo accetterò, ma voglio molto di più.

Desiderare Tyler è una costante nella mia vita. Non sbiadisce né diminuisce, è così e basta.

Mentre torno a casa dal lavoro, decido di cambiarmi e andare a trovarlo. Potrei chiamarlo, ma preferisco fare un passo in più. Lui mi è stato accanto quando è morta mia madre. Mi è stato accanto fin dall'inizio, quando mi ha trovata nella foresta, se ci penso. È vissuto con me, nonostante le sue riserve. Ha addirittura accettato di lavorare al casinò per proteggermi quando ha pensato che non fosse un ambiente sicuro. In tanti modi, le sue azioni dimostrano l'importanza che ho per lui. Spalanco la porta, ansiosa di cambiarmi e andare da lui ora che ho preso una decisione e mi blocco sulla soglia con la mano sulla maniglia.

Tyler è in mezzo al soggiorno ma, invece di sembrare preoccupato com'era dopo la morte di mia madre, il suo sguardo è fermo e deciso. «Ti dispiace? Ho ancora una chiave e sono entrato.»

Guardo dietro di me. L'auto di Tyler non è nel viale né sulla strada. «Dov'è il tuo fuoristrada?» Entro e chiudo la porta.

«In officina. Sto facendo cambiare le gomme. Mi ha portato qua Phil.» Si stacca distrattamente la maglietta dal corpo, come se qui dentro facesse caldo. Mentre in realtà fa fresco.

Studia i miei movimenti mentre appoggio la borsa sul ripiano e mi tolgo le scarpe. Sono curiosa di sapere perché è venuto, invece dico senza pensare: «Mi sei mancato».

Tyler fa un passo verso di me.

«Ero venuta a casa per cambiarmi e poi venire da te.» Stringo i pugni lungo i fianchi, nervosa, anche se non so perché. Non sarebbe qui se non gli importasse di me.

«Voglio stare con te, Tyler, ma accetterò qualunque cosa tu sia disposto a darmi. Ma non ti voglio fuori dalla mia vita. Spero che non pensi che ti stessi allontanando quando ho chiesto qualche giorno per me.» Faccio una smorfia ripensandoci. «Non era così che mi sentivo quando l'ho chiesto, ma forse lo è sembrato. Ero così sconvolta quando è morta mia madre... e sollevata, cosa che mi ha fatto sentire una persona orribile. Avevo bisogno di tempo per capirmi da sola.»

Tyler fa un altro passo, finché tra di noi c'è solo mezzo metro. «Non c'è una persona migliore di te, Mira.»

Lo guardo negli occhi. «Come fai a dirlo? Ho fatto incazzare te più di chiunque altro.»

Lui mi rivolge un sorriso malizioso. «Ma a me piace.»

«Allora... Va tutto bene tra di noi?»

«Se pensi di potermi sopportare quando sono un idiota, ti prometto di farmi perdonare quando faccio casino» dice muovendo allusivamente le sopracciglia.

Stringo le labbra, cercando di trattenere la felicità travolgente che mi riempie il cuore, ma Tyler non ci sta. Mi avvolge le braccia intorno e mi tocca i capelli, la faccia. Poi le sue labbra sono sulle mie e mi bacia come se fossero anni e non pochi giorni da quando non ci vediamo.

E forse sono davvero anni, perché ci lasciamo alle spalle tutti i dubbi, le paure e ci apriamo veramente. Lo stavo respingendo, o lui stava respingendo me; emotivamente non siamo mai stati sulla stessa lunghezza d'onda.

Finora.

La bocca di Tyler scende lungo il collo e io infilo le mani sotto la sua t-shirt col calore che mi brucia la pelle. È terrificante ed entusiasmante allo stesse tempo rendermi conto che siamo finalmente insieme.

Tyler si tira indietro, abbassando le mani sul mio sedere. «Se non ci stiamo più trattenendo, allora dovresti saperlo: sei la mia ragazza.»

«Ah sì?» ridacchio e lui mi stringe il sedere, riportando le labbra sulla pelle alla base del collo.

«Mmm-mmm. Phil lo sa, chiedilo a lui.»

«E quando me lo avresti fatto sapere?»

«Prima o poi» mormora contro la mia pelle. Le sue mani

si spostano sotto la gonna aderente. «Ti ho detto quanto mi piacciono queste gonnelline strette che porti al lavoro?»

«No, ma credo di averlo capito» dico e mi premo contro il rigonfiamento nei suoi jeans.

«Per quanto mi piaccia vederti con la gonna, penso che preferirei vederti senza.»

Sollevo la maglietta di Tyler sopra la sua testa, sorridendo al torace muscoloso e passandoci sopra le mani. Lui tenta di abbassare la cerniera della gonna e tirarmi verso il divano allo stesso tempo.

Qualcosa va storto. Ci stiamo baciando e toccando, tirandoci i vestiti. Poi sto cadendo in avanti e Tyler sta cadendo oltre il bordo del divano, proteggendomi con le braccia prima di atterrare. Pesantemente. Sul pavimento. Tyler emette un piccolo grugnito all'impatto.

«Oops» dice ridacchiando e alza gli occhi verso il divano. «L'ho mancato.» Sposta nuovamente le mani dov'erano, sulle mie mutandine, dopo aver rialzato la gonna perché non ha avuto la pazienza di abbassare la cerniera

Sono occupata a slacciargli i pantaloni quando sento uno strappo e il rumore di tessuto che si rompe. «Mi hai appena strappato le mutandine?»

«Shh» dice e ricomincia a baciarmi. La mano va nel posto che pulsa tra le mie gambe e le dita fanno la loro magia.

Gemo e comincio ad abbassargli i jeans con le mani, poi con i piedi quando sono abbastanza in basso.

Con i jeans intorno alle caviglie e i boxer tolti di mezzo, lo afferro e accarezzo.

Tyler geme e mi solleva sopra di lui e quel dito non smette mai la sua danza delicata. Mi abbasso, chinandomi per mordicchiargli dolcemente il labbro perché è sexy e la sensazione della sua punta che mi penetra mi sta uccidendo, nel migliore dei modi.

Il suo dito non smette il movimento delicato dove siamo uniti. È un multitasker e, oddio, come lo apprezzo.

Tyler tira indietro la testa quando la pressione sale e il mio respiro diventa affrettato. Sono cooosì vicina. È passato troppo tempo e mi mancava. Mi mancava questo.

E poi ci sono.

Esplodo, ansimo, gemo. Con il ventre che si contrae e palpita fuori controllo.

Non sono un'esperta di orgasmi, ma sono piuttosto sicura che questo sia un undici in una scala da uno a dieci.

Quando torno sulla terra il passo di Tyler aumenta e la mano si sposta dallo splendido posto al centro del mio piacere ai miei fianchi, dove fa leva con entrambe le mani per spingersi dentro di me.

Le mie pareti interne si contraggono alla sensazione di sentirlo ingrossarsi. È una sensazione così bella.

Tyler si irrigidisce, stringendomi i fianchi e dalla sua gola esce un profondo gemito gutturale.

Mi fissa riverente negli occhi, respirando forte. Mi passa le mani sui fianchi tirandomi giù finché sono sdraiata piatta sul suo petto, con il suono del suo cuore che batte veloce sotto l'orecchio.

È in quel momento che mi rendo conto che siamo per metà sul linoleum della cucina e per metà sulla moquette del soggiorno. O almeno lo è Tyler.

Io sono sopra il mio ragazzo. E sono veramente felice.

È Tyler e io sono in un bel posto, nonostante tutto quello che è successo. Siamo noi. Insieme.

* * *

Tyler

«Mi hai rovinato le mutandine» dice Mira.

Le bacio la fronte, stringendola più forte mentre è sdraiata sopra di me. «Scusami.»

Lei alza la testa, aggrottando la fronte.

«Okay, non sono veramente dispiaciuto. È stato divertente strapparle.»

Lei sbadiglia come se stesse per addormentarsi. Su pavimento del soggiorno... Cucina... Non importa. Un posto duro e per niente comodo. E in questo momento sembra che non m'importi perché sono ancora dentro di lei e non c'è un posto migliore dove essere. «Ci siamo lasciati trasportare, eh?»

Lei appoggia la testa sulle mani ripiegate sopra il mio petto. «Già.»

«Dovrei menzionare il fatto che, nell'impeto del momento e perché non me lo aspettavo, ho dimenticato...»

Mira capisce subito. «Prendo la pillola da anni per regolare il ciclo. E ovviamente sono in perfetta salute perché sai, sei stato il solo e unico.»

«Vale anche per me, la parte della salute. Per quanto riguarda il mio essere la tua sola e unica esperienza sessuale, non voglio mentire, mi fa gonfiare il petto d'orgoglio.» Sorrido spavaldo e lei comincia a protestare perché sono un bastardo arrogante. «E abbiamo parecchio da recuperare per metterci alla pari. Quindi sarà meglio che...», agito le sopracciglia, «lo facciamo spesso. Tipo diverse volte al giorno, per metterti al passo.»

Penso che stia per colpirmi, ma la sua espressione diventa seria. «Penso che mi piacerà avere un ragazzo. Ti amo, Tyler.»

La sua voce dolce e la sincerità dietro le parole mi emozionano. È l'unica che sia mai arrivata al mio cuore.

Per alleggerire l'atmosfera prima di perdere il controllo, controbatto: «No, *io* amo *te*. Molto prima che tu cominciassi ad amare me».

«Se c'è qualcuno con un decennio di amore non corrisposto, quella sono io. Ti ho amato addirittura prima che tu sapessi come mi chiamavo.»

«Come fai a dirlo?»

Mira mi racconta la storia delle bulle alle medie. «Uhm» dico, come se non ricordassi il giorno in cui l'ho conosciuta. «Eri tu? Pensavo che avessi un aspetto familiare. Eri così diversa alle medie. Sembravi una bambina accanto a quelle altre ragazze.»

Lei si dà una spinta sul mio petto, indignata. «Scusami?» dice. Mi piace quando si scalda. La tengo in modo che non possa scappare, con i nostri corpi ancora uniti. Potrei fare un altro round immediatamente. «Tu avevi solo un anno di più e io ero piccola per la mia età. Da allora mi sono sviluppata.»

Ringhio e la tiro giù verso di me, baciandola con la lingua e i denti. «Dillo a me. Senti fino a che punto me ne rendo conto?»

«Intendi parlare di quella sbarra che hai dentro di me e che è già pronta a ripartire?» La sposto in modo che vada su e giù e sospiriamo entrambi. «Tyler, è normale che tu sia in grado di...»

«No, è solo un mucchio di desiderio represso. Dovrebbe sparire tra venti o trent'anni.»

«Cosa? E poi non mi vorrai più?» Lei aumenta il ritmo. Non dev'essere troppo arrabbiata.

Le prendo il volto tra le mani, che poi scivolano verso il seno, perché hanno una vita propria. «Ti vorrò sempre, anche quando sarò vecchio e non riuscirò più a farlo rizzare, ricordi? Amarti è la mia maledizione.»

I suoi fianchi si fermano. «La tua maledizione!»

«La mia maledizione è che ti amerò per sempre, che tu mi allontani o no.» La tiro sul mio petto, le sollevo i fianchi a un angolo diverso e poi la tiro giù di nuovo. Lei tira indietro la testa e geme. «Quindi non respingermi, okay? Potrò fare degli errori, ma sei l'unica donna per me. Quando mi allontani divento irritabile, per una mezza dozzina d'anni.»

«Okay» dice lei un po' stordita.

E poi la conversazione si ferma perché la mia mente si svuota per il piacere che mi dà questa ragazza, dentro e fuori.

Capitolo Trentatré

M ira prende le mutandine strappate, finite in parte sotto il divano ieri sera e le solleva. «Erano le mie preferite.»

Le porgo la tazza di tè che le ho preparato (okay, sono completamente cotto e lo ammetto francamente) e mi metto le scarpe. Stiamo per andare a casa di Jaeg per il film della domenica con lui e mia sorella. «Te ne comprerò un altro paio. Ehi, sai, non mi dispiacerebbe fare shopping con te per comprare la tua biancheria. Potrei entrare con te nel camerino e...»

«Fermati lì. Niente da fare. Basta con le pomiciate nei ripostigli. E che cosa intendevi, che non ti dispiacerebbe fare shopping? Sei stato così bravo quando mi hai accompagnato a comprare gli abiti per l'ufficio.»

La guardo imbarazzato. «Detesto fare shopping.»

Resta senza espressione per un attimo e poi sorride. «L'hai fatto per me. In segreto sei un gran tenerone, Tyler Morgan.»

Le metto dietro l'orecchio una ciocca dei suoi magnifici

capelli, tirandola verso il petto con un braccio. «Per te sì. Farei qualsiasi cosa per te. Andare a fare shopping, dare la caccia ai cattivi, fissare equazioni algebriche finché mi si incrociano gli occhi. È una sindrome, ma mi piace. Penso che la terrò.»

Mira contorce il volto in un broncio indignato che mi piacerebbe mordere. «Lo fai sembrare una malattia.»

«Mmm, più che altro un'ossessione sexy e tenace da cui non voglio staccarmi. Sei la cosa migliore che abbia mai avuto in vita mia, anche quando non sapevo di averti. E, per la cronaca, ti ricordavo da quando eri più giovane.»

Lei piega la testa, con il dubbio negli occhi mentre si tira la cinghia della borsa attraverso il petto in mezzo a noi senza rovesciare la tazza. «Alle medie? No, non è vero.»

«Sì, invece. Avevo la mia personale cotta per la focosa ragazzina dai capelli scuri e gli occhi color caramello che cercava di prendere a calci una ragazza grande due volte lei.»

«Non è vero» dice, ma sento l'esitazione nella sua voce.

«Sì.»

«Se è così, perché non hai mai detto niente quando studiavamo insieme?

«Non volevo mettere tutte le mie carte in tavola. Dovevo farti lavorare per conoscerle.»

Lei mi colpisce sul petto con la mano aperta, ma poi si allunga e mi dà un bacio bollente.

Non c'è niente in Mira che si possa dimenticare, nemmeno quando era giovane. Pensavo fosse la mia maledizione, ma in effetti è la mia fortuna.

«Oh, aspetta» dice, staccandosi e andando verso la porta sul retro. «Ho detto a Cali che le avrei portato alcune delle pigne giganti che abbiamo in cortile. Sta preparando una specie di centrotavola autunnale.»

«Dici per una tavola da pranzo? Pensavo che fosse Jaeg a cucinare.»

Mira alza gli occhi, esasperata. «Che cosa c'entra un centrotavola con il cibo?»

Sbuffo. Come se avesse senso. *Ragazze*. «Ci vediamo in auto.»

«Okay» mi dice ed esce.

La mia auto è ancora in officina, quindi vado verso l'auto di Mira, con le sue chiavi in mano.

Un'auto sulla strada attira la mia attenzione. È elegante, nera e parcheggiata con una strana angolazione, come se l'autista fosse sceso in tutta fretta.

Mi volto e fisso la recinzione del cortile. C'è silenzio e Mira è andata via solo da un minuto, ma qualcosa non va.

«Mira?» la chiamo. «Va tutto bene?»

Lei non mi risponde e il mio cuore comincia a correre. Mi si rizzano i peli sulla nuca e i muscoli si contraggono. Corro al cancello che porta nel cortile posteriore e quasi lo butto giù nella fretta di aprire il chiavistello.

Sento uno scalpiccio e poi il piagnucolio di Mira. Corro intorno alla casa e vedo qualcosa che quasi mi ferma il cuore.

La tazza che ho dato a Mira è per terra e lei ha la schiena stretta contro il petto dello stronzo che l'ha picchiata che le tiene un braccio intorno al collo. È chino verso di lei e mi volta la schiena.

Non prendo nemmeno in considerazione di avvicinarmi di nascosto. Non penso a nient'altro che a massacrare il bastardo.

Prendo il pezzo di legno più grosso che trovo mentre mi avvicino e lo sbatto sulla sua nuca.

La sua testa si piega in avanti e lui grugnisce, ma non

molla la presa sulla mia ragazza. Lo colpisco di nuovo, questa volta beccandolo proprio sulla tempia.

Lo stronzo cade, portandosi dietro Mira. E non si muove.

Tiro su Mira prendendola in vita e l'allontano. Le tocco il collo, la faccia. «Stai bene?»

«Era... Era arrabbiato perché l'ho fatto mandare fuori città.» Ha la faccia rossa e a chiazze, l'espressione confusa. «Gli ho detto che stavo pagando regolarmente.»

Guardo il tizio a terra e prendo il telefono. Mira nasconde la faccia contro il mio petto. «Ho pagato io il tizio a cui dovevi i soldi. Questo tizio non aveva nessuna scusa per essere qui e, anche se l'avesse avuta, non aveva il diritto di toccarti.»

Chiamo il 911 e descrivo l'incidente.

«Che cosa significa che l'hai pagato tu?» mi chiede quando rimetto in tasca il telefono.

Distolgo gli occhi, preoccupato per come la prenderà. Mira non apprezza che le si dica che cosa fare e questa faccenda ricade tra quelle che potrebbe considerare invadenti. Ma non permetterò che qualcuno le faccia ancora del male.

Comunque, probabilmente avrei dovuto già dirglielo. «Non volevo che ti preoccupassi per il debito, dopo la morte di tua madre. L'avevi già quasi ripagato del tutto. Io ho solo pagato il resto. I soldi che hai dato a Lewis sono andati in un conto a tuo nome.»

Lei mi fissa, con il volto pallido, il collo arrossato per la stretta di quel coglione. Non ha pianto una sola volta durante tutta la faccenda, a riprova che è dura come l'acciaio. «Oh.»

«*Oh?* Non sei arrabbiata?» Do un'occhiata per assicurarmi che il tizio non abbia ripreso i sensi. Per sicurezza accompagno Mira verso il davanti della casa. Mi sento meglio se aspettiamo la polizia all'aperto.

«Non sono arrabbiata» dice mentre cammina accanto a me, con il corpo incollato al mio. «Sei stato premuroso. E per dire tutta la verità, ero stanca di dovere quei soldi. Ti ripagherò, ovviamente, ma è bello non dovere più niente a quell'uomo. Anche se, in un certo senso, è stato lui a riportarti da me.»

Si riferisce a quando l'ho trovata svenuta nella foresta?

«Sì, okay. Ma che ne dici di evitare di attirare i killer d'ora in poi?»

Lei sbuffa, grintosa, e il suo colorito ritorna normale. «Ovviamente no.»

Nooo! Perché penso che non sarà l'ultima volta in cui Mira si mette in pericolo?

Avrò un bel da fare. E non vorrei niente di diverso.

* * *

Mira

Tyler e io non siamo più andati da Jaeger. Abbiamo passato il pomeriggio alla stazione di polizia, dove ho finalmente detto loro di Giacca di Jeans.

«Signorina Frasier.» Il sergente Billing, l'agente con cui avevo parlato dopo la mia aggressione nella foresta, picchietta la penna sulla scrivania. «È sicura che Ronald Devans sia lo stesso uomo che l'ha aggredita settimane fa?»

«Sì, uno di loro.»

«E l'ha più visto da allora? Perché non è venuta prima con questa informazione?»

Avevo avuto l'intenzione di parlare alla polizia di Giacca di Jeans perché Lewis e Tyler mi tormentavano, ma

293

a quanto pare non mi sono decisa abbastanza presto. Non riesco a credere che stesse tenendo sotto controllo casa mia. Tutte le volte in cui pensavo di averlo visto probabilmente era vero.

Non avevo avuto il tempo di essere terrorizzata questo pomeriggio, perché Tyler era stato lì subito, appena mi aveva afferrata.

«Dovevo dei soldi all'uomo per cui lavorava Ronald Devans. All'inizio ero preoccupata che se vi avessi detto che sapevo chi era il mio aggressore mi avreste solo causato più guai, ma ci avevo ripensato e intendevo venire a informarvi, poi è successo questo.»

L'agente scrive il nome dell'usuraio.

«E ha detto che Devans era con Drake Peterson al casinò?»

Annuisco.

«Il signor Peterson è in attesa di processo. Non so quale sia il suo legame con Devans, che ha una lunga lista di precedenti, incluso possesso di droga, aggressione e percosse. Non se la caverà. Sono piuttosto sicuro che Devans rivelerà il nome dell'altro uomo che l'ha aggredita. E indagherò sull'usuraio. Sembra che possa essere coinvolto.»

Una volta tornati dalla stazione di polizia, passa una settimana prima che Tyler mi permetta di lasciare la casa (cioè, il nostro letto), per qualcosa che non sia andare al lavoro. L'aggressione l'ha spaventato a morte. E anche me. Sì, abbiamo fatto sesso. Tanto, tanto sesso, ma abbiamo anche passato ore tenendoci semplicemente abbracciati, ringraziando il cielo che la nostra storia sia finita bene.

Perché è quello che è. Una lunga storia d'amore con il ragazzo che aveva attirato la mia attenzione alle medie e non ha mai lasciato i miei pensieri e il mio cuore. Sarò grata per sempre che Tyler mi abbia trovata.

E forse, almeno un po', l'ho trovato anch'io. Il vero Tyler. Quello che aveva sepolto tanti anni fa ma che è tornato per me.

Di nuovo.

Epilogo

Mira

Due mesi dopo

Tyler e io siamo davanti all'ingresso di una casa a un piano in un quartiere della classe media a Carson City.

Sono così nervosa che potrei svenire.

Una donna carina, di mezza età con i capelli rosso vivo apre la porta che scricchiola.

Tyler mi appoggia la mano sulla schiena. «Ciao, mamma.» Si china in avanti e la bacia sulla guancia. «Questa è Mira.»

Lei ci fa entrare senza mai smettere di guardarmi. Mi sento nuda, completamente nuda davanti a questa donna anche se indosso il mio maglione più caldo e una giacca invernale.

«Ah.» Lei annuisce, continuando a guardarmi. Poi dà un'occhiata a suo figlio. «Capisco.»

Tyler si agita a disagio. «Mira è la mia ragazza, te ne ho

parlato. Andavamo a scuola insieme a Tahoe e ci siamo ritrovati di recente. Ricordi? È la ragazza cui davo ripetizioni l'ultimo anno delle superiori.»

Madeline Morgan cambia espressione, ricordando. «Beh, questo spiega tutto.» Sorride radiosa e mi abbraccia con calore. «Benvenuta Mira. È bello conoscerti finalmente.»

Guardo Tyler e lui fa spallucce, scuotendo la testa, come se non dovessi preoccuparmi per lo strano commento di sua madre.

«Allora, come vi siete incontrati di nuovo?» chiede la signora Morgan mentre ci porta nel cortile sul retro dove Cali e Jaeger, infagottati, stanno bevendo una birra nel patio. Non ha ancora nevicato e nel cortile c'è ancora la rete da badminton.

Tyler si massaggia la guancia. «Sì, vedi, Mira era in una brutta situazione. Dorme da un po' nella stanza di Cali.»

Sua madre gli dà un'occhiata pungente. «E dove vive Cali?»

Tyler assomiglia a una lepre colta sotto i fari. «Con Jaeg?»

Sua madre torce la bocca. «Mmm, sembra che mia figlia mi debba qualche spiegazione. Non mi piace questa faccenda, Tyler. Vivere insieme prima del matrimonio. Sai a che cosa porta?»

Merda. Non ha intenzione di parlare del sesso, vero?

Guardo Tyler disperata, ma lui sta fissando sua madre e sogghignando. «Alloggi accoglienti?»

Sua madre fa una smorfia. «Bella questa, figliolo.» Scuote la testa, esasperata. «Bambini, ecco a che cosa porta.» Ci punta il dito addosso. «Tenetelo a mente la prossima volta che vi metterete "comodi".»

Mi copro la faccia con le mani. È il momento più imbarazzante che abbia mai avuto.

Eccomi qui, che incontro la mamma di Tyler per la prima volta, *come la sua ragazza*, una cosa che ho solamente sognato finora, ed è come se avessi ancora sedici anni, colta ad andare a letto con il ragazzo con cui avevo una cotta a scuola.

Dalla gola mi esce un suono soffocato e mi rendo conto che sto ridendo. In modo un po' isterico, per essere esatti.

Tyler mi mette un braccio sulle spalle, ridacchiandomi all'orecchio. «È sempre così. Ti abituerai.»

Alzo gli occhi e sorrido. La sua espressione cambia quando vede lo sguardo tenero che gli sto rivolgendo e mi bacia.

«Bambini» dice sua madre dal suo posto davanti al barbecue.

Nascondo la faccia rossa come un pomodoro contro il petto di Tyler.

«Mmm» dice Tyler. «Non mi dispiacerebbe vederti incinta del mio bambino.» Io alzo gli occhi, stupita. Lui mi sfiora l'orecchio con le labbra. «Quando saremo pronti ma per allora saremo sposati.»

Lo stringo abbracciandolo in vita e gli bacio le labbra goffamente, cosa che non sembra dispiacergli, visto che mi stringe le braccia attorno.

«Basta con le pubbliche dimostrazioni di affetto, Tyler» grida Cali. «Vieni qua, in modo che possa sbattere il tuo volano in un'altra contea.»

Jaeger sbuffa. «Baby, devi cercare di abbassare i toni.»

«Che c'è?» risponde Cali. «È il nostro modo di fare.»

«Lo so, ma...» Jaeger si china in avanti. «Sai come sei con le palle.»

Sul volto di Cali appare un'espressione diabolica. «Qui si tratta di un volano. Ma come sono con le palle, Jaeger?»

Lui sorride, avvicinando la sedia a lei. «Cattivella.»

Cali sorride al suo ragazzo, poi alza gli occhi su di noi. «Forza, Tyler, sono pronta per te.»

Tyler sbuffa, addolorato. «Dammi un momento per dare una batosta a mia sorella. Dovrebbero volerci due, massimo tre minuti.»

Tyler prende una racchetta e Jaeger cerca di dare qualche consiglio a Cali. Ho l'impressione che Cali faccia veramente schifo e che parli a vanvera. Me la fa piacere ancora di più. Specialmente quando prende per il culo suo fratello.

Sorrido e vado da sua madre. «Possa aiutarla in qualche modo, signora Morgan?»

«Oh, tesoro, puoi chiamarmi Maddie e darmi del tu. Ho la sensazione che ci conosceremo molto bene. Un'occhiata a mio figlio con te e ho capito che eri speciale. Tu potresti anche essere il motivo per cui è passato dall'essere un tipo allegro a essere scontroso l'ultimo anno delle superiori.»

Distolgo gli occhi. «Io... Io non lo so. Cioè, forse. Ma non era mia intenzione.»

Lei fa un gesto indifferente. «Aveva bisogno di un bel calcio nel culo. Quel ragazzo può essere così testardo. E guarda come ti apprezza adesso.»

Sorrido, incapace di nascondere quanto mi fanno felice le sue parole. «Tengo moltissimo a lui.» È una dichiarazione semplice e così incompleta quando penso ai miei sentimenti per Tyler.

Maddie sorride, girando la pannocchia sul barbecue. «Oh, lo so. Non starebbe con te se non ci fosse qualcosa di speciale tra di voi. Non l'ho mai visto guardare una ragazza come guarda te.»

«Mamma...» La voce di Tyler mi sorprende e alzo gli occhi. «Smettila di rivelare i miei segreti.» Si sta avvicinando.

Dietro di lui, Cali si siede in grembo a Jaeger con un'espressione irritata sul volto.

È stata una batosta molto veloce.

«Sa che la ami» dice sua madre. «Non sono cieca, e nemmeno lei.»

Tyler sbuffa e mi fa l'occhiolino.

Maddie ha ragione. Adesso lo vedo. L'amore di Tyler. Eravamo entrambi ciechi.

«Sai, Tyler,» dice sua madre, «ora che cominceranno ad arrivare gli assegni delle royalty, dovresti pensare a comprarti una casa. Mettere radici.»

«Ci ho già pensato» dice Tyler. «Ho fatto contattare il proprietario della casa affittata da Cali dal mio agente immobiliare. È adatta a me ed è dove ho scritto il libro.» Si china verso di me. «Ed è dove ho riscoperto il mio vero amore» mi sussurra all'orecchio.

A quanto pare, Tyler non era pigro come credevano tutti. Mentre stava "cercando se stesso" e viveva a casa di Cali, aveva scritto un libo. *Il naso lo sa* è un popolare libro di scienze che, dice il suo agente, verrà comprato in massa sia dai profani sia dai biologi. Alcuni professori potrebbero perfino renderlo una lettura obbligatoria per gli studenti. A quanto pare, tratta le nuove ricerche sul senso dell'olfatto e l'attrazione ed è molto divertente, cosa difficile da trovare in un testo di biologia. Gli studenti che hanno letto il manoscritto ne parlano in modo entusiastico.

Tyler è tornato nella nostra città natale perché aveva bisogno di un posto dove riprendersi dalla sua perdita e dal senso di colpa per quello che era successo in Colorado, ma non aveva sprecato i suoi talenti intellettuali. Avrei dovuto sapere che Tyler sarebbe riuscito a diventare qualcuno, in qualunque posto fosse finito.

«Hai intenzione di comprare il cottage?»

Tyler aveva parlato di comprare una casa a Tahoe e sapevo che aveva parlato con un agente immobiliare. Non sapevo che avesse preso in considerazione la casa di Cali. La sua ex casa in effetti, dato che vive in permanenza da Jaeger.

Annuisce, con il volto di colpo serio. «Va bene? Perché posso...»

Gli sorrido. «È perfetto. Solo...», storco la bocca pensando all'arredamento, «possiamo comprare un divano nuovo?»

Tyler mi tira vicina. «Stai scherzando? Compreremo tutti mobili nuovi. Dobbiamo portare quel posto in questo secolo.»

Rido. «Sai che significa fare shopping?»

«Sì, ma è per la nostra casa. Per la nostra vita insieme.»

Tocco la sua mandibola forte e lui si china verso di me per un bacio.

Eravamo destinati a stare insieme. E finalmente è così.

* * *

Cari lettori,

Forse vi state chiedendo di Nessa e Zach, dato che ho più che accennato a qualcosina che sta succedendo. Procuratevi il nuovo volume della serie Never Date: ***Mai con il tuo miglior amico***, per scoprire come Nessa riuscirà a uscire dalla friendzone con Zach.

Xoxo
Jules

Anteprima: Mai con il tuo migliore amico

Nessa

Sono incastrata nella friendzone. Che diavolo mi succede con gli uomini?

Scarico i drink dal mio vassoio, guardando furtivamente Zach e quella donna.

La stessa bionda viene al Blue Casinò ogni mese, come un orologio. È bella, capelli biondo platino con un taglio corto, da folletto, ma tirati dietro le orecchie, come se fossero cresciuti un po' troppo. Questa sera porta scarpe col tacco a spillo e un abitino micro nero aderentissimo. È difficile dirlo, dopo l'invenzione del Botox, ma sembra più vecchia di Zach. Sui trentacinque, direi.

Jimmy, il barista, nel bar dello sport dove lavoro la sera, scuote la testa. «Non ti merita, bambina.»

«Come?» Gli porgo l'ultimo bicchiere vuoto. «Trovo la situazione affascinante.»

Blondie porge a Zach una tessera magnetica. Lui la fissa e poi alza gli occhi, fissandoli direttamente nei miei, perché lo sto guardando. Di nuovo.

Per un attimo, nei suoi lampeggia il senso di colpa.

Io volto la testa verso il bar con le mani che tremano. *Merda.*

«Certo, affascinante» ridacchia Jimmy, pulendo il bancone.

Sono sicura che tutti sospettino che ho una cotta per Zach Elliott. Tranne Zach. O forse lo sa e non gli interessa. Zach è il mio amico, l'amico con cui vorrei fare dei bambini.

Sospiro e chiudo gli occhi, lottando contro la frustrazione con cui convivo da più di un anno. Zach si assicura di ripetere spesso che siamo *solo* amici. È umiliante. Io languisco mentre lui mi respinge passivamente.

La donna con cui era se ne va e lui alza le mani verso la telecamera nel soffitto per mostrare alla casa che non ha carte nelle maniche. Si prepara a lasciare il suo tavolo di blackjack. Per seguire *lei*. Come fa *tutti i sacrosanti mesi*.

Perché lei? Perché non me?

La parte peggiore è che Blondie non è nemmeno la sola conquista di Zach. Lui rimorchia continuamente. Di solito non lo vedo in azione, grazie al cielo, ma sento parlare delle donne che escono da casa sua a tutte le ore. Flirta con tutte. Tranne che con me.

Sbatto il vassoio sul bancone e Jimmy alza un sopracciglio. «Scusami» borbotto.

Mantieni il controllo, Nessa. Non posso permettere che continui a ferirmi. Non sono in me ed è un vero casino.

Jimmy ha ragione. Zach non si merita il mio cuore. Ma lo conosco. È dolce, divertente e meraviglioso. Ci sono stronzi a cui interessa solo fare sesso e che trattano le donne come spazzatura, ma Zach non è così... Anche se il suo comportamento adesso non è dei migliori, mentre si prepara a trovarsi con Blondie.

Premo forte la mano al centro del petto. Fa così male. Perché mi sto facendo del male da sola?

Devo fare come lui. Dovrei cominciare a uscire con qualcuno. Ma niente sesso casuale. Ci ho già provato. Quella notte di sesso durante l'ultimo anno di college mi aveva lasciato così vuota da impedirmi di uscire con qualcuno per tantissimo tempo. E sono ossessionata da Zach da un anno e mezzo, da quando mi sono laureata alla San Francisco State con un'inutile laurea in comunicazione e mi sono trasferita a Lake Tahoe con un'amica.

La mia amica se n'è andata. Io no.

Zach è una delle prime persone che ho conosciuto quando sono arrivata e all'inizio ho sentito una scintilla tra di noi. L'avevo colto a guardarmi *in quel modo*, con calore e desiderio, un attimo prima che cancellasse quell'espressione dal suo viso e mi chiamasse con qualche soprannome puerile.

Mi tratta come se fossi la sua sorellina ed è sufficiente per farmi ammattire. Sono pronta a strapparmi i capelli e non mi starebbe bene. I miei capelli neri mi arrivano in vita e sono la mia caratteristica migliore. C'è qualcosa che trattiene Zach e sono stufa di sbattere contro un muro. La cosa migliore per me sarebbe voltare pagina e smettere di sognare quello che non succederà mai.

Consegno un nuovo vassoio di drink e, com'è la mia cattiva abitudine, cerco la persona che mi sta facendo ammattire.

Zach non è ancora tornato alla sua postazione di blackjack. E, sfortunatamente, so che cosa significa.

Sento un crampo allo stomaco e premo i gomiti contro le costole. Il movimento inclina il vassoio e i tovaglioli appoggiati sopra cadono.

«Ti serve una mano, Nessa?» Alzo gli occhi e fisso i brillanti occhi azzurri di Sal.

È uno del posto che viene per vedere qualunque evento sportivo stiano dando sui grandi schermi. Lui e un gruppo di clienti fissi si incontrano ogni settimana. A volte di più.

Mi curvo in avanti e raccolgo i tovaglioli. «Grazie, Sal, ce la faccio.»

«Va tutto bene?» La sua espressione è calorosa, preoccupata, come se vedesse qualcosa sul mio volto che lo preoccupa.

Sal è una brava persona e non è male da guardare. Ha più o meno la mia età, con occhi azzurri da morirci dietro, la pelle abbronzata e capelli biondo sabbia. Sfortunatamente, esagera con l'aspetto da barbone di Tahoe: jeans sfilacciati che strusciano per terra e le sue t-shirt sono talmente sottili dopo tutte i lavaggi che sono quasi trasparenti. Ma non sono queste le cose che mi impediscono di vedermi con lui.

Non riesco a vedermi con nessuno tranne Zach. E questa cosa deve cambiare.

«Sì, solo una notte di merda.» Getto i tovaglioli sul vassoio e mi alzo.

Sal mi mette il braccio intorno alle spalle. «Vieni a bere un drink con noi stasera, Ness. Tra un po' andiamo da Farley.»

Farley è un buco un paio di strade più in là. Il gioco del lancio di sacchetti di mais è una grande attrazione tra la gente del posto.

Non accetto mai le offerte degli uomini che ci provano al Blue e succede spesso, data la mia uniforme. Un bustier con le paillette e hot pants di satin sono una garanzia. Ma Sal e i suoi amici sono tipi tranquilli. Sembrano più preoccupati della birra che resta nelle bottiglie delle belle donne che passano vicino. Non stanno cercando di realizzare le loro fantasie sulle cameriere sexy.

Lo sguardo di Sal si sposta e resta lì. Do un'occhiata e vedo la mia amica Mira che entra e questo spiega perché perfino Sal ha girato la testa. Può essere un tipo tranquillo, ma *è* un maschio.

Mira è incredibilmente bella. Un uomo dovrebbe essere morto per non notarla. Peccato che sia impegnata. Ha una relazione seria con il fratello di una mia amica, Tyler. Mira è una ragazza che definiresti grintosa. Nessuno pensava che un uomo sarebbe riuscito a superare la sua grinta e trovare il suo lato dolce, ma Tyler si è dimostrato all'altezza del compito. Sembrano veramente felici insieme. E non sono gelosa che tutte le mie amiche si siano improvvisamente sistemate. Per niente.

Okay, un po'.

Lo sguardo di Mira ispeziona velocemente la gente al bar, cercandomi. Agito la mano per farmi vedere.

Sal mi sorride. «Fammi sapere se vuoi venire» dice e torna dai suoi amici.

«Ehi.» Mira lascia cadere il cellulare nella borsa. Deve avere appena finito di lavorare. «Sono venuta a controllare se è tutto a posto per la serata tacos di domani sera.»

«Certo.» Zach ospita una serata tacos ogni mercoledì, a casa sua. Era stata una delle prime cose a cui mi aveva invitato.

Appallottolo i tovaglioli che erano caduti, inutilizzabili ora che hanno toccato il pavimento.

«Va tutto bene?»

«Sì.» Sorrido senza allegria. «Sono solo di cattivo umore.»

Mira arriccia il naso, confusa.

Okay, di solito non sono così scontrosa. Comunque una

ragazza ha il diritto di essere di cattivo umore una volta ogni tanto. Forse accetterò l'offerta di Sal. Un cambio di scena potrebbe farmi bene. Guardare Zach che se ne andava con una donna mi ha urtato i nervi.

Mi sposto di lato e tiro Mira con me. «Andrà meglio. È solo uno di quei giorni. Sal mi ha invitato ad andare a bere qualcosa dopo il lavoro, per staccare la spina.»

Mira dà un'occhiata a Sal da sopra la mia spalla. Lei ha avuto un'infanzia difficile, nata in una famiglia di alcolizzati tossicodipendenti. Ha superato un mucchio di prove che l'hanno resa molto brava a giudicare i figuri loschi. «Carino, ma...»

«Lo so. Avrebbe bisogno di un restyling. Ma non è come sembra. Viene regolarmente. Siamo amici.»

«Okay, ma vuoi che venga con te?»

«No, andrà tutto bene.»

Mira mi stringe leggermente il braccio. «Nessa, va veramente tutto bene?»

Non ho mai parlato apertamente a qualcuno della mia cotta per Zach, anche se possono sospettare qualcosa. Siamo tutti amici e parlare dei miei veri sentimenti potrebbe rendere le cose imbarazzanti.

«Sto bene. Ci vediamo domani da Zach?»

«Sì. Ho perfino fatto i biscotti per il dessert.»

«Porca paletta...» Alzo la mano e gliel'appoggio sulla fronte. «Hai la febbre o roba simile?»

Mira scoppia in una risata. «No, Tyler e io avevamo voglia di pasta per biscotti ieri sera. Abbiamo mangiato metà confezione e ci siamo fermati solo quando lo stomaco si è ribellato. Con il resto ho fatto i biscotti.»

«Quindi sono biscotti fatti con la pasta pronta?»

Mira fa uno strano suono in fondo alla gola. «Ovvio.»

«Fiuuu. Per un momento mi ero preoccupata.»

Mira ridacchia mentre se ne va. «Ultimamente ho cominciato a cucinare» dice voltando la testa. «Attenta, sono diventata una dea del focolare. La prossima serata tacos potrebbe essere a casa mia.»

Oh gente, Zach è l'unica persona nel nostro piccolo gruppo di amici che sa cucinare. Mira davanti ai fornelli è una prospettiva paurosa. Il suo nuovo impiego come assistente di uno dei dirigenti del Blue è perfetto per lei. Le piace dare ordini alla gente nel settore delle risorse umane. Ma cucinare? Non ha mai cucinato per nessuno per quanto ne so. Forse sta usando Tyler come cavia. Se è così, il povero ragazzo si sta sacrificando per la squadra.

Vado da Sal e gli tocco il braccio con il gomito. «Ehi, penso che stasera verrò con voi.»

«Brava la mia ragazza» dice Sal sorridendo.

«Finisco a mezzanotte, quindi fra un'ora. Va bene per voi?»

«Certo. I ragazzi potrebbero andarci prima, ma io resterò e ti aspetterò.» Indica gli schermi televisivi. «Stanno per trasmettere i momenti salienti degli sport.»

Finisco il mio turno e mi preparo mentalmente a escludere Zach dalla mente per una sera... Più a lungo se riuscirò a restare fedele alle mie convinzioni e voltare pagina.

Dimenticare che ci possa mai essere un *noi*.

Procuratevi adesso la vostra copia di *Mai con il tuo miglior amico*!

Libri di Jules Barnard

I fratelli Cade

La tentazione di Levi

La sfida di Wes

La seduzione di Bran

La riforma di Hunt

Serie: Never Date

Mai con un amico di tuo fratello

Mai con un donnaiolo

Mai con la tua ex

Mai con il tuo miglior amico

Mai con il tuo nemico

Potete trovare la bibliografia completa di Jules Barnard sul sito: julesbarnard.com/i-libri-di-jules

L'Autrice

Jules Barnard è un'autrice bestseller di USA Today di romance contemporanei e fantasy romantico. Le sue serie contemporanee includono Mai frequentare e I fratelli Cade. Scrive Fantasy romantico sotto lo stesso pseudonimo con la serie Halven Rising che il Library Journal definisce "... un'eccitante nuova avventura fantasy." Che stia scrivendo di uomini sexy intorno al Lago Tahoe o di un mondo di fate inserito nel campus di un college, Jules racconta storie coinvolgenti, piene di cuore e umorismo.

Quando non è in tuta da ginnastica a scrivere, premiandosi con il cioccolato, passa il tempo con suo marito e i due figli in una cittadina sulla costa nordoccidentale del Pacifico. Dice di avere la capacità di leggere mentre corre sul tapis roulant o brucia la cena.

Per conoscerla meglio visitate il suo sito web:
julesbarnard.com/i-libri-di-jules

www.ingramcontent.com/pod-product-compliance
Lightning Source LLC
Chambersburg PA
CBHW021030310726
48969CB00006B/1604